TEA
BOOKS

*Naslov originala*
Laura Pearson
Missing Pieces

*Za izdavača*
Tea Jovanović
Nenad Mladenović

*Glavni i odgovorni urednik*
Tea Jovanović

*Lektura i korektura*
Agencija Tekstogradnja

*Prelom*
Agencija TEA BOOKS

*Dizajn korica / Crteži za korice*
Lizzie Gardiner / Shutterstock

*Izdavač*
TEA BOOKS d.o.o.
Por. Spasića i Mašere 94
11134 Beograd
Tel. 069 4001965
info@teabooks.rs
www.teabooks.rs

ISBN 978-86-6142-240-9

# Lora Pirson

# DELOVI KOJI NEDOSTAJU

*Sa engleskog preveo*
Danko Ješić

*Ova knjiga je za Pola, koji nikad nije rekao: „Zašto ne odabereš neki lakši hobi?" Koji, u stvari, nikad nije nazvao moje pisanje hobijem, jer je ono više opsesija.*

# PRVI DEO

# 1.

## Peti avgust 1985 – 21 dan kasnije

Sanduk je bio premali. Premali da sadrži ono što je bilo u njemu, a to nije bilo samo Fibino telo nego i veliki deo Linde. U pogrebnom preduzeću jedan je muškarac dodirnuo Lindu po ruci i pitao, obzirno, da li želi da vidi Fibi, i mada je klimnula glavom, znala je da je to greška.

– Jesi li sigurna? – upitao je Tom.

Linda je znala da je to odluka koju ne može da povuče. Znala je, instinktivno, da je pogrešila. Poželeće, kasnije, da nije videla njihovu ćerku tako, jer koliko god izgledala spokojno, i dalje je više nije bilo. Znala je da će joj se sećanje na nju kako leži tamo, okružena svilom i previše besprekorno odevena, mešati sa sećanjima na Fibi koja se smeje i trči. Živa. A ipak, klimnula je glavom i krenula hodnikom za tim čovekom, prema doživotnom žaljenju.

Linda se osvrnula, jednom, i pogledala Toma i Ezmi. Stajali su držeći se za ruke, sasvim mirni, pognutih tamnokosih glava. Ezmine šiške je trebalo skratiti; prekrivale su joj obrve i, kad je gledala u debeli tepih, i oči. *To je moja porodica*, pomislila je Linda. *To je ono što je ostalo od moje porodice.* A onda je pogledala u svoj nabrekli stomak, dodirnula ga je kad se beba praćaknula kao riba, i nije osetila ništa.

Kad su stigli do te prostorije, muškarac joj je rekao da ostane koliko god želi. Otvorio joj je vrata i onda nestao niz hodnik, kao duh. I Linda je polako prišla mrtvačkom sanduku i pogledala devojčicu koja nikako nije mogla da bude Fibi. Koja je bila previše mala, i mirna, i tiha da bi bila Fibi.

I Lindi je došlo da uđe unutra, da se sklupča sa svojom ćerkom i zaspi.

Ali sanduk je bio premali.

# 2.

## Trinaesti avgust 1985 – 29 dana kasnije

Linda je spustila šake na svoj zaobljeni stomak i preplela prste. Tom je bio kraj nje u oskudno opremljenoj, beloj čekaonici, i nijedno od njih nije uzelo neki časopis, i nijedno nije progovorilo. Recepcionerka je ručala, i Lindi se smučilo od mirisa njenog sendviča s jajima. Rasplela je prste i uhvatila se za naslone za ruke svoje stolice, moleći se da mučnina prođe. Rodila je obe svoje ćerke u ovoj bolnici, sedela je u ovoj prostoriji čekajući brojna snimanja, i uvek joj je bilo hladno. Tog dana joj se činilo da je zagušljivo. Htela je da ustane i otvori prozor. Pomerila je gustu kosu s vrata, i u torbi potražila gumicu kojom bi je vezala.

Kad su je prozvali, Linda je ustala. Tom joj je ponudio ruku, ali ona je nije prihvatila i on ju je pustio da padne, a onda krenuo za njom hodnikom. Kad su otvorili vrata, doktor je ustao i ljubazno im se osmehnuo.

– Ja sam doktor Tomas – rekao je.

– Bili ste prisutni kad se Fibi rodila – kazala je Linda. – Sećam vas se.

Ponovo se osmehnuo, ali nije potvrdio niti porekao to. *Video je na stotine porođaja*, rekla je Linda sebi. Ne seća se njenog. Sela je na neudobnu plavu plastičnu stolicu i prekrstila noge. Nije mogla da gleda u doktora Tomasa, i nije mogla da gleda u Toma, tako da se zagledala u apstraktnu sliku na zidu, levo od doktorove glave. Svaki put kad trepne zadržala bi oči zatvorene delić sekunde predugo, pokušavajući da ignoriše jak miris amonijaka koji se osećao u vazduhu.

– Čuo sam za vašu ćerku. Moje saučešće.

Linda je htela da pita zašto nije izgovorio Fibino ime.

– Hvala vam – rekao je Tom. – Bilo nam je veoma teško.

Od Fibine smrti, gotovo sve što su ljudi govorili Lindi je izgledalo besmisleno. Želela je da protrese Toma, da ga kazni nekako što je tako umanjivao njihov bol.

– Naravno – rekao je doktor Tomas. – Zato sam želeo da dođete danas, da uradimo još jedan ultrazvuk. Stres ponekad može da bude opasan za bebu. Samo smo želeli da pogledamo i uverimo se da je sve u redu. Pokušajte da se ne brinete, siguran sam da će sve biti u redu. Linda, možete li da legnete na krevet?

Linda je uradila to što joj je rečeno. Dok je dizala noge na krevet, papirni prekrivač se malo pocepao, i to je zazvučalo glasno u tišini sobe. Pre šest nedelja, došli su ovde na pregled u dvadesetoj nedelji. Ezmi i Fibi čuvala je komšinica Mod. Tom je zatvorio svoju knjižaru i odvezli su se do bolnice, a Linda je osetila kako joj se grlo steže od uzbuđenja, kao onog dana kad su pobegli od svojih porodica, dok je Ezmi rasla u njoj. Na putu do bolnice, Tom je pojačao radio i pevali su zajedno, prozori na kolima su bili otvoreni i povetarac je mrsio Lindinu tamnu kosu.

Bilo je teško pomiriti tu uspomenu s pitanjem koje nije želelo da nestane. To pitanje se nametnulo Lindi, oformljeno i spremno da bude izgovoreno, pre neku noć, i sada joj se podizalo u grlu, kao žuč.

– Doktore Tomase?

Okrenuo se ka njoj, i prvi put ga je pogledala u oči.

– Da, Linda?

– Da li je prekasno za prekid trudnoće?

Linda je čula kako je Tom naglo udahnuo i videla je zaprepašćenje koje je doktor Tomas pokušao da sakrije. Nije htela da popusti niti da povuče te reči. Kako je mogla? Kako je mogla da očekuje da rodi ovo novo dete i voli ga, kad ju je ljubav prema Fibi dovela dovde? Kad je jedva mogla da se brine o preostaloj ćerki, jedva mogla da pogleda Ezmi u oči?

Doktor Tomas se nakašljao i taj zvuk je vratio Lindu u tu prostoriju, i bacila je pogled na Toma. Gledao ju je kao da je ne prepoznaje. Pomalo je začkiljio, kao da pokušava da se seti da li ju je ranije video.

– Prekasno je – odgovorio je doktor Tomas. – Ali ako mislite da ne možete da se brinete o bebi, uvek postoje mogućnosti o kojima možemo da razgovaramo.

– Usvajanje? – pitala je Linda.

Nakratko je razmišljala o tome. Porođaj, osećaj da beba izlazi iz nje kao neko čudo, a onda davanje nekom drugom. Da li bi je najpre uzela u naručje? Da li bi joj saopštili pol bebe, priliku da razmisli o imenu? Ne, odlučila je. To nije za nju. Ali pre nego što je progovorila, Tom je odgovorio za oboje.

– Ne – rekao je, tiho ali odlučno. – Ova beba će se roditi i zadržaćemo je.

– Hajde da uradimo ovo – kazao je doktor Tomas. – A onda ćemo još razgovarati.

Naneo je hladan gel na Lindin stomak i gotovo se nasmejala zbog golicanja. Sačekala je da čuje ono što je znala: beba je dobro. Bila je svesna da se Tom brinuo da će njen bol, odbijanje da jede i nesposobnost da spava naškoditi bebi. Ali osećala ju je kako se pomera, okreće i bocka je. I više od toga, ta beba je bila deo nje, i bila je sigurna da bi odmah znala da nešto nije u redu s njom. Baš kao što je znala, one noći, da se nešto dogodilo Fibi.

I tako, kad se slika pojavila na ekranu i doktor Tomas rekao da je srce zdravo, Linda nije bila iznenađena. Ali videla je Toma, videla je kako je stavio ruku na usta osećajući čisto olakšanje, videla ljubav u njegovim očima koja je spremna i čeka. Njemu je to, nekako, bilo jednostavnije.

Uprkos onom što je doktor Tomas rekao da je prekasno, znala je kako postoje načini da se otarasi te bebe. Načini na koje su se žene oslanjale vekovima. Bolni i opasni načini, ali mogući. Ali neće uraditi to, zbog Toma. Nakratko je zatvorila oči, pokušavajući da zamisli sebe kao majku novorođenčeta. Pokušala je da zamisli kako je ponovo deo četvoročlane porodice. Ali to joj nije izgledalo kako treba, jer Fibi nije bilo među njima.

– Dobro – rekao je doktor Tomas – sve izgleda u redu. Dođite i ponovo sedite kraj mog stola, kad budete spremni.

Obrisao je tečnost s Lindinog stomaka i ona je vratila odeću na mesto, sela i sišla s kreveta. Tom je čekao dok nije bila spremna. Kad je ustala, položio joj je ruku na krsta i poveo je nekoliko koraka do stolice. Linda je očekivala predavanje, priču o tome kako da pregura ovo. Kako su druge žene pregurale. *Vi ne znate*, htela je da vrisne. Htela je da otvori vrata i da joj glas odjekne u praznom hodniku. *Niko od vas ne zna.*

– Voleo bih da oboje razmislite o odlasku kod psihijatra – rekao je doktor Tomas.

– To neće promeniti ništa – kazala je Linda.

– Neće promeniti situaciju. Ali stvarno mislim da bi moglo da vam pomogne da se pomirite sa stvarima. Da prihvatite to što se dogodilo, i krenete dalje. Ne tražim da odlučite danas. Samo razmislite o tome.

Linda je uzela brošure koje joj je dao i ustala, spremna da ode. Kad je bila kod vrata, osetila je Tomov dah na vratu, i bilo joj je žao, na tren, što odlaze zajedno. Moraće da pate tokom vožnje kolima do kuće, a onda tokom večeri, i dana i nedelja u toj tako praznoj kući, dok njene izgovorene reči vise u vazduhu, kao pretnja.

Tom nije govorio dok nije seo za volan i stavio pojas. Vešto je izvezao u rikverc i izašao s parking mesta, a Linda ga je gledala, čekajući optužbe i okrivljavanje. Bio je zgodan, taj muškarac koga je izabrala. Profil mu je bio snažan. Oboje su bili još mladi, on je imao trideset, ona dvadeset osam, a ipak su sede vlasi počele da se pojavljuju u Tomovoj urednoj tamnoj kosi. Jednom je pomenuo kako će se možda ofarbati, a ona je kazala kako joj se sviđa takva kakva je, a Ezmi je primetila da izgleda kao da ga je uhvatila neka mala snežna oluja, i on je odustao. Tom mora da je osetio kako ga ona posmatra, i pogledao ju je. Prvo je primetila njegove oči. Zelene na izvesnom svetlu, sive na svakom drugom. Ljubazne, iskrene. Bilo je dobrote u njima i sad, videla je, iako je očekivala da će videti gađenje.

Kad je Tom progovorio, to nije bilo ono što je očekivala.

– Razumem te – rekao je smireno. – I ja sam je izgubio. Samo...

Glas ga je izdao, i Linda je gledala njegovo lice, videla suze kako se nakupljaju.

– Samo pokušaj da me ne isključuješ.

– Pokušaću – rekla je Linda, jer je želela da mu ponudi nešto drugo sem bola.

\* \* \*

Te noći, nakon što je Tom zaspao, Linda je ležala budna kraj njega, slušajući povremene zvuke ljudi i kola na ulici. Ponekad, čak i pre Fibine smrti, Linda se budila pitajući se kako je završila tu, u skromnoj kući u stambenoj četvrti u Sauthemptonu, tako daleko od kuće. Noć pre nego što je napustila Bolton s Tomom, sedeli su u njegovim kolima s mapom Engleske na krilu. Lindine oči odlutale su do ivica, mesta pored mora, i pokazala je prstom na Sauthempton, osmehujući se. Nije znala gotovo ništa o tom mestu. Njeni baba i deda su jednom bili tamo na godišnjem odmoru. Bilo je to mesto iz kojeg je isplovio *Titanik*. Linda je zamišljala neku oronulu kuću kraj mora. Riba i krompirići, šetnje obalom, so u kosi, uspavljivanje uz zvuke talasa. A kad su stigli, i ništa nije izgledalo kako je zamišljala, nije mnogo marila, jer je to i dalje bio nov početak, novi život. Ali sad je prošlo gotovo deset godina, i ta svežina je davno izbledela.

Linda je bila svesna zvuka svog disanja. Gledala je kako kazaljke puze dok nije prošlo pola sata, a kad je bilo jedan ujutro, oprezno je sela, trudeći se da ne probudi Toma. Skinula je svoju belu pamučnu kućnu haljinu sa čiviluka iza vrata i izašla iz sobe, osvrnuvši se jednom da vidi da ga nije uznemirila. Ležao je na boku, disao je duboko i sporo, otvorenih usta.

Nije palila svetlo u kuhinji. Nakon gotovo osam godina u ovoj kući i dve bebe, umela je da se kreće u tami. Kuhinja joj je uvek bila omiljena prostorija. Kad su došli da pogledaju ovu kuću, umorni od neuspešne potrage i spoznaje da ne mogu da priušte kuću kakvu bi ona želela, Linda je prvo otišla u kuhinju. Pogledala je oko sebe, crteže na frižideru zakačene šarenim magnetima, stari borov sto u uglu, još prepun mrva od doručka. Zidovi su bili jarkožuti, a ormarići od bledog drveta okrnjeni i ponegde izgrebani. Bila je to prostorija u kojoj se okuplja porodica na početku i kraju svakog dana. I znala je, tad, da nije važno što je kupatilo malo i dvorište zapušteno. To je bila kuća u kojoj će živeti njena porodica.

Linda je neko vreme stajala kraj prozora, gledajući mir noćnog vrta. Bila je sredina avgusta, kraj leta, i mada joj je bilo vruće zbog trudnoće, nije bila spremna za promenu godišnjeg doba. Jer kad je leto počelo još je imala Fibi. I još je izgledalo nemoguće da je više nema.

Otvorila je uski kredenac u uglu prostorije i zagledala se u njegov sadržaj. A onda je izvadila bocu votke i odvrnula poklopac. Uradila je to brzo, kao da se boji da će biti uhvaćena. Boca je bila tri četvrtine puna, i izračunala je da stoji tu verovatno od prethodnog Božića, kad su imali zabavu za prijatelje i komšije. Te noći je pila pića koja joj je Tom dodavao, i setila se osećaja da ju je uhvatilo, osećaja da se soba polako okreće, dok su se devojčice u šarenim haljinama jurile oko grupica koje su se oformile. Setila se kako je videla Fibi, i kleknula, uhvatila svoju mlađu ćerku za zglavke i poljubila je u čelo. Fibi joj se izmigoljila iz stiska, odjurila za sestrom i drugim starijim devojčicama, a Linda je sebi sipala još jedno piće.

Sad, sama u mraku dok su Ezmi i Tom spavali na spratu, Linda je žudela za omamljenošću, za odmorom od teških misli, a alkohol je bio jedini način za koji je znala. Prinela je bocu usnama, nagnula je i progutala. Beba u njoj se trgla, tiho se buneći. I Linda je ponovo nagnula bocu, progutala, i vratila je u kredenac. Sela je za kuhinjski sto, očekujući da se nešto promeni, da se malo od te tame podigne.

# 3.

## Dvadeset treći avgust 1985 – 39 dana kasnije

Tom nije mogao da zaspi. Osećao je neko zrnce besa duboko u grudima i bojao se u šta bi ono moglo da izraste. Okrenuo se u krevetu, s leđa na bok, i pogledao usnulu suprugu. Bio je jedan mali deo njega koji je poželeo da joj pritisne jastuk preko lica. Onaj isti deo koji je poželeo da je udari kad je predložila prekid trudnoće. Zar joj nije bilo dovoljno što su izgubili Fibi? Bolelo ga je to što, naredna tri meseca, nije imao drugog izbora nego da se osloni na to da će Linda sačuvati njihovu bebu. Linda, čiji glas nije ni zadrhtao kad je pitala za prekid trudnoće.

Tom je ležao mirno, tiho se boreći protiv slika Linde koja se baca niza stepenice ili gura pilule u usta. Bilo je bezbednije da drži oči otvorene. I tako je, nekih noći, ležao budan kraj nje, gledajući kako joj se stomak pomera.

Te noći, Tom je odustao od spavanja negde posle četiri sata. Polako je sišao u prizemlje, nameravajući da čita knjigu sat ili dva. Ali kad je prišao dnevnoj sobi, video je kroza staklena vrata da je Ezmi tamo. Bila je odevena u pidžamu, ali nije imala onaj od sna izgužvani izgled koji je primećivao kad bi se probudila ujutro, a njena nemirna tamna kosa bila je očešljana i vezana u pomalo nakrivljenu pletenicu. Pitao se koliko dugo je bila budna, i ćutke sedela u dnevnoj sobi ispred ugašenog televizora, bez knjiga ili igračaka da bi se zabavila. Kad je ušao u sobu, Ezmi ga je pogledala pomalo uplašeno, kao da ju je uhvatio u nečem nedopuštenom. I Tom je tad video šta je držala u ruci, dodirivala prstima.

Bibi. Bio je to pohabani komad ružičaste tkanine veličine maramice. Fibi ju je nosila svuda sa sobom, koliko je mogao da se seti. Nazvala ju je po načinu na koji je izgovarala svoje ime kad je tek naučila da govori, a pogled joj je bivao vrlo usredsređen dok je pokušavala da natera mlitava ustašca da oblikuju te teške glasove.

Linda je htela da je stavi u kovčeg pored Fibi, i tražili su je na dan sahrane. Njih troje su preturili celu kuću, prevrnuli fioke i pomerali nameštaj da pogledaju iza. Bio je dobar osećaj, na neki način, da rade nešto zajedno, da imaju zajednički cilj. Ali onda, kad nisu više mogli da odlažu, Tom je insistirao da krenu bez nje. Usudio se da kaže kako to nije važno, ne onako kako bi njihovo kašnjenje moglo da bude. A Linda ga je pogledala s mnogo otrova – kad zatvori oči, i dalje je mogao da zamisli taj pogled – i izašla iz kuće, kraj njega, do kola koja su čekala.

– Hej, Ez – rekao je. – Gde si pronašla Bibi? – Tom je krenuo da joj je oduzme, a ona ju je otrgla, nedokučivog izraza lica.

Tom ju je hteo, onda. Setio se kako je Fibi spavala s njom na jastuku kraj glave, kako ju je sisala, uvrtala bucmastim prstićima. Na svakih nekoliko nedelja Linda ju je uzimala da je opere, i Tom je pokušavao sve što je mogao da ona ne primeti njeno odsustvo. Smišljao je komplikovane predstave s plišanim medvedima, davao joj zabranjene slatkiše, smišljao igre koje su uključivale sva njena čula. Ipak, ona bi uvek primetila, uvek bi se žalila i plakala za njom. A kad bi joj bila vraćena, sveža i čista, uvek bi tvrdila da je drugačija.

Iznenada je Tomu postalo jasno da ju je Ezmi imala sve vreme. Da nikad nije bila izgubljena. Da ju je skrivala, negde u kući, da bi sačuvala nešto sestrino. Bio je zaprepašćen njenom prevrtljivošću, dirnut njenom saosećajnošću.

– Koliko dugo si budna, Ez?

Slegnula je ramenima. – Neko vreme.

– I šta si radila?

Tom se trudio da zvuči opušteno. Poslednje što je želeo bilo je da se ona oseti kao da je u nevolji i da je neko ispituje. A opet, morao je da pita, jer mu je teško padalo da misli o njoj ovakvoj, budnoj i usamljenoj u neprijateljskoj noći.

– Samo sam razmišljala.

– O Fibi?

Trgla se na pomen Fibinog imena, i Tom je shvatio da su je retko pominjali, uprkos činjenici da je bila u središtu svega što su radili ili govorili.

Ezmi je ponovo slegnula ramenima.

Minut ili dva sedeli su u tišini. Okrenuti jedno prema drugom, na čupavom zelenom tepihu, prekrštenih nogu, on tražeći njen pogled, ona izbegavajući njegov. Tom je bio zapanjen svojom ćerkom kad god bi odvojio vremena da je stvarno pogleda. Imala je Lindine razmaknute, čokoladnosmeđe oči, baš kao i Fibi, i Lindinu sitnu građu, ali video je sebe u njenim izrazima lica, pokretima i gestovima. I stalno se čudio što je imao udela u stvaranju jedne tako mile i komplikovane osobe, koja je postojala nezavisno od njega i Linde, glave ispunjene mislima i stavovima koje je mogla da odabere da podeli ili sakrije.

– Gde je ona sad?

Ezmin glas je bio tih i Tom je morao malo da joj primakne glavu kako bi je čuo. Osetio je kako mu se grlo steže od suza i hteo je da uhvati Ezminu ručicu, da je stisne i drži je.

– Nigde, Ez. Nema je.

Tom nije verovao ni u kakvog boga, u raj ili pakao. I nije verovao da treba ćerki da priča laži. Bilo je to nešto oko čega se raspravljao s Lindom. Ni ona nije bila vernik, ali mislila je kako nije loše da se Ezmi ispriča lepa pričica o tome kako ih Fibi gleda odozgo, i sve ih čuva. A Tom je rekao kako je važno da budu iskreni. Ali sad, kad je video izgubljen pogled u Ezminim očima, zapitao se da li je to bila prava odluka.

– A mama?

– Mama? Mama je gore u krevetu, Ez.

Ezmi ga je pogledala u oči, i u njenom pogledu je bilo neke zabrinutosti i ozbiljnosti kojima tu nije bilo mesto.

– Znam, ali hoće li biti dobro?

Tom nije znao kako da odgovori na to. Nekih dana je mogao da vidi tračke stare Linde, u načinu na koji bi joj se obrazi brzo zacrveneli kad bi joj bilo pretoplo ili kad bi se sagla da obuje cipele. Pokušao je da se usredsredi na te trenutke, da veruje kako su oni naznaka onog što će doći.

– Nadam se – rekao je.

Ezmi je klimnula glavom veoma ozbiljno, i Tom je shvatio kako mora da joj kaže nešto više.

– Znaš li za Bibi? – pitao je Tom, nežno je uzimajući iz Ezmine ruke i držeći je ispred njih. – Znaš li odakle je došla?

Ezmi je odmahnula glavom, i Tom je video naznaku osmeha u njenim očima.

– Dobro, sećaš li se cara o kojem sam pričao tebi i Fibi? Onom koji je platio mnogo novca za svoje novo odelo i bio previše postiđen da kaže kako ga ne vidi, nakon što je napravljeno?

– Išao je po gradu bez odeće – kazala je Ezmi.

– Jeste. I kad se kasnije vratio kući, žena mu je rekla da je smešan i dala mu je jednu novu pidžamu da je obuče. Kupila mu je tu pidžamu jer mu je za dve nedelje bio rođendan, ali je odlučila da mu je dâ ranije zbog te zbrke s novim odelom. U svakom slučaju, pidžama je bila ružičasta sa sivim slonovima. I caru se toliko svidela da ju je nosio svake noći, četiri godine. Prao ju je rano ujutro i kačio da se suši, kako nikad ne bi ostao bez nje.

– Ali nakon četiri godine, slonovi su gotovo izbledeli i šavovi su počeli da se paraju, i car je bio vrlo tužan. I kad mu je ponovo došao rođendan, njegova žena je otišla u istu prodavnicu i njima je bila ostala samo jedna ružičasta pidžama sa slonovima, tako da ju je kupila za njega, a onu staru pidžamu je stavila u jednu gostinsku sobu i zaboravila na nju. Dotad je već bila dosta ostarila i odlazila je u tu sobu samo da zalije cveće i nije uopšte ni nameravala da pidžamu ostavi tamo.

– U svakom slučaju, godinu dana kasnije, ti, ja, Fibi i mama otišli smo u carevu kuću da prenoćimo...

– Nismo! – zacičala je Ezmi.

Tom je prineo prst usnama.

– Tiho, mama spava. Jesmo, Ez. Sigurno si postala zaboravna, kao carica. Ne znam kako si mogla to da zaboraviš... imali smo veliku čajanku i jeli smo tortu sa orasima. Bilo kako bilo, Fibi nije mogla da zaspi te noći, jer je prvi put spavala van kuće i nedostajao joj je njen krevet. Mama i ja smo pokušali da joj pevamo uspavanke i pričamo priče, ali ništa nije pomoglo.

– Šta sam ja radila? – pitala je Ezmi.

– Ti si hrkala, ovako. – Tom je legao na bok, savijenih nogu, s rukama ispod glave, i počeo glasno da hrče.

Ezmi se tad zasmejala, i bilo je takvo olakšanje čuti taj zvuk, videti njeno lice, bez senke tegobe i vedro.

– U svakom slučaju, na kraju je tvoja mama pronašla tu staru pidžamu na komodi i dala ju je Fibi, i Fibi je zaspala istog trena i nije se budila do jutra. Sutradan smo pitali caricu gde je kupila tu pidžamu, da kupimo jednu za Fibi, da je drži kad ne može da zaspi, i ona je kazala da je bila careva, ali da je sad vrlo stara i da možemo da je uzmemo.

– I otad je Fibi nosila tu pidžamu u krevet sa sobom svake noći, i nikad nije imala problem da zaspi. Ali pošto je pidžama bila tako stara, počela je da se raspada i morali smo da bacamo deo po deo, dok nije ostao samo taj.

Ezmi je približila Bibi očima. – Ne vidim slonove – kazala je.

– Ne, sad ih ne vidiš, pretpostavljam. Bili su gotovo nevidljivi kad smo dobili tu pidžamu, a to je bilo davno.

Dok je govorio, Tom je primetio da Ezmini kapci postaju sve teži, i kad ju je pitao da li želi da se vrati u krevet, klimnula je glavom. Podigao ju je, Bibi joj je bila stisnuta u šaci, i odneo je na sprat. Kad ju je spustio i pokrio jorganom, već je spavala.


Dok je stajao na odmorištu, Tom je razmišljao da se i on vrati u krevet, ali znao je da neće ponovo zaspati te noći. Umesto toga, vratio se u prizemlje, skuvao sebi čaj i odneo ga u dnevnu sobu, gde je uzeo foto-album s police. Gusto napakovan uspomenama, album je bio težak. Bila je to težina njegovog braka, pomislio je tada Tom.

Linda mu ga je poklonila za prošli rođendan. Početak maja, velike vrućine. Linda je sedela kraj njega na starom ćebetu u dvorištu, dok je on listao stranice, a Ezmi i Fibi su prestale da igraju školice i nagurale se između njih, s nevericom gledajući svoje slike. Linda je bila trudna, ali nisu to rekli devojčicama. Sad, tri meseca kasnije, ponovo ga je listao, sâm u tami, a sećanja kao da su ga kandžama grabila, provocirajući ga.

Prvo njegova i Lindina slika iz prvih dana njihove veze, u dvorištu iza Lindine kuće. Mora da je njena majka napravila tu fotografiju, pomislio je Tom. Ali kad je pokušao da zamisli nju kako fotografiše, nije mogao. Slika je bila pomalo neoštra i Lindina tamna kosa duga do struka pomerila se na vetru, sakrivši joj levu stranu lica. Tom je nezgrapno držao ruku oko Lindinog struka, i gledao u nju, umesto u foto-aparat, pogledom punim divljenja.

Na sledećoj slici Tom stoji ispred njihove kuće onog dana kad su se uselili. Setio se da je Linda napravila tu fotografiju, setio se kako se kreveljila i mahala s trotoara, pokušavajući da ga zasmeje. Izgledao je zaprepašćeno, pomalo potreseno, kao da ne može da poveruje da je ta kuća iza njihova. Tom je prineo album licu i zagledao se u kuću. Obična kuća od crvene cigle, izgrađena pet godina pre nego što su je kupili, krajem sedamdesetih godina. Tom je imao dvadeset dve godine, trebalo je da postane otac, kućevlasnik. A ipak se težina te odgovornosti nije videla na njegovom licu. Izgledao je ponosno, iznenađeno, srećno.

Njegova knjižara za putnike: *Pročitajte svet*. Linda je odabrala to ime, i nalazila se na toj fotografiji, pokazujući natpis jednom rukom, a drugom držeći za ruku bucmastu dvogodišnju Ezmi. Bila je to neka vrsta kompromisa, ta knjižara. Uvek je bio nemiran i želeo je da obiđe svet, ali sad je imao ženu i porodicu, i stoga se zadovoljio iznajmljivanjem prašnjavog lokala koji je ispunio mapama i knjigama o egzotičnim mestima koja verovatno nikada neće posetiti.

Tom je prelistao nekoliko stranica dalje, tražeći svoju omiljenu Ezminu fotografiju. Eto je, leži u njegovom naručju, stara svega nekoliko dana. Oči su joj širom otvorene, a kosa gusta i tako tamna da je sijala. Prsti desne ruke držali su njegov palac, i gledala ga je, puna poverenja. Fotografija je snimljena u sobi u kojoj je Tom sad sedeo. Isti zeleno-beli tapeti, ista ofucana cvetna, polovna sofa koju su kupili na rasprodaji i doneli je kući, zastajući nekoliko puta da

22

sednu na nju i odmore se. Tom je pogledao oko sebe. U godinama od nastanka te slike malo toga se promenilo. Nekoliko novih slika na zidu, tamna mrlja na tepihu od prosutog soka od višnje, novi zeleni jastuk boje trave, koji je Linda napravila. A opet, soba na slici je nekako više ličila na dom.

Nekoliko stranica kasnije pojavila se Fibi. Na jednoj fotografiji sedi u svojoj stolici u kuhinji, lica i šaka prekrivenih smeđom kašom. Plakala je, lice joj je crveno, ali smeje se kroz suze. Tom se setio kad je napravio tu fotografiju. Setio se kako je strpljivo sedeo dok je nju Linda hranila, čekajući pravi trenutak. Setio se kako je držao Bibi da bi je naveo da se osmehne.

Malo je bilo fotografija na kojima su sve četvoro: on ili Linda uvek su držali foto-aparat, a na slikama je bilo ono drugo okruženo dvema devojčicama. Ali postojala je jedna. Bili su u dvorištu, a Tom je čuo Lindu kako preko ograde doziva Mod, i pita je može li da pređe i fotografiše ih. Fibi i Ezmi su imale istovetne crvene haljine, a tamne kose bile su im vezane u istovetne kikice. Tom i Linda su klečali iza njih, Linda je držala Toma oko struka. Ezmi je sedela prekršenih nogu, a Fibi je držala bucmaste noge ispred sebe. Ezmi je držala venčić od cveća. U trenutku kad je fotografija napravljena, pogledala je svoju sestru i dodala joj venčić od cveća. Pogledale su se u oči. Tom i Linda su gledali u foto-aparat, nasmejani i opušteni. Ali Ezmi i Fibi su gledale jedna drugu. Ozbiljno, spokojno. Devojčica koja poklanja cveće svojoj sestri. Rekavši time: to je tvoje jer si ti moja.

Tom je zatvorio album i pažljivo ga vratio na policu. Hteo je da popije čaj ali se ovaj ohladio, i trgnuo se kad je otpio malo. Napolju je svanulo, primetio je. U nekom trenutku se prepustio uspomenama, i sunce je izašlo. Prošao je kroz kuhinju, prosuo čaj u sudoperu, i pogledao kroz prozor. U dvorištu su se dva kosa tukla oko crva, jedan ga je vukao iz zemlje, drugi je skakutao i pokušavao da ga kljucne. Preživeo je još jednu noć, nekako je došao do ovog trenutka kad je bio spreman da započne još jedan dan bez Fibi.

Vođen iznenadnim impulsom, Tom je izvadio ključeve iz korpe na prozorskoj dasci i izašao iz kuće. Odvezao se do grada, do svoje knjižare, i parkirao ispred, a onda ju je dva minuta gledao kroz suvozački prozor. Još je bilo rano i nijedna od prodavnica u toj ulici nije bila otvorena. Kad je bio spreman, Tom je napustio kola i ušao u knjižaru. Nedostajalo mu je to mesto. I samo taj njegov blag, ustajao miris bio je utešan. Ali bilo je u neredu: gomile nesređenih polovnih knjiga razbacanih na sve strane, tanak sloj prašine na svemu. Seo je na stolicu iza pulta, otvorio kasu da vidi da li je prazna. Bila je. Ali kad je otišao u pomoćnu prostoriju, video je da je puna narudžbenica i potvrda o dostavi.

Tomov pomoćnik, Lijam, vodio je ovo mesto od te noći, ali izgledalo je da se namučio. Bio je samo klinac. Pomagao je subotom duže od godinu dana dok je studirao, a tokom leta, kako mu se bližilo diplomiranje, pitao je može li da bude primljen za stalno. Tom nije lako doneo tu odluku. Nije bio siguran ima li dovoljno posla za dvojicu. Ali Lijam je bio pun energije, i vredan, i dao mu je priliku. I sad je bio zahvalan zbog toga, sad kad je taj momak radio sve što je mogao kad je Tomu zatrebala pomoć.

Narednih sat vremena Tom je radio. Izbacio je iz glave ono što se događa kod kuće i slagao je, razvrstavao i stavljao na police. Očistio je pod i popeo se na stolicu da obriše abažure svetiljki. Kad je završio, mesto je izgledalo onako kako ga je ostavio. Prepuno robe, ali organizovano. Zakrčeno, ali ne haotično. Napisao je poruku za Lijama, zahvalio mu se na trudu, i obećao da će mu se uskoro javiti.

Dok se vozio poznatim putem do kuće, osetio je kako mu se nešto utešno razliva u grudima. Jer je makar konačno uradio nešto korisno i lako. Ali do trenutka kad se parkirao na prilazu svojoj kući, osećanje besa se vratilo, ponovo mu stežući grlo. I sedeo je nekoliko minuta nakon što je ugasio motor, čvrsto zatvorenih očiju, nespreman da se vrati unutra.

# 4.

## Treći septembar 1985 – 50 dana kasnije

– Jesi li sigurna da ti to ne smeta? – pitao je Tom.

Linda se pitala šta bi on uradio ako bi ga zamolila da ostane kod kuće. Ali istina je bila da je očajnički želela da se on vrati na posao. Osećala je kako je gleda, kud god da krene. I tako, mada je žudela da ostane u krevetu i navuče prekrivač preko glave i isključi se, istuširala se i obukla tog jutra, da mu pokaže kako može da funkcioniše. Klimnula je glavom.

– Idi – kazala je. – Lijam ne može sve da radi sâm.

– Znam, ali...

Tom nije završio tu rečenicu, a Linda je u mislima nabrajala sve načine na koje može da je završi:... *Ali ne smem da te ostavim sa Ezmi... Ali želim da se uverim da nećeš naškoditi bebi... Ali znam da ti nije dobro.*

– Idi – rekla je, malo odlučnije.

Poražen, Tom se sagnuo da poljubi Ezmi, koja je ćutke jela tost, šutirajući noge stolice. Kad je prišao Lindi, pomislila je da će je poljubiti, i brzo je ustala i pomerila se unazad, zaparavši stolicom po podnim pločicama. To je zazvučalo previše glasno, previše neprijatno. Tom je odmahnuo glavom i napustio prostoriju.

Nakon što su se ulazna vrata zatvorila, Ezmi je spustila laktove na sto i oslonila bradu na dlanove. Pogledala je Lindu širom otvorenim očima.

– Kad ćeš se ti vratiti na posao? – upitala je.

Linda je iskapila jaku crnu kafu. – Ne znam – odgovorila je.

Nešto u načinu na koji ju je Ezmi gledala navelo je Lindu da poželi da se nagne preko stola i ošamari je. I zaprepastila ju je jačina tog poriva. Otišla je do kuvala i uključila ga. I dok je čekala da voda provri, zarila je nokte u dlanove boreći se da ne zaplače.

Trebalo joj je piće, shvatila je. Još nije bilo ni devet ujutro, a ona se osećala kao da joj treba piće. Da ne bi mislila na to, rešila je da izađe iz kuće.

– Idemo u šetnju, Ez – kazala je, okrećući se. – Idemo u park da hranimo patke.

– Mama, imam sedam godina – rekla je Ezmi. Zakolutala je očima i vratila se svom tostu.

Bilo bi tako lako slomiti se, pomislila je Linda. Vratiti se u krevet, ili uzeti votku iz kredenca i odvrnuti čep, ili odšetati niz hodnikom i napolje iz kuće, zatvoriti vrata za sobom, ostavljajući Ezmi samu. Bila je na granici da to uradi, teturala se na samoj ivici toga da bude funkcionalna osoba.

– Završi doručak i obuci kaput, Ezmi – rekla je.

I dok je čekala da Ezmi uradi šta joj je rečeno, Linda je odlomila nekoliko komada hleba i stavila ih u kesicu. Nahraniće patke. To je tako jednostavna, normalna stvar. I kad urade to, smisliće nešto drugo čime će ispuniti naredni sat. I polako, korak po korak, preguraće dan.

Bio je početak septembra i nebo je bilo plavo i gotovo bez oblaka. Poslednji trzaji leta. Za nedelju dana Ezmi će se vratiti u školu. Linda je bila zadovoljna na tu pomisao, jer više neće biti pretvaranja, lažne radosti. Ali to ju je i plašilo. Kad se Tom vrati na posao a Ezmi u školu, ništa je neće terati da ujutro ustane iz kreveta, ništa je neće sprečavati da sedi sasvim mirno, satima, razmišljajući o događajima koji su doveli do ovoga.

Kad su izašle na glavni put na kraju svoje ulice, Linda je instinktivno uhvatila Ezmi za ruku, ali bila je topla i pomalo lepljiva, i bilo joj je drago što se Ezmi odmakla. Linda je u sebi računala. Petnaest minuta da stignu do parka, možda dvadeset minuta sedenja na klupi dok Ezmi hrani patke, još petnaest minuta za povratak kući. Možda tridesetak, ako svrate u prodavnicu da kupe mleko i supu za ručak. Nije mogla da zamisli kako će ispuniti čitav dan, kako su ranije dani bili tako ispunjeni, kako je stalno bila u žurbi i nikad nije imala vremena.

Hodale su ćutke, Linda je tragala za stvarima o kojima bi razgovarale.

– Sledeće nedelje se vraćaš u školu – kazala je, osećajući se kao neko ko ne provodi mnogo vremena uz decu, i ne zna kako da razgovara s njima. – Biće lepo što ćeš svakog dana da viđaš Samantu?

Ezmi je slegnula ramenima, i Linda se zapitala da li se nešto dogodilo između Ezmi i njene najbolje prijateljice. Obično su stalno išle jedna kod druge, vozile bicikle i pitale smeju li da prespavaju jedna kod druge. Posebno tokom raspusta. A sad Linda nije mogla da se seti kad je poslednji put videla Samantu.

– Zašto je ne pozoveš kad se vratimo kući? Možeš da odeš kod nje popodne.

– Ona je na odmoru – rekla je Ezmi. – U Francuskoj, do nedelje.

– O.

Linda je shvatila kako se nadala da Ezmi neće biti kod kuće tog popodneva, i da će imati kuću za sebe.

Kad su stigle do parka, Linda je izvadila paketić s hlebom iz svoje tašne i dodala ju je Ezmi. – Budi oprezna – rekla je.

A onda je sela na klupu i pustila da je sunce greje. Gledala je kako se Ezmi približava obali i osetila je kako joj se nešto steže oko srca. Ezmi je čučnula i uzela nekoliko komada hleba iz kese. Patke su, plivajući mirno u grupicama od po dve-tri, počele da joj prilaze kad su prvi komadi upali u vodu. Linda je zaustavljala dah svaki put kad Ezmi priđe malo bliže vodi, a dvaput je ustala, spremna da jurne napred i uhvati ćerku za ruku i odvuče je na sigurno. Ali oduprla se, podsećajući sebe da je Ezmi uvek bila oprezno i pažljivo dete, da je dovoljno stara da je ostavi na miru. Postojala je opasnost, znala je, i bila je veća od toga da Ezmi upadne u plitku vodu. Bila je to opasnost da zarazi Ezmi s više straha nego što tako malo dete treba da nosi. I tako se Linda držala malo podalje i pratila pogledom svaki Ezmin pokret.

Nakon nekoliko minuta, hleba više nije bilo, a Ezmi se okrenula i prešla kratak put do klupe gde je Linda sedela. Zbog jakog sunca,

Linda nije mogla da vidi izraz na njenom licu. Bila je silueta s nemirnom, tamnom kosom koja joj leti oko lica. A kad se približila, Linda je videla da joj je dosadno. *Radi ovo zbog mene*, pomislila je. Radi nešto u čemu bi uživalo mlađe dete, zbog mene.

Spremale su se da pođu kad je neka žena prišla do klupe, s ćutljivim sinom kraj sebe. Linda ju je prepoznala kao jednu od majki iz škole, ali nije mogla da se seti njenog imena. Njen sin je bio u Ezminom odeljenju, ali viđale su se samo ispred škole i tokom sportskih aktivnosti. Deca se nisu javila jedno drugom, ali ta žena se široko osmehnula Lindi. – Divan dan – rekla je.

Linda je pokušala da se osmehne na silu, ali lice je nije poslušalo.

– Zdravo, Ezmi – rekla je žena, saginjući se da pogleda Ezmi u oči.

Linda je čula kako je Ezmi promrmljala nešto, i poželela je da su otišle dva minuta ranije. Bile su tako blizu da izbegnu ovaj susret.

– Negde ste na polovini puta, rekla bih. – Ta žena je pokazala glavom na Lindin stomak. – Gde vam je mlađa ćerka? Fibi?

Linda se zaledila. U danima nakon Fibine smrti, Tom je pozvao naizgled beskrajan niz ljudi i rekao im šta se dogodilo. Linda je sedela u kuhinji, slušajući njegove reči, koje su bile gotovo istovetne, pitajući se kako može da natera sebe da neprekidno govori to. Bila je iznenađena količinom posla, brojem ljudi koje treba obavestiti. A opet, shvatila je, uvek će postojati ljudi koji ne znaju. Kao ova žena, koja nije bila važna i nije volela Fibi, ali koja je pitala gde je ona i kako je ona, i stajala je tu očekujući odgovor.

Nije bila spremna. Možda će joj za nekoliko meseci biti lakše da kaže to, mada nije mogla to da zamisli. Možda će, s vremenom, imati spreman odgovor, onaj koji može da iskoristi u ovakvoj situaciji. I možda će moći da odvoji te reči od slike Fibi u sanduku, i moći će da zamisli da govori o tuđem detetu, ili nečem bezazlenom kao što je vreme. Možda.

– Moramo da idemo – kazala je Linda, grleći Ezmi i terajući je da pođe.

I sve do kuće, svaki korak je bio izazov, i sunce je bilo prejako, previše toplo na Lindinom temenu. Osetila je kako joj suze teku niz lice, osetila je kako je neznanci predugo gledaju. Ezmi nije govorila, a Linda je bila zahvalna zbog toga jer joj je glava bila ispunjena glasom te žene. Stalno ju je čula kako izgovara Fibino ime, i samo je mogla da ide napred, da se udaljava od tog pitanja. *Gde vam je mlađa ćerka? Fibi?*

Kad je zatvorila vrata za sobom, Linda se osećala sigurnije. U kući niko nije mogao tako da je prepadne. Ali bilo je drugih demona koji su je čekali. Svaki milimetar kuće sadržao je uspomenu na Fibi. Kad sedne za kuhinjski sto, Linda je videla devetomesečnu Fibi kako puzi po podu prema njoj, s glodalicom u bucmastoj ruci. Kad leži u krevetu videla je trogodišnju Fibi kako pomalja glavu kroz vrata, pitajući sme li da uđe i malo se mazi. A ponekad, na bilo kom mestu u kući, Linda je videla Fibi kako leži nepomično, na leđima, kao u mrtvačkom sanduku.

– Mama? – prošaputala je Ezmi.

Linda je shvatila kako izgleda svojoj ćerki. Lice joj je bilo uplakano, oči uplašene, ramena pogrbljena.

– Idi gore i igraj se neko vreme, Ezmi – kazala je.

Čim je Ezmi izašla iz sobe, Linda je otišla do kredenca i uzela bocu votke. Drhtavim rukama sipala je poveću količinu i iskapila je, uživajući u toplini dok joj je klizila niz grlo. Ovoga puta se beba nije pomerila. I Linda se zapitala, na tren, da li joj je naškodila, i obuzela ju je mešavina panike i olakšanja kad je pomislila na to. Sipala je još, popila, očajnički želeći da oseti kako omekšava iznutra i pretvara se u tečnost. Očajnički želeći da joj se misli na trenutak zaustave, ili makar uspore.

Na vrhu stepeništa, Linda je stajala ispred Fibine sobe. Mogla je da oseti kako joj srce tuče u grudima, i kad je pružila ruku da uhvati kvaku, beba se probudila i ritnula. Jednom, dvaput, triput. Otvorila je vrata i skliznula unutra.

Nešto od Fibinog jabučastog mirisa kao da je ostalo, i dalje, u vazduhu. Vrata su bila zatvorena od tog dana, i Lindi se činilo da će je nekako sačuvati ako soba ostane zatvorena. Polako je pogledala oko sebe, gledala je jarke boje Fibinih stvari, pružila je ruku da dodirne njene omiljene knjige i plišane medvediće koji su i dalje bili na krevetu, uredno poređani. Na trenutak joj se učinilo da će pasti, ali uhvatila se za prozorsku dasku i umirila. Kroz otvorena vrata čula je Ezmi kako se kreće po sobi prekoputa, i zamalo je otišla do nje.

Deo nje je želeo da napusti tu sobu i ode preko hodnika do njene žive ćerke. Poželela je da želi to. Poželela je da stvari sa Ezmi budu kao pre, lake i razigrane, i ispunjene radošću.

Ali umesto toga, otcepila je jednu kesu za smeće s rolne u ruci i počela da pakuje Fibine stvari. Knjige, igračke i sve te šarene sitnice koje su nekako ključne za jednu trogodišnjakinju. Sklonila je slike sa zidova, brižljivo skupljajući lepak za višekratnu upotrebu i praveći lopticu na dlanu. Složila je odeću, brzo radeći da skrene sebi pažnju sa suza koje su počele da teku. Nije bila sigurna kad je postala svesna da je Ezmi posmatra, ali shvatila je u nekom trenutku da oseća njen pogled. Ezmina soba je bila prekoputa Fibine, i vrata su na obe sobe bila otvorena.

Linda se okrenula i pogledala Ezmi u oči, i videla je da njena ćerka plače. Ezmi je ustala i krenula ka njoj, a onda zastala na vratima Fibine sobe, kao da ne može da natera sebe da uđe.

– Šta to radiš? – upitala je.

Linda nije znala šta da kaže, i zato se okrenula i nastavila s poslom.

– Mama, šta to radiš? To su Fibine stvari!

Linda se okrenula i udarila Ezmi šamar, snažno. Odmakla se, bolne šake, i osetila se kao da posmatra taj prizor izdaleka, Ezmi kako prinosi ruku licu, a oči joj se pune suzama. Ezmi se okrenula i prešla kratku udaljenost do svoje sobe, i tiho zatvorila vrata. Ali Linda je videla taj pogled u njenim očima. Taj pogled neverice, i užasnutosti, i mržnje. Sručila se na pod tu gde je stajala, obuhvatila kolena rukama, i zatvorila oči.


Kad je čula ključeve u bravi, Linda je bila u krevetu. Ostavila je Fibinu sobu ogoljenu i utihnulu, sa urednim nizom crnih kesa kraj jednog zida, i otvorila je prozore da pusti poslednje ostatke leta. Da ispusti poslednje ostatke Fibinog mirisa. A onda se sklupčala u krevetu, slušajući Ezmi kako hoda u prizemlju, sprema sebi nešto za ručak i gleda televiziju. Nije mogla da natera sebe da siđe, da vidi hoće li Ezmi razgovarati s njom, da li je njena šaka ostavila modricu na Ezminom bledom obrazu. Ali sad je Tom bio kod kuće. Linda je privukla kolena do grudi i čekala.

– Tu si – rekao je Tom.

Otvorila je oči i videla ga kako ide prema krevetu.

– Ezmi je rekla da si bila u krevetu čitavo popodne.

Bilo je optužbe u njegovom glasu, ali videla je da ne zna za šamar. Zamišljala je Ezmi kako ćuti o tome, štiteći je. Pitala se zašto.

– Bila sam umorna – odgovorila je Linda.

Tom je seo i glasno uzdahnuo. – Možda je prerano. Neću ići sutra na posao. Ne možemo da je ostavimo tako samu.

– Nije bila sama – kazala je Linda. – Ja sam bila ovde.

Tom ju je pogledao, i videla je iznerviranost iza saosećanja u njegovom pogledu.

– Znaš na šta sam mislio – rekao je.

– Ispraznila sam Fibinu sobu – rekla je Linda.

Htela je da ga isprovocira, da vidi koliko može da ga muči.

– Šta? Zašto?

– Jer nisam mogla da uđem tamo, da se suočim s tim. Sad je to samo soba.

Tom je ustao i slušala ga je kako ide prema stepeništu. Mogla je da ga zamisli, kako stoji na vratima, gleda promene.

– Idem dole kod Ezmi – viknuo joj je, hladnim, čeličnim glasom. – Spremićemo nešto za jelo.

# 5.

## Deveti septembar 1985 – 56 dana kasnije

Ezmi nije govorila dok se Tom nije zaustavio ispred školske kapije, ali video je po načinu na koji se vrpolji i gleda kroz prozor da je nešto muči. Bila je jednostavno dete. Osećanja su joj se jasno videla na licu, i trebalo je samo sačekati da skupi hrabrost da ih izgovori.

– Ne želim da idem – kazala je, a reči su izletele brzo, spotičući se jedna preko druge.

Tom je očekivao nešto tako, ali nije odlučio šta da uradi. Bio je siguran da će znati kad dođe vreme. A sad je to vreme došlo, a on je bio izgubljen. Hteo je da pita Lindu, staru Lindu, ne onu koju je ostavio kod kuće, s rukama u krilu i suznih očiju koje zure u zid. Razmišljao je da bez reči ponovo upali motor, odveze Ezmi do svoje knjižare, gde je znao da je najsrećnija.

– Zašto ne? – pitao je.

Znao je zašto ne, naravno. Ni on ne bi želeo da ide na njenom mestu. Deca mogu da budu krvožedna i bolno otvorena, a to je bila opasna kombinacija. Tom je pružio ruku kroz prostor koji ga je razdvajao od ćerke i sklonio joj je nekoliko nemirnih pramenova s lica. Borio se protiv poriva, opet, da upali kola i bude s njom do kraja dana, da je čuva, ne samo od fizičke opasnosti nego i od nepromišljenih reči.

– Hoće li svi znati? – pitala je. A onda je dodala, nepotrebno: – Za Fibi?

Tom je juče razgovarao sa Ezminom učiteljicom, gospođom Luis. Učitelji su se vratili dan ranije da obave pripreme, a on je zakazao u poslednji tren da joj objasni. Kad joj je rekao, stavila je ruku na usta.

– O, tako mi je žao – kazala je.

Tom je saznao da ljudi ne znaju šta da kažu ili šta da rade s rukama kad čuju tu vest. Smatrao je reakciju gospođe Luis iskrenom i pravom, tešilo ga je što će ta žena biti zadužena za Ezmi tokom nastave. Verovao je, naivno, da će se gospođa Luis pobrinuti da se ne dogodi ništa loše.

Ali sad, dok je sedeo u kolima pored Ezmi, shvatio je da je ispao glup. Potajno je gledao Ezmi, njeno pribrano ali bojažljivo držanje. Gospođa Luis neće biti tu sve vreme. Bila je zadužena za gotovo tridesetoro dece, i biće malih i velikih odmora i tajnih poruka iza njenih leđa. Setio se, upravo tad, kako sve to može da izgleda.

Tom se okrenuo ka Ezmi, pogledao ju je u oči. – Gospođa Luis zna, a verovatno i neka deca, pretpostavljam. Želiš li da svi znaju?

– Ne znam.

Tom je pogledao kroz vetrobransko staklo, nadajući se da će videti Ezminu prijateljicu, Samantu. Nadao se prijateljskom licu, nekoj ruci koja će uhvatiti Ezminu. Nije često pričala o drugim prijateljima, a Tom je uvek pretpostavljao da joj niko drugi nije potreban. Setio se svojih školskih dana i devojačkih prijateljstava koja su mogla da budu žestoka i isključiva, neraskidiva, gotovo kao ljubavna veza. Nikad dotad se nije brinuo zbog toga.

– Želiš li da te otpratim do učionice? – pitao je.

Ezmi je zastala na tren, a onda odmahnula glavom. – To bi bilo još gore – kazala je.

Toma je srce zabolelo od njene ozbiljnosti, i sedeo je tamo, nepomično, nekoliko minuta nakon što je Ezmi izašla iz kola i okrenula se na kapiji da mu mahne. Poslao joj je poljubac i čekao dok nije ušla pre nego što je upalio motor. Kad je izašao na ulicu, ponadao se, svesrdno, da će joj dan proteći glatko. Da će ostala deca biti ljubazna.

I dalje je razmišljao o Ezmi kad je stigao u knjižaru. Imala je previše problema za sedmogodišnjakinju, i bolelo ga je što nije mogao da joj pomogne. Nikad nije naglas rekla da oseća krivicu zbog Fibine smrti, ali Tom je to video u njenom kretanju i njenoj nepomičnosti. Izgubivši Fibi izgubili su i deo Ezmi, i nije bio siguran da li će ga ikad vratiti. Pitao se, ponekad, da li je Linda to primetila, ili ju je bol zaslepio.

Tom je uključio kuvalo, i pregledao je kasu dok se voda grejala. Kad je Lijam stigao, klimnuli su glavom jedan drugom i pozdravili se, a onda se naslonili na pult i pili prvu kafu tog dana. Bilo je vreme za otvaranje kad je Tom otišao u pomoćnu prostoriju i otvorio gornju fioku stare komode, tražeći neki račun. Pogled mu je odmah pao na jedan komad papira, i podigao ga je, prineo ga bliže licu mada je znao šta piše. *Marijana 0703 218862.* Pogledao je njeno ime, način na koji ga je napisala u žurbi, tako da su se slova preklapala. To ga je podsetilo na način na koji je govorila, na reči koje prestižu jedna drugu brzajući, ne uspevajući potpuno da prate brzinu njenih misli. I njen naglasak, sad gotovo neprimetan, nakon svih tih godina, ali i dalje tu ako pažljivo slušaš.

Setio se kako je izgledala dok je pisala to, namrštena, kao da mora da se usredsredi kako bi se setila svog imena i telefonskog broja. I kako je, usred pisanja, zastala i desnom rukom zatakla pramen kose iza uva, i olovkom napravila tanku crnu liniju na obrazu. A on, on je onda liznuo prst i povukao njime kako bi obrisao mastilo. To je delovalo neobično erotski, kao da su prešli neku granicu i više nije bilo povratka. Setio se kako se oslonila na komodu dok je pisala. Sad je prešao prstima preko glatkog drveta, brzo, tražeći neki otisak, ali nije ga bilo. Na trenutak je pogledao telefon na zidu, gotovo čikajući sebe da ga uzme, ali onda je vratio papirić u džep i izašao ispred, da otvori knjižaru.

Tom je nekako pregurao jutro, ali kad je Lijam izašao da donese ručak, nije uzeo svoje sendviče iz frižidera. Uzeo je telefon i pozvao Marijanu. Jer godinama je postojala samo Linda. Ali pre Linde postojala je Marijana. Francuskinja usred Boltona, neočekivana kao sneg u julu. Zaljubio se u način na koji se njen jezik borio s nepoznatim engleskim rečima i način na koji ju je svetlo obasjavalo drugačije nego ostale devojke. Njeni pokreti bili su niz savršeno osvetljenih fotografija.

I bez upozorenja, pre osam nedelja, ponovo se pojavila. Ušla je u njegovu knjižaru kao da ga nije ostavila slomivši mu srce i rasturivši mu život.

To što je znao da ne treba da je pozove nije bilo dovoljno da ga u tome spreči. Znao je njen broj napamet, samo od gledanja u ceduljicu čitavo jutro između usluživanja mušterija. Ne verujući da će stvarno to da uradi, Tom je okrenuo broj – a srce mu je ubrzano zakucalo dok je pokušavao da smisli šta da radi ako se ona javi. Šta će da uradi ako se ne javi. Četiri prodorna zvona, a onda njen glas, i ponovo je u trenu imao sedamnaest godina.

– Halo?

– Marijana, ovde je Tom.

– Tom?

Zvučala je iznenađeno i pomislio je da ju je prvi put uhvatio nespremnu. Ta žena, koja je bila tako samouverena i smirena, čak i pre toliko godina, kad je još bila gotovo dete. Pitao se šta li radi, da li ju je uhvatio usred odevanja ili pranja ili čitanja. Pitao se da li joj je kratka plava kosa mokra i kaplje joj po ramenima, da li je svetlo u sobi jako ili prigušeno.

– Želim da te vidim – rekao je.

Glas mu je malo zadrhtao, i pokušao je to da sakrije kašljucanjem. Ali mogao je da je zamisli na drugoj strani veze, kako zna koliko je nervozan, kako uživa u tome.

– Jesi li na poslu? – upitala ga je. – Moram da odem do grada u šest. Mogu da dođem ranije. Možemo da popijemo kafu.

– Da – odgovorio je Tom. Pustio ju je da govori, zapisao je ime kafića koji je pomenula, vreme. I nakon što je prekinuo vezu, nije mogao da se seti da li se pozdravio s njom. Sedeo je na stolici iza pulta, zaboravivši na ručak. Težina onog što je uradio – što bi mogao da uradi – pritiskala mu je stomak, kao previše težak i obilan obrok.


Čitavo popodne je pljuštala kiša, i tek povremeno bi ušla neka mušterija. Tom je otišao u pomoćnu prostoriju, ostavljajući Lijama da čita za pultom i da se pobrine za mušterije. Počeo je da određuje cene hrpi polovnih rečnika, ali nije mogao da se usredsredi i uskoro je digao ruke od toga. Misli su mu lutale; prvo je pomislio na Lindu, koja je bila sama kod kuće. Da li je danas ostala u krevetu? I dalje je spavala kad je otišao sa Ezmi, i nije video razlog da je probudi. Bio joj je potreban odmor, mislio je, zbog bebe. A ipak je znao da to nije normalno, da tako leži, bledog lica i nezainteresovana za bilo šta. Zatim je zamislio Ezmi na igralištu za vreme velikog odmora, u uglu, sa Samantom. Zamislio je ostalu decu koja se okupljaju oko njih, postavljaju Ezmi pitanja o Fibi na koja ona ne može da odgovori, i zatvorio je oči na tren, očajnički želeći da odagna tu sliku.

A onda, pomislio je na Marijanu. Nije znao ništa o njenom sadašnjem životu. Kad ga je ostavila, imali su dvadeset dve godine. Sad mu je izgledalo nemoguće da je ikada bio tako mlad. Ali znao je da je to istina. Nakon što su pet godina bili nerazdvojni, i štedeli novac da obiđu Evropu, i pričali o venčanju i deci koju će imati, jednog dana, ona je srušila njegov svet. Bez objašnjenja. Bez izvinjenja. A onda je nestala, podjednako brzo kao što je došla. Sve dosad.

U petnaest do pet Tom se vratio u prednji deo knjižare. Lijam je upravo usluživao nekog kupca i Tom je čekao, oslonjen na dovratak, sve dok zvonce nije zazvonilo i kupac otišao.

– Zatvaramo ranije – rekao je. – Idi kući.

Lijam ga je pogledao. – Jesi li siguran?

Tom je klimnuo glavom. – To je svega nekoliko minuta. A dovoljno si radio prethodnih nedelja. Hvala ti na tome.

Lijam nije dobro podnosio pohvale, ali prestao je da se brani od njih. Tom je brojao pazar, dok je Lijam uzimao jaknu i napuštao knjižaru, mahnuvši rukom. Kafić se nalazio na drugom kraju glavne ulice, na pet minuta hoda odatle. I Tom se setio da je Marijana uvek kasnila, baš kao što je on uvek dolazio ranije. Sad je znao zašto je to radila. Htela je da je osoba s kojom se sastaje čeka, da se pita hoće li doći, a onda da je gleda kako dolazi. To je bila igra koju je igrala, ali njemu to nije smetalo. Osećao se kao da ne može da izdrži u knjižari više nijedan minut, pitajući se šta će se dogoditi kad je vidi.

Tom ju je gledao dok je polako ulazila na vrata, otresajući veliki crni kišobran. Pogledala je oko sebe i ugledala ga, a onda je krenula prema njemu, gledajući karirane stolnjake i posivele zidove kao da nikad nije videla to mesto, uprkos činjenici da ga je ona predložila.

– Došao si – kazala je, ljubeći ga u obraz. – Drago mi je.

Jedna debela žena s blokčetom prišla je stolu, i dok je Marijana naručivala kafu, Tom ju je gledao krajičkom oka. Imala je nekoliko bora oko očiju, a kosa koju je nekad obavijao oko prstiju sad je bila prilično kratka. A i glas joj je bio drugačiji, onaj egzotični naglasak u koji se zaljubio gotovo je nestao. Ali svetlo ju je i dalje pratilo, okruživalo je, naglašavalo joj jagodice i tanke usne. I dalje je bila ta devojka. Njegova devojka.

– Šta radiš ovde? – upitao ju je kad je konobarica otišla. – U Sauthemptonu, mislim.

– Došla sam da te pronađem. Živela sam u Londonu, i bilo je vreme za promenu, i onda sam naletela na nekog iz škole ko poznaje tvog brata. Kazala je da si došao ovamo, pre mnogo godina. Kazala mi je za knjižaru. To me je iznenadilo, moram da kažem. Mislila sam da živiš na nekoj plaži negde u Aziji.

Tom je bio zaprepašćen. Na trenutak nije mogao da govori. A onda se konobarica vratila s Marijaninom kafom, i ćutali su dok je mešala šećer, sipala mleko.

– Nisi se doselila ovamo zbog mene?

Tom nije bio siguran kakav bi želeo da bude njen odgovor. Nije bio siguran ni u šta.

– Pa, ionako mi je bila potrebna promena okruženja. Dosta sam se selila. Nemirna sam. To biva kad napustiš svoju zemlju, valjda. Ali da, došla sam ovamo zbog tebe. – Ponovo ga je pogledala, potrudila se da ima njegovu punu pažnju pre nego što je ponovo progovorila. – Došla sam zato što želim ponovo da budem s tobom.

Tom je bio besan, uznemiren, uzbuđeniji nego što je zadugo bio.

– Imam ženu – rekao je. – Imam ćerku.

Marijana je zastala, držeći šolju s kafom. – O – rekla je.

– Marijana, prošlo je osam godina. Da li si stvarno mislila da ću samo čekati da se vratiš?

Shvatio je, onda, da jeste to mislila. Navikla je da dobije ono što želi. Setio se toga u vezi s njom. Bila je pomalo razmažena, pomalo sebična, postavljala je sebe u centar svega. Ali ovo je bilo neverovatno. Gledao ju je, čekajući da kaže kako se šalila, kako je to samo slučajnost i kako je i ona udata. Ali nije rekla ništa nalik tome. Samo je pijuckala kafu, gledajući ga kako je gleda.

– Nisam znala – kazala je napokon. – Došla sam ovamo da ti kažem kako sam tad pogrešila. Nisam znala šta smo imali. Nedostaješ mi, i želim ponovo da budem s tobom. To je sve. Sad sve zavisi od tebe.

Ustala je, izvadila nekoliko novčića iz novčanika i spustila ih na sto, i pre nego što je Tom stigao da je zaustavi, izašla je na kišu. Gledao ju je kako hoda ulicom, ne trudeći se da otvori kišobran, a kosa joj postaje tamnija i lepi joj se za glavu. I hteo je da pođe za njom, da je uhvati i poljubi na ulici, na kiši. Video je kako se to događa, kao prizor iz nekog crno-belog filma. Ali stopala su mu ostala zalepljena za pod, i nije shvatio da grize unutrašnjost obraza dok nije osetio krv.

# 6.

## Dvadeset drugi septembar 1985 – 69 dana kasnije

Kad je prvi put čula Fibi, Linda je sedela na sofi, s nepročitanom knjigom u krilu. Ezmi je bila gore u svojoj sobi, a Tom je spremao ručak u kuhinji. U dnevnoj sobi je bilo tiho, a onda nije bilo, jer je Linda čula Fibin smeh, jasno i glasno. Trenutak kasnije sve je ponovo utihnulo. Linda je okrenula glavu sleva nadesno, pokušavajući da shvati to. A onda, ćutala je nekoliko minuta, pažljivo osluškujući.

– Gotovo je – viknuo je Tom.

Linda je ustala i otišla do kuhinje.

– Upravo sam čula Fibi – rekla je.

Tom joj je bio okrenut leđima, brisao je radnu površinu kuhinjskom krpom. Sendviči koje je napravio bili su na stolu. Napunio je posudu čipsom i spustio zdelu s voćem nasred stola. Okrenuo se, otvorio frižider i izvadio sok od pomorandže.

– Kako to misliš? – Nije gledao Lindu dok je to pitao.

Pitala se da li on zna koliko ju je to koštalo, koliko joj je bilo teško da izgovori njeno ime.

– Čula sam je, Tome. Bila sam u dnevnoj sobi, pokušavala sam da čitam knjigu. I čula sam je kako se smeje.

Tom je prestao da radi i krenuo je ka njoj. Spustio joj je ruke na laktove i protrljao ih je. Bilo je to nešto što je uvek radio kad je znao da joj se neće svideti to što će joj reći. Linda se trgla i ustuknula, kako se više ne bi dodirivali.

– Linda, znaš da to nije moguće. Mora da ti se pričinilo. Dobro, hajde da ručamo i razgovaraćemo o tome kasnije. – Otvorio je kuhinjska vrata i ponovo pozvao Ezmi.

– Nisam dete – kazala je Linda.

Tom ju je pogledao smireno, ali gledao ju je upozoravajuće.

– Znam to.

– A ipak ponekad razgovaraš sa mnom kao da sam Ezmi.

Kad je Linda rekla ćerkino ime, Ezmi se pojavila na vratima.

– Zašto me pominjete? – pitala je.

Linda nije ništa rekla. Prošla je pored Ezmi, izašla iz kuhinje i krenula hodnikom, zaustavljajući se samo da uzme svoju jaknu i ključeve. A onda je izašla iz kuće, ne osvrćući se.

Ne razmišljajući kuda ide, Linda je krenula poznatom stazom prema univerzitetu, gde je radila. Hodanje tom stazom svakog jutra do posla izgledalo joj je kao nešto iz drugog života, iako je radila to do pre nekoliko meseci. Prošla je kroz lavirint stambenih četvrti, a onda izašla na veliki otvoreni prostor parka. Shvatila je da tu može lakše da diše, i zastala je da vidi da li je Tom prati. Jesen je bila u vazduhu; povetarac je bio svež i grane drveća su se njihale, a crveno i zlatno lišće počelo je da opada. Linda se usredsredila na hodanje, i mada nije htela, počela je da se priseća. Prisećala se kako je hodala ovom stazom s Fibi, držeći je za ruku. Jednom, zimus, ona i Ezmi su vukle Fibi ovom stazom na sankama, koje su ostavljale trag u tek palom snegu. Setila se bola u leđima, neobuzdane radosti u Fibinom glasu kad ih je ohrabrivala da vuku sve brže. Setila se kako je Ezmi pala na zemlju, kikoćući se, kapa joj je spala s glave i kosa joj je pala na ramena. Zašto se nije držala takvih dana? Zašto nije znala?

Linda nikad nije verovala u nekog boga ili raj ili život posle smrti. A opet, zamišljala je Fibi – ili neki njen oblik – kako luta kućom, nadgleda ih. Bio je to pravi kliše, vredan prezira. Uprkos Tomu i Ezmi i nerođenom detetu, osećala je kako je to jedino što ima. A opet, Tom joj nije dozvoljavao da ga ima. Nije mogao da pređe tu granicu smisla i razuma i poveruje u mogućnost da ona čuje njihovo mrtvo dete. Bilo je to sebično, pomislila je. Uskogrudo. I sad je bila ispunjena besom s kojim nije znala šta bi.

Kad je stigla do ivice parka, prešla je ulicu i nastavila da hoda dok nije stigla do univerzitetskih zgrada. Bila je ovde pre nešto više od dva meseca, i dok je prolazila kraj poznate biblioteke i studentske unije shvatila je da joj to nedostaje. Nedostajalo joj je da dolazi ovamo, svakog jutra, i da sređuje dokumentaciju, izračunava prosečne ocene, razgovara sa studentima o njihovim zakasnelim seminarskim radovima i promenama adrese. Ljudi ovde su zavisili od nje, i nije ih izneverila.

Bila je nedelja, i univerzitetsko naselje je bilo prazno. Linda je lutala parkom, umotavajući se čvršće u jaknu jer je počinjalo da joj bude hladno. Pretvarala se da je neko drugi, svoja mlađa verzija, studentkinja. Pretvarala se kako namerava da ode u svoj mali stan u studentskom domu, nakon dugih predavanja i seminara. Nekad je bila ta devojka. Na drugom univerzitetu u nekom drugom engleskom gradu. A onda je otišla kući za raspust i upoznala Toma, i dve nedelje pre nego što je trebalo da se vrati i upiše apsolventsku godinu, saznala je da je trudna.

Linda je čula nekog kako je doziva i pogledala, i trebalo joj je neko vreme da se seti gde je i ko je. Mod Vilson, njena komšinica, približavala se preko travnjaka. Linda je obrisala lice rukama, kao da je plakala. Bila je sigurna da tu ima nekih vidljivih tragova misli koje su je mučile. Šta bi bilo da nije rodila Ezmi? Da nije napustila univerzitet? Da se nije udala za Toma?

– Zdravo – rekla je Mod. – Šta radiš ovde? – Bila je malo zadihana, a seda kosa joj se lagano odizala na vetru.

– Samo sam izašla u šetnju – odgovorila je Linda. – Morala sam da izađem iz kuće.

Mod je uhvatila Lindu podruku, i Linda se trgla od njenog dodira. Da li su ona i Mod bile toliko bliske? Nije mogla da se seti. Nije ništa rekla i njih dve su polako hodale stazom, vraćajući se prema biblioteci.

– Artur je bio baštovan ovde – kazala je Mod.

Linda se okrenula da je pogleda. Nije znala to.

– Ponekad dođem da ga se setim.

Bilo je lako zaboraviti da je Mod nedavno izgubila muža. Razboleo se i umro istog dana kad su oni izgubili Fibi. Kao domine, jedan gubitak je doveo do drugog.

– Da li me kriviš zbog toga što se dogodilo tog dana? – pitala je Mod.

– Molim? – Linda je bila istinski zaprepašćena.

– Da nisam pozvala, moglo je da bude drugačije.

To je istina, naravno. Da Linda nije otišla do susedne kuće, da nije bila s Mod čekajući kola hitne pomoći i pokušavajući da je uteši, njen život bi bio netaknut. Ali nije krivila Mod. Krivila je sebe, i krivila je Toma. I mada se gadila samoj sebi zbog toga, krivila je Ezmi.

– Ne – kazala je Linda. – Nisi mogla da znaš.

– Vidiš li onaj drvored? – pitala je Mod, pokazujući na platane u savršenom nizu. – Artur ih je posadio. Kad je Karen bila mala, ponekad sam je dovodila ovamo. Donosili smo mu sendviče za ručak. A ako je vreme bilo lepo, spakovala bih ćebe i imali bismo piknik na travi. Tu je uvek bilo mnogo mladih. Mislim da je to jedna od stvari zbog kojih je voleo da radi ovde. A i ti, pretpostavljam.

– Da – odgovorila je Linda.

Nije rekla da je nekad bila studentkinja filologije koja je sanjala da živi u Parizu ili Barseloni. Nije rekla da je administrativni posao u savremenom odseku za strane jezike bio nešto najbliže tim stvarima koje je nekad želela a što je sad mogla da ima.

– Idem kući – kazala je Mod. – Postaje hladno. Šta je s tobom?

– Ostaću još neko vreme.

Mod je zastala i pogledala Lindu na tren.

– Dođi i razgovaraj sa mnom, ako želiš – rekla je. – Kad god hoćeš.

Kad je Mod otišla, Linda se svalila na klupu. Beba se pomerala, ritala, a ona je bila umorna. Mislila je na Mod, koja je donela sveže kolače kad su se Tom i ona uselili u kuću i bila im otad dobra prijateljica. Modina i Arturova ćerka, Karen, studirala je u Škotskoj, upoznala je tamo nekog muškarca i ostala. I tako, pošto je Mod bila bez ćerke, a Linda bez majke, zbližile su se, svaka je ćutke ispunila prazninu u životu one druge.

Linda je tad poželela svoju majku. Krenula je kući, i kad je videla telefonsku govornicu ušla je u nju, ignorišući slab miris mokraće i grafite na zidovima. Ubacila je nekoliko novčića u prorez i pozvala broj koji je i dalje znala napamet, uprkos tome što ga je neredovno koristila.

Njena majka, Kristin, javila se nakon četvrtog zvona. – Halo?

Linda je zaustila da kaže kako je to ona, ali nije mogla. Stajala je tamo, slušajući majčino disanje, pokušavajući da natera sebe da progovori. Kristin je ponovo rekla „halo", i još jednom, a onda prekinula vezu. I Linda je stajala u telefonskoj govornici vrlo dugo, sa slušalicom u ruci, iz koje se, na kraju, začulo kreštavo pištanje.

Kad je Linda bila mlada, ljudi su uvek očekivali da bude posebno bliska s majkom. Bila je jedinica, i nikad nije upoznala oca, koji je otišao nedugo pošto je saznao da je Kristin trudna. Ali ta bliskost nije postojala. Njih dve su živele zajedno u nekakvoj čudnoj tišini, kao neznanke koje slučajno dele dom. Linda se setila kako je shvatila, s dvanaest ili trinaest godina, da ju je majka krivila za očev odlazak. Da joj je ona bila surov, svakodnevni podsetnik na njega. I sad, godinama nakon što je napustila dom, Linda je shvatila da joj je majka potrebna više nego ikad, a bilo je prekasno.

Kad se vratila kući, Tom i Ezmi su bili u dnevnoj sobi, igrali su karte. Ezmi je podigla pogled, držeći karte raširene u ruci kad je Linda ušla u kuću.

– Tata je pojeo tvoje sendviče – kazala je. – Gde si bila?

– Išla sam u šetnju. Bolela me je glava, ali sad sam dobro.

Tom ju je pogledao, i videla je tugu u njegovim očima.

– Možeš da igraš ako želiš – kazala je Ezmi. – Ja pobeđujem.

– Mislim da ću otići gore i okupati se – rekla je Linda. – Malo mi je hladno.

Pustila je vodu i ušla u kadu. Nekad je nosila knjigu sa sobom, ali sad je bila uvežbana da sedi ili leži ne obazirući se ni na šta. Linda je utonula u vrelu vodu, zatvorila oči i ponovo čula Fibin smeh.

Fibi je bila dete gladno pažnje, uvek se nadmetala sa Ezmi, i uvek gubila. Ezmi je bila brža, viša i jača. Znala je više, shvatala je više. Razlika među njima bila je tri godine, a Fibi se stalno trudila da pronađe nešto u čemu će pobediti.

*Pobedila si*, Linda je uvek htela da joj kaže. *Pobedila si u ovome. Volim te više.* To je bila istina. Ezmi joj je bila prvo dete, ali Fibi joj je bila miljenica. Linda je htela da joj kaže da uspori, da se smiri, da udahne, da prestane da se nadmeće. Htela je da joj kaže kako je savršena takva kakva je. I nije to rekla iz straha da ne povredi Ezmi pokazujući koga više voli, i znala je da je to ispravno, da majka treba da uradi to. Ali sad to nikad neće moći da kaže, a Fibi nikad neće saznati.

Linda je pogledala svoj nabrekli stomak koji se promaljao iz mehurića i oprezno, počela je da razmišlja o tom detetu. Počela je da se nada da će to biti dečak, jer nije želela da poredi to dete i njegove sestre.

Tom je sedeo na krevetu kad je došla, umotana u peškir.

– Izvini – rekao je.

– Gde je Ezmi?

– Gleda crtane. Jesi li me čula?

– Jesam.

Linda je oprezno pružila ruku i dodirnula mu glavu, prošla prstima kroz kosu. I samo to je bilo potrebno. Prvi put u poslednjih nekoliko meseci su se ljubili, i on joj je šaputao ime kroz kosu i pokušao da skloni mali peškir u koji je bila umotana.

I to je Lindi izgledalo ispravno, stvarno jeste. Osetila je nalet žudnje i nije htela da prestane. Želela je da zažmuri i dozvoli da njome zavladaju njene ruke i usta. Pustila je Toma da svuče peškir s nje, osećajući, kad ju je poljubio, da njegova želja odgovara njenoj i da samo treba da joj se prepusti. Sve dok ne prestaju, a ona ne otvara oči, i ne razmišlja, sve će biti u redu. Bila je sigurna da Tom zna to, da razume.

Ali nije, i kad je zastao da je pogleda, otvorila je oči da vidi zašto je prestao, i to je bilo to. Linda ga je blago odgurnula od sebe i sela. I on ponovo nije shvatio. Zagrlio ju je otpozadi, i osetila je njegovu vrelu erekciju na svojim golim leđima. Pomerila je njegove ruke i ustala.

– Izvini – rekla je, i vratila se u kupatilo i stajala je ispod tuša dvadeset minuta. Nije prala telo ili kosu, samo je stajala tamo, a voda, najvrelija moguća, tekla joj je u potočićima preko kože.

Kasno te noći, oko dva ili tri ujutro, Linda se probudila iz retkog dubokog sna, a srce joj je brzo kucalo. Pogledala je oko sebe, trepćući dok su joj se oči navikavale na tamu. Gotovo sebi u bradu, prošaputala je Fibino ime. I znala je, sasvim jasno, da je Fibi bila tu. Da ju je posmatrala.

# 7.

## Četvrti oktobar 1985 – 81 dan kasnije

Prošlo je gotovo mesec dana od onih čudnih trenutaka koje je Tom proveo s Marijanom u kafeu. Mislio je na nju gotovo stalno, zatvarao je oči noću i zamišljao zabranjene susrete. Kad je mislio o onome što je rekla, o dolasku u Sauthempton da ga pronađe, nije mogao da natera sebe da poveruje u to. Znao je da će je ponovo videti. Bilo je to samo pitanje vremena.

A onda, jednog petka, dok je Lijam bio u pomoćnoj prostoriji i kuvao kafu, zatekao je sebe kako uzima telefon. Javila se nakon prvog zvona i zaprepastio se. Nakašljao se pre nego što je progovorio, a kad je progovorio, glas mu je zazvučao neprepoznatljivo.

– Tom je. Želim da te vidim.

– Sad? – pitala je.

Nije zvučala iznenađeno, i Tom je bio pomalo ljut zbog toga. Uprkos onome što joj je rekao, za svoju porodicu, bila je sigurna da će joj se javiti. Sigurna u njegovu slabost.

Kad se Lijam vratio sa šoljom vrele kafe u svakoj ruci, Tom je bio siguran da mu se izdaja vidi na licu.

– Imam neki sastanak za sat vremena, s dobavljačem – rekao je Tom.

– Stvarno? Nisam ga video u rokovniku.

– Nisi – odgovorio je Tom. – Moja greška. Zaboravio sam. Hoćeš li se snaći ovde?

– Naravno.

Lijam je nagnuo glavu na stranu i gledao Toma nekoliko trenutaka, i Tom se zapitao da li on zna. Ne, pomislio je, Lijam ne zna. Premlad je, previše iskren. Od Fibine smrti, Lijam se ponašao kao da mu je neprijatno. Moguće je da je pomislio kako je danas jedan od težih dana, i da Tom ne može da dočeka da se završi. Osetio je još veću krivicu dok je razmišljao o tome.

– Možda se neću vraćati danas – kazao je Tom.

– Nema problema. Ja ću zaključati ako se ne vratiš.

– Hvala ti, Lijame.

Tom se odvezao sedam kilometara do adrese koju mu je dala. Sedam kilometara. Nije to bilo dovoljno daleko da mu da vremena da razmisli o tome šta radi, šta je naumio da uradi. Nije to bilo dovoljno daleko da nabroji sve razloge protiv. Bilo je dovoljno tek da u mislima neprestano iznova vraća prizor Linde kako se, pre nekoliko sedmica, povlači od njegovog dodira, ostavljajući ga izmučenog željom koja je brzo prerastala u potrebu.

Marijana je otvorila vrata odevena u kratku svilenu haljinu, golih nogu i bosonoga. Povela ga je uskim predsobljem svog stana, i Tom je pogledao dole i video da mu se ruke tresu. Kad je stigla do kuhinje, Marijana se okrenula.

– Čaj? – pitala je.

Gotovo su se dodirivali. Tom je prišao jedan korak i krenuo da je dodirne po obrazu, i drhtanje je prestalo. Kad ga je poljubila, imala je ukus na jagode i zubnu pastu. Teturali su se hodnikom, ljubeći se kao tinejdžeri, kao što su se ljubili pre toliko godina, kad nisu imali prostor samo za sebe, a imali su više žudnje nego što su mogli da podnesu.

Marijana je otvorila vrata spavaće sobe i uvukla ga nežno unutra. Stajala je kraj kreveta, gledajući ga dok je otkopčavala haljinu i puštala je da padne za pod. A onda je stavila ruke na leđa da bi otkopčala grudnjak, svukla gaće. Tom je bio zadivljen njenom opuštenošću. Nikad nije bila stidljiva, ali u ono vreme kad su se znali bilo je u njoj one nelagode svojstvene svim tinejdžerima Sad se navikla na svoje telo i bila svesna moći koju joj pruža.

Tom se ukočio, nesposoban da se pomeri ili progovori. Marijana mu je prišla i polako mu raskopčala košulju. Gurnula ga je na krevet i zajahala ga. Prozor je bio otvoren, i Tom je osetio jesenji vazduh na grudima dok ga je ljubila. Bilo je kao u snu. Njegova prva ljubav, koja se ponovo pojavila, želeći ga i dalje. Zažmurio je i prepustio se tome, pokušavajući da odagna sumnju koja mu je pritiskala srce kao olovo.

– Kad moraš da pođeš? – pitala ga je kasnije Marijana.
Tom joj je lagano dodirivao kičmene pršljenove.
– Uskoro.
Tom je shvatio da, iako je znala za Lindu i Ezmi, ona ne zna da je Linda u poodmakloj trudnoći i ne zna da mu se svet urušio tog dana kad je ona izašla iz prošlosti i ušla u njegovu knjižaru i propela se na prste da ga poljubi u oba obraza. Tom je osetio mučninu, i žaljenje, ali i zadovoljenje. U životu je upoznao muškarce koji su radili ovo, koji su varali i izneveravali, koji su lagali i krili stvari od ženâ koje su tvrdili da vole. I nikad nije ni pomislio da će biti jedan od njih.

Tom je ustao i počeo da se oblači. Marijanina spavaća soba bila je polumračna, osvetljena samo dvema visokim svećama na komodi, koje su ga podsećale na detinjstvo, na nedeljna jutra u crkvi. Tu je bila stolica, prekrivena odećom, i prozor koji je gledao na mali park. A iza njega, taj ogromni hrastov krevet na kome je neoprezno rizikovao svoj brak.

Želeo je da je pita kako je znala da treba da se vrati u njegov život sad, kad se Linda prvi put povlačila od njegove ljubavi. Ali nije to zapravo bilo stvarno važno. Bila je tu, i on je otišao kod nje, i sad je trebalo da ide svojoj kući s njenom slikom iza kapaka. Koja će ga izazivati, kad god zatvori oči.

Osetio je kako mu obavija ruke oko struka, i okrenuo se ka njoj.
– Ostani još malo – kazala je.
Zapitao se, tad, da li je ona usamljena. Prvi put se zapitao zašto je sama na svetu. Zašto drugi muškarci, kao on, nisu bili opčinjeni trikovima koje je izvodila čak i na najmutnijem engleskom svetlu. Možda i jesu. Možda je mnogo njih prošlo kroz njen život. Možda je i sad jedan bio tu, radio u nekoj kancelariji u blizini, nesvestan da se ona svukla za Toma usred dana jednog petka. Da je zadrhtala kad je prodro u nju i poljubila ga u očne kapke kad je svršio.

I kako je uživao u tome, kako se sladio dok ju je držao za kukove i praznio se u nju.

Zamolila ga je da ostane, a on nije bio spreman da se suoči sa svojom porodicom tako brzo posle svoje izdaje, i pristao je. Pili su kafu u njenoj kuhinji i smejali se zbog nespretnosti tinejdžerske romanse, loše usklađenih i nezadovoljavajućih pokušaja seksa. Pričali su o ljudima koje su poznavali i onome što se u njihovim životima dogodilo posle.

– Čime se baviš? – pitao je Tom, shvatajući da to ne zna.

Marijana se nagnula preko kuhinjskog stola i sipala sebi kafu. Dodala je mleko i pomešala, a Tom ju je gledao, pitajući se kakav li će biti odgovor. Imala je probleme kad su bili u školi. Bila je pronicljiva i pametna, ali je bila i lenja, a i jezik joj je bio prepreka. Mnoga popodneva su bežali sa časova, provodili sate ljubeći se – u parku, kad je bilo sunčano, u bioskopu ili po autobuskim stanicama, kad je padala kiša.

– Konobarica sam – kazala je – u francuskom restoranu u gradu. Donosim im malo autentičnosti. Kuvar je iz Krojdona.

Tom se nasmejao, zamišljajući je kako slaže uredno tanjire, recituje specijalitete, naglašavajući svoj akcenat. Ali pomalo ga je rastužilo da misli o njenom poslu – dugom radnom vremenu, noćnim smenama, nepristojnim gostima. Zamišljao ju je kako se vraća kući u prazan stan, tokom najmračnijeg dela noći, bolnih stopala, bez ikoga ko bih ih izmasirao. Bez ikoga s kim može da razgovara o dnevnim problemima i prijatnim trenucima, o svojim uzvišenim snovima. Ili je možda samo on previše dramio, a ona bila srećna u tom životu – posao bez mnogo stresa, lepa kuća i niko kome bi polagala račune.

Bilo je lako, pomislio je, biti s njom. Lakše nego ranije. I lakše nego s Lindom sad, kad je sve što kaže ili radi bilo nekako pogrešno. Ali kad je pogledao na sat i video da je gotovo šest, rekao je ponovo da odlazi i ona nije pokušala da ga zaustavi. Na vratima ga je poljubila u usta i on se odmakao, znajući da postoji opasnost da se vrati unutra i pretvara se da mu život nije takav kakav jeste.

– Hvala ti – rekao je.

I ona se namrštila i podigla ruke kao da kaže da ne razume šta misli pod tim, ali on se dotad već okrenuo da ode i nije se osvrtao.

Na povratku kući, ponavljao je sebi da se to dogodilo jednom, i da je bilo pogrešno, i da će se pobrinuti da se ne ponovi. Znajući, i dok je to činio, da nije toliko jak.

Kad se vratio kući, Linda je sedela za kuhinjskim stolom s glavom u šakama.

– Šta je bilo? – pitao je, prilazeći joj. – Da nije beba?

Ako se nešto dogodilo bebi dok je on bio s Marijanom, nikad to sebi neće oprostiti.

Linda ga je pogledala, očiju pomalo suznih, pomalo mutnih.

– Ništa – odgovorila je. – Boli me glava, to je sve.

Tom se namrštio na zvuk njenog glasa. Nerazgovetan, usporen.

– Da li si pila? – pitao je.

Linda je naglo podigla glavu i zagledala mu se u oči, čvrstim pogledom.

– Nisam.

– Izvini, ne znam zašto sam to pitao. Gde je Ezmi?

– U svojoj sobi. Mislim da se nešto dogodilo u školi. Tamo je otkako sam je dovela kući, ali neće da priča o tome. Kaže da ne želi da jede. Samo želi tebe.

Tom je klimnuo glavom, ignorišući mržnju u Lindinom glasu, i popeo se stepenicama. Pokucao je na vrata Ezmine spavaće sobe, i onda ih polako otvorio i ušao. Ezmi je sedela na plavom tepihu kraj kreveta, prekrštenih nogu, slagala je slagalicu. Jedna pletenica joj je bila raspletena, a druga cela, i osmehnuo se. Kleknuo je naspram nje.

– Mogu li da pomognem?

– Želim da uradim to sama – kazala je tiho Ezmi.

– To je za pohvalu. Smem li da te gledam?

Ezmi je slegnula malim ramenima.

– Hvala ti – rekao je. – I možda, dok gledam, mogu da ti ispričam o međunarodnom prvenstvu u slaganju slagalica na kojem sam jednom bio sudija.

Ezmi nije podigla oči, samo je klimnula glavom. Gledao ju je dok je razdvajala deliće s plavim nebom od onih sa zelenom travom.

– Finalisti su bili Vilijam Vaseršlanger iz Nemačke i gospođa Vilson iz komšiluka, a takmičenje je održano u tvojoj školskoj sali.

Imali su pola sata da slože slagalicu od pet hiljada komada. Vilijam Vaseršlanger je dobio sliku mape sveta, a gospođa Vilson grupnu fotografiju stočlanog orkestra. Uključio sam merač vremena i bacili su se na posao, i nakon dva minuta, primetio sam da oboje izgledaju zbunjeno i da nisu daleko odmakli.

Tom je video kako je Ezmi prestala da slaže svoju slagalicu i gledala je pravo u njega, širom otvorenih očiju.

– Gospođa Vilson je prva shvatila. Slagalice su se nekako pomešale, tako da je gospođa Vilson dobila mnogo delića Afrike, a Vilijam Vaseršlanger pola tube i delove violončela. Vilijam Vaseršlanger je hteo da odustane od takmičenja, ali gospođa Vilson nije htela ni da čuje. Insistirala je da rade zajedno, i uradili su upravo to. I zajedno su završili te slagalice minut i tri sekunde pre zadatog roka. I proglasili smo ih oboje pobednicima međunarodnog takmičenja u slaganju slagalica, i proslavili smo to uz čaj i prevrnuti kolač od ananasa koji je tvoja majka spremila.

– To se nije dogodilo – kazala je Ezmi, osmehujući se.

– Ezmi, kunem se da jeste. Tvoj problem je što ne veruješ u stvari koje su se dogodile pre tvog rođenja, ili u stvari koje nisi videla svojim očima. Kad sledeći put budeš videla gospođu Vilson, pitaj je da ti pokaže svoj pehar.

– Dobro.

– U redu, drago mi je što smo to rešili. E sad, kako je bilo danas u školi? Nisi pronašla u hodniku neke izgubljene delove Švedske iz slagalice Vilijama Vaseršlangera?

– Nisam.

Ezmi je zaćutala i pogledala svoju slagalicu. Uzela je komad neba sa ivicom oblaka i okrenula ga u ruci.

– Jedan dečak u školi je ponekad zao prema meni.

Glas joj je bio tih, odlučan. Tom je uzeo komad slagalice od nje, spustio ga na pod i uhvatio je za ruku.

– Šta radi?

– Samo govori neke stvari, o Fibi.

Tom je osetio kako bes ključa u njemu. Zatvorio je oči na tren, moleći sebe da ostane smiren.

– Kakve stvari?

– Kaže da svi znaju kako sam ja kriva za njenu smrt.

Tom je i dalje držao Ezmi za ruku, ali glava joj je bila pognuta, a kosa joj padala preko lica. Čuo je kako joj glas drhti, i video je kako suza s vrha njenog nosa pada na tepih. Ustao je i podigao ju je na noge, privio je uza se i milovao je po kosi, ritmično, dok mu je ona jecala na grudima.

– Znaš da to nije istina, Ez. Ne znam zašto je rekao to, ali razgovaraću sa učiteljicama i pobrinuti se da se to ne ponovi, ali najvažnije je da ti zapamtiš kako to nije istina. To je bila nesreća, to što se dogodilo, i moglo je da se dogodi i da sam ja bio tamo, ili tvoja mama. Niko nije kriv. Znaš to, zar ne?

Tom je spustio ruke na Ezmina ramena i udaljio je od sebe da je pogleda u oči. Bile su suzne, naduvene, srceparajuće tužne.

– Da – odgovorila je.

I Tom joj nije poverovao, i pomislio je kako ona verovatno zna da joj nije poverovao, ali nije znao šta bi još mogao da kaže kako bi popravio stvari.

# 8.

## Dvadeset prvi oktobar 1985 – 98 dana kasnije

Linda je ulazila u Ezminu sobu svakog jutra i zaticala je kako leži na leđima, širom otvorenih očiju. I prve reči iz njenih usta uvek su bile iste. *Ne želim da idem.*

Tom je otišao do škole, više puta, kako bi pokušao da vidi šta se događa. Ali Ezmina učiteljica, gospođa Luis, rekla je da nije čula ni za kakve uvrede ili zadirkivanje, niti išta što bi objasnilo Ezminu nespremnost da dolazi u školu. Malo je popustila u učenju, kazala je gospođa Luis, ali to je očekivano u tako teškoj situaciji.

Linda je poželela da je mogla da bude tamo, sa Ezmi, da uoči stvari koje su učiteljici promakle. Da bude nevidljiva, kao senka. Želela je da može da prati svoju ćerku kao senka i otkrije šta je to što joj unosi nemir i krade joj san. Ponekad je govorila sebi kako se možda ništa ne događa, da je ono kad je Ezmi plakala i rekla Tomu kako je neko zadirkuje možda bio samo izolovan incident. Da su promene u Ezminom ponašanju mogle proizvesti gubitak sestre, nasilna promena u porodici, majčino nêmo okrivljavanje.

Linda je znala, u svom racionalnom umu, da Ezmi ne treba kriviti za Fibinu smrt. To je bila njena greška, ako je bila greška, što je ostavila dve devojčice same zajedno, a bile su premale za tu odgovornost. Ili Tomova, što je došao kući kasno, što nije bio tu kad ga je očekivala. Ali Ezmi je bila tu, dozvolila je da se to dogodi, i Linda nije mogla da joj oprosti to, koliko god želela. Pokušala je da drži tu ružnu krivicu skrivenu duboko u sebi, nikada joj ne davši glasa, no ipak se bojala kako joj se ona jasno čitala na njenom licu kad pogleda svoju ćerku. Da je povređuje time.

Jednog dana krajem oktobra, Linda je imala izuzetno teško jutro. Kad je Tom izašao iz kuće vodeći Ezmi, osećala se iscrpljeno, spremna samo da se vrati u krevet. Otišla je u kuhinju, sipala ostatak votke u čašu i popila je, dok su joj se ruke tresle. A onda ju je umotala u stare novine i sakrila na dno kante za smeće u dvorištu. Rekla je sebi da je to – to, da je gotovo. Da to ne pomaže.

Ali sat kasnije otišla je do prodavnice pića i kupila još jednu bocu, istovetnu. I nije bila sigurna da li ju je kupila da Tom ne bi primetio da nedostaje, ili jer joj je bila potrebna. Stajala je tamo, u kuhinji, još u kaputu, i gledala tu bocu nekoliko dugih minuta pre nego što je odvrnula čep i popila dva velika gutljaja. A onda je mrzela sebe jer je znala. Nije bilo gotovo. Tek je počinjalo.

Želela je da se vrati u krevet. Svukla se i legla ispod pokrivača u donjem vešu, i zatvorila oči. A onda je čula to. Baš kad je prestala da očekuje.

– Pogledaj me, mama.

*Fibi.* To meko zapevanje u njenom glasu, taj ponos. Linda je otvorila oči i pogledala po sobi, moleći u sebi ćerku da se pojavi. Tiho je preklinjući da se pokaže, poslednji put. Da je vidi kako se smeši i kreće i živi. Kad bih mogla da je vidim takvu, pomislila je Linda, to bi ublažilo bol zbog toga što sam je videla u sanduku. To bi izbrisalo tu sliku s kojom je živela, koja ju je progonila. Zapitala se, nakratko, da li je možda zaspala. Da li je to bio deo sna. Soba je bila prazna, naravno. I tako je Linda ponovo zatvorila oči i pokušala da pronađe utehu u snu.

Malo kasnije, Linda se probudila sa osećajem kao da se guši. Reči su bile i dalje tu, na njenim usnama. *Pogledaj me, mama.* Brzo se obukla i obišla sve sobe u kući, otvarajući prozor. Dan je bio hladan, i kad je počela da oseća povetarac na koži malo se smirila. Ali to nije bilo dovoljno. Morala je da izađe iz kuće, da oseti vazduh svud oko sebe. Otvorila je zadnja vrata i izašla u dvorište, osećajući kako joj se koža na golim rukama ježi.

– Linda?

Pogledala je i videla kako Mod stoji sa druge strane ograde koja razdvaja njihova dvorišta. Linda se usiljeno osmehnula.

– Šta radiš napolju po ovoj hladnoći? Hoćeš li da dođeš na šolju čaja? Radila sam u vrtu, ali upravo sam nameravala da skuvam čaj.

– Ne.

– Izgledaš umorno, draga. Da li ti beba ne dâ da zaspiš?

Linda je pogledala svoj stomak. Bio je uglavnom skriven ispod širokog džempera. Ponekad bi gotovo zaboravila na njega, potpuno nesvesna delića vremena na tom satu koji je otkucavao u pozadini njenog života.

– Dobro sam – kazala je Linda.

Bila je nepristojna, znala je to. Ali nije mogla da se seti kako da se ponaša, šta da kaže. Sela je na klupu i duboko udahnula nekoliko puta.

– Znaš – rekla je Mod, oslanjajući laktove na ogradu. – Sinoć sam sanjala nešto i, u tom snu, sve je bilo vrlo komplikovano. Artur i Fibi su bili živi. Bili su negde zajedno, i vratili su se, smejući se i šaleći se o tome kako su nas prevarili. A mi smo bile tako ljute, ti i ja, zbog toga što su nam priredili, da smo se, kad su pokušali da nam priđu, okrenule od njih.

Linda nije ništa rekla. Znala je da ta priča nije gotova. Imala je knedlu u grlu. Ugrizla se za usnu, očajnički se trudeći da ne zaplače.

– Ne bih uradila to da se stvarno vrate. Kad bi samo mogli da nam se vrate, bar na dan, bar na sat. Ne bi me zanimalo šta se dogodilo. Jedva bih ih dočekala i čvrsto zagrlila. Rekla bih Arturu sve one stvari koje mu nikad nisam rekla.

– To je nemoguće – kazala je Linda. A onda je ustala i ušla u kuću, bez pozdrava.

Telefon je zazvonio. Linda je, više od svega, želela da ga ignoriše. Ali mislila je da je to možda Tom, a on je imao naviku da uporno zove dogod se ne javi.

– Halo?

– Gospođa Sedler? Ovde je gospođica Bartolomju, direktorka Ezmine škole.

Lindi je zastao dah u grlu i pomislila je kako je moguće da grom udari dvaput u isto mesto. Nije mogla da govori, nije mogla da sredi misli, samo je mogla da zamišlja još jedan mrtvački sanduk koji je premali, još jednu izgubljenu ćerku.

– Ne brinite, gospođo Sedler. Ezmi je dobro.

Linda je čula te reči, ali nije potpuno poverovala u njih. Ostala je napola zarobljena u košmaru na javi, i dalje uverena da je izgubila Ezmi jer nije bila majka kakva je trebalo da bude. Ustala je, a onda je osetila kako joj noge klecaju, i uhvatila se za dovratak da ne bi pala.

– Gospođo Sedler, da li ste tu?

– Da – kazala je Linda. – Tu sam.

– Voleli bismo da dođete i odvedete Ezmi, ako možete. Pomalo je uznemirena. Posvađala se s jednim detetom na igralištu i, pa, ujela ga je. Nismo saznali celu priču od nje, ali prilično je uznemirena.

Linda je rekla da će odmah poći i spustila je slušalicu. A onda je pozvala Toma i zamolila ga da se sastane s njom u školi.

Sve vreme je čekala nešto ovakvo, zar ne? Čekala je da se to krhko ćutanje napokon prekine. Dok je vozila, pokušala je da zamisli šta li je taj nepoznati dečak rekao ili uradio da bi njenu mirnu ćerku nagnao na nasilje. I ne znajući ko je, ili kako se sve odigralo, Linda ga je zamrzela.

Tom je bio na parkingu kad je stigla, naslonjen na svoja kola. Pružio je ruke da je zagrli, i prvi put nakon dugog vremena mu je dozvolila to. Bilo je utešno stajati tako, s nerođenom bebom između njih. Izgledalo je kao da su porodica, ili kao da su spremni da postanu porodica. Linda je mogla da oseti Tomov puls na vratu, i poljubila ga je tamo, lagano, a onda ga je uhvatila za ruku i povela unutra.

Zatekli su Ezmi kako sedi na stolici ispred kancelarije gospođice Bartolomju, i klati nogama, koje ne dosežu do poda. Linda se iznenadila koliko je mlado izgledala, koliko ranjivo. Ali Tom je kleknuo i uhvatio ju je za ruke, pitao je šta se dogodilo. Linda je poželela da je to bila ona, da Ezmi i dalje misli o njoj na taj način, kao o osobi koja može da reši probleme. Ezmi je ćutala, i Linda se setila sedmogodišnje sebe – povučene, usamljene. Želela je da kaže svojoj ćerki da je oni vole, da nije važno šta je uradila, ali reči nisu izašle.

Gospođica Bartolomju je otvorila vrata i uvela ih u svoju kancelariju, ostavljajući Ezmi ispred. Prostorija je bila hladna i oskudno opremljena, ali njen osmeh je bio ljubazan.

– Žao mi je što sam morala da vas pozovem ovako. Samo nismo mislili da možemo da je vratimo na nastavu. Izgleda da se sad malo smirila, ali bila je stvarno uznemirena.

– Kako se to dogodilo? – pitala je Linda. – Da li je iko video?

Gospođica Bartolomju je pognula glavu, i Linda je to shvatila kao priznanje krivice. Ovo je bila njena škola, napokon, i ne bi trebalo da bude moguće da dođe do sukoba na igralištu a da neko ne vidi i ne spreči to.

– Gospođa Džekson, jedna od servirki, sprečila je to. Ali nije videla kako je počelo. A deca nisu htela ništa da kažu.

– Ko je taj dečak? – pitao je Tom. – Da li je dobro?

– Sajmon Tredvel. Dobro je. On ume da pravi probleme tu i tamo. Nemiran je, lako se uzbuđuje. Pretpostavljam da je rekao nešto što ju je isprovociralo, mada nisam sigurna.

To ime je bilo poznato Lindi, i gotovo odmah se setila da je to dečak kog je videla onog dana u parku, s majkom. Njegova majka je žena koja je pitala za Fibi. Pomislila je na surove stvari koje je on mogao da kaže, pitajući se šta je navelo Ezmi na to. Uvek je bila tako nežna s Fibi. Linda je znala, u duši, da je sigurno rekao nešto o Fibi. Da je Ezmi kriva za to? Možda da će se nešto grozno dogoditi novoj bebi?

– Odvešćemo je kući, pokušati da saznamo malo više o tome što se dogodilo – kazao je Tom. – Obavestićemo vas.

– Sigurna sam da razumete – rekla je gospođica Bartolomju – da moramo vrlo ozbiljno da shvatimo svaku vrstu nasilja. Obično u ovakvim situacijama, suspendujemo dete.

– Da je suspendujete? – pitala je Linda, gurnuvši svoju stolicu unazad i ustavši. – Ima sedam godina!

– Gospođo Sedler, molim vas. Ne možemo da dajemo poruku kako je takvo ponašanje prihvatljivo. Međutim, razgovarala sam sa Ezminom učiteljicom, gospođom Luis. Rekla mi je za vaš gubitak. Takođe je rekla da to uopšte ne liči na Ezmi, i da je Ezmi prijavila da je neka deca zadirkuju. A kako ne znamo šta ju je isprovociralo, spremna sam da jednom pređem preko toga.

Ćutke, u sebi, Linda se kolebala između ljutnje i olakšanja. Htela je da se uhvati za priznanje gospođice Bartolomju kako ne znaju tačne okolnosti, da joj zameri zato što se to dogodilo dok je dete bilo povereno njoj. Ali prihvatila je poslednje reči te žene. Ezmi neće biti suspendovana. Bilo bi glupo pogoršavati situaciju.

– Hvala vam – rekao je Tom. – Pobrinućemo se da ona to shvati.

– Dobro – kazala je gospođica Bartolomju – jer ako se nešto ovako ponovi...

– Neće – kazao je Tom, smireno ali odlučno.

Gospođica Bartolomju je klimnula glavom, a onda ih je ispratila do vrata. Ezmi je i dalje sedela ispred, klateći se nežno napred-nazad. Kad su joj rekli da je vreme da pođe kući, ustala je i pošla za njima.

Pošto su došli odvojeno, morali su da se vraćaju kući u dva automobila. Ezmi je krenula s Tomom, a Linda se zapitala da li će se Ezmi poveriti ocu kad ostanu nasamo. Ili će kola biti ispunjena tišinom, kao prazan hodnik u kojem su upravo bili.

Jedna misao je iskrsla Lindi dok se parkirala na proilazu kući. *Ne znam koliko još mogu da izdržim.* Došla joj je savršeno sročena, pravo niotkuda, i uplašila ju je pomisao da je bila tu, u njenoj glavi, ko zna koliko dugo. To ju je nateralo da se zapitala šta se još krije tamo.

Kad je ušla u kuću, čula je Tomov glas.

– Važno je da razumeš – govorio je. – Nikad nije dobro rešenje da povrediš nekog drugog. Nikad. Ako ti neko kaže nešto zlobno, moraš da kažeš učiteljici, ili meni ili mami. Onda ćemo rešiti to.

– Ne možete – odgovorila je Ezmi.

Linda je ušla u dnevnu sobu. Ezmi je bila skroz sklupčana na sofi, i glavu je prekrila rukama. Tom je sedeo kraj nje, prekrštenih ruku. Linda im je prišla i pružila ruku da pomiluje Ezminu zamršenu kosu.

– Šta ne možemo? – pitala je.

– Ne možete da rešite to. On je previše pametan. Nikad mi ne govori ništa kad je neka učiteljica blizu.

– Šta ti govori? – pitala je Linda, čučnuvši da bi bila u ravni sa Ezmi.

Ezmi je slegnula ramenima. – Da sam ružna, da sam glupa. Da sam ubila Fibi.

Tom je onda ustao. – Stvarno je rekao to? Rekao je da si je ubila?

Ezmi je pogledala i klimnula glavom. Oči su joj bile umorne, crvene. Linda je mislila na sva ta jutra kad je zaticala Ezmi budnu, pitajući se koliko je uopšte spavala.

– Rešićemo to, Ez – kazao je Tom.

Zvučao je samouvereno, sigurno. Linda se nadala da je to obećanje koje će biti u stanju da ispuni.

# 9.

## Trideseti oktobar 1985 – 107 dana kasnije

– Misliš li da je Ezmi zadovoljnija u školi? – pitao je Tom.

Raspremao je kuću. Primetio je da se situacija otima kontroli, postaje sve gora i gora, i nije hteo to da prepusti Lindi. Bila je već povelika dotad, krupnija nego što se sećao da je bila sa Ezmi ili Fibi, iako je imala još nekoliko nedelja do porođaja. Gležnjevi su joj bili natečeni, a ruke i noge izgledale preteške za kretanje.

– Isto, rekla bih.

Tom je osetio kako ga Linda gleda sređuje stvari oko nje. Sedela je na sofi, s podignutim nogama, a čaj se hladio u šolji na stolu ispred nje.

– Znam da želiš da se izvinim, ali neću – rekla je.

Tom je prestao da radi, privio nekoliko časopisa i Ezminog plišanog medu na grudi, i okrenuo se ka njoj.

– Da se izviniš za šta?

– Za stanje u kući. Nisam slepa. Samo sam previše umorna.

Tom je podigao Lindina stopala i svalio se na sofu.

– Znam. Zato ja to radim.

Pitao se da li pokušava da započne svađu bez nekog razloga. Bilo je to nešto što je povremeno radila, i iza toga se uvek nešto krilo. Prvi put kad je uradila to, pre mnogo godina, bili su otišli u bioskop i ona je kazala kako je film bio grozan i kao da je krivila njega za to. Kasnije te noći, kad je Tom bio već iscrpljen od pokušaja da sazna šta se događa, otkrila mu je da je trudna. Prepoznavao je znakove.

– Šta nije u redu? – pitao je.

Bilo je to pitanje koje je teško postaviti nakon tragedije, kad ništa nije u redu i nema reči da se to objasni. Ali ipak ga je postavio. Pitao se, na trenutak, da li mu je brak završen. Ali nije stvarno verovao u to.

– Kako to misliš? – pitala je.

– Izgledaš uznemireno.

– Uvek sam uznemirena. – Pomerila je stopala od njega i sklupčala ih ispod sebe.

– Mislim, više nego inače. Možemo li da razgovaramo o tome? Jesi li razmislila o odlasku kod psihijatra?

– Zašto? Zato što misliš da sam poludela?

Tom nije znao šta da kaže na to, tako da je ćutao minut ili dva.

– Odakle ti to?

– Znam šta misliš. Otkako sam čula Fibi.

Tom je duboko udahnuo. Nije hteo da se vraća na to, jer nije znao kako, pa se nadao da će to samo nestati, biti zaboravljeno.

– Stvarno misliš da si je čula?

– Znam da jesam. I čula sam je ponovo, pre neki dan. Znam da mi ne veruješ. Ali ona nije mrtva, Tome. Ne sasvim. Ostalo je nešto njeno, šta god ti mislio.

– Znam da želiš da je pamtiš. Razumem to. I ja želim da je živa, isto koliko i ti.

Gledao je kako Linda ustaje i počinje da šeta tamo-amo.

– To nije to. Mogu da je osetim. Samo želim, bar jednom, da prestaneš da budeš toliko razuman i poslušaš šta ti govorim.

– Dobro, izvini. Samo nemoj da se uzbuđuješ. To nije dobro za bebu.

Linda je spustila ruke na stomak. Bio je to nepogrešivo zaštitnički pokret, i Tomu je bilo drago zbog toga. Od onog dana u bolnici, gotovo da nije pominjala bebu. Nisu pričali o imenima, niti su pravili planove. Nije se usudio da pita za praktične stvari, da li da snese krevetac s tavana, da li da ga stavi u Fibinu sobu. Linda je sklonila iz te sobe sve podsetnike na Fibi, ali Tomu je to više izgledalo kao egzorcizam nego kao priprema.

– Ne znam da li ja to mogu – rekla je Linda.

Njene reči su zazvučale glasno u tišini koja je ispunjavala sobu. Ali glas joj je bio ozbiljan. Smiren. Uvežban.

– Šta? Bebu?

– Sve to. Da budem Ezmina majka. Da budem bebina majka. Da budem tvoja žena.

Tom se borio s porivom da ustane i napusti sobu. Uvek je bio takav, od detinjstva. Uvek je želeo da se sakrije od najtežih stvari, da se pretvara kako se ne događaju.

– Zar ne možemo da sačekamo? – pitao je, stisnutoga grla. – Možda budeš razmišljala drugačije kad se beba rodi. A ja ću raditi sve što mogu.

Kad mu je Marijanina slika iskrsnula pred očima, Tom oseti mučninu. Nije mogao da poveruje šta je uradio, šta radi. To nije ličilo na njega. Ali usamljenost je moćna stvar. I saznao je da je osećaj usamljenosti kad si okružen porodicom – koju voliš i koju si oduvek želeo – gori od osećaja usamljenosti kad si sasvim sâm. Usamljenost je najgora kad vidiš kako sve što si ikad voleo polako nestaje pred tvojim očima.

– Neću otići – rekao je.

I Linda ga je pogledala, zagledala mu se u oči sa saosećajnošću koje u njima nije bilo nedeljama, mesecima. Saosećajnošću koja je lako mogla da se pogrešno protumači kao ljubav, ali nije to bila. Ne sasvim. Ne ni izbliza.

– Znam – kazala je. – Ali ponekad bih želela da odeš.

Tom je osetio kako bes ključa u njemu čim je izgovorila te reči. Zapitao se da li je zažalila zbog njih. Poželeo je da je udari. I prvi put u životu stvarno je pomislio da bi mogao to da uradi, i okrenuo se i izašao iz kuće, seo u kola i odvezao se. Vozio je prema Marijaninom stanu a da nije svesno odlučio da to uradi. I kad je bio na kilometar odatle, zaustavio je kola uz prometan put, stisnuo pesnice i neprestano udarao po volanu, sve dok mu ruke nisu bile bolne i krvave.

– Šta se dogodilo? – upitala je Marijana, glasom piskavim od uznemirenosti.

Tom je pružio ruke i nespretno je zagrlio, držeći šake dalje od njenog tela.

– Žao mi je – rekao je. – Morao sam da te vidim.

Marijana ga je uvela u kuću, a kad je zatvorila vrata, okrenula se ka njemu u mračnom hodniku, i pogledala udaljivši ga za dužinu ruku.

– Uvek možeš da dođeš ovamo – rekla je. – Zapamti to.

Navikao je da dolazi ovamo jednom ili dvaput nedeljno, nakon što zatvori knjižaru. Taj put mu je sad bio poznat, a težina krivice i stida pomalo je popuštala nakon svake posete. Svaki put kad bi ušao u svoju kuću, sat kasnije nego obično, Tom se ćutke nadao da će ga Linda prozvati zbog toga. Ali izgledalo je kao da ne primećuje.

Tomove posete Marijani bile su manje-više uvek iste. Prvo su odlazili u krevet. A posle, razgovarali, pili kafu, smejali se. Znao je da to ima veze sa seksom, ali i da to nije sve. Bilo mu je potrebno da se negde smeje, da bude opušten i miran. Želeo je da Linda ima neko takvo mesto. Stvari bi onda možda mogle biti drugačije.

– Dozvoli da ti se pobrinem za ruke – kazala je Marijana.

Ušli su u malo kupatilo i ona je pustila hladnu vodu i držala njegove šake ispod. Dok je stajao tako, gledajući kako se krv kovitla u odvod, Marijana je čučnula kraj kade, otvorila vrata ormarića i počela da traži potrebne stvari.

Bila je smirena, čistila mu je rane pažljivo dok je sedela na ivici kade, i previla mu je obe šake, vrlo uredno.

– Hoćeš li mi ispričati šta se dogodilo? – pitala ga je kad je završila.

– Glupo je, samo sam besneo.

– Zašto si bio toliko ljut?

Tom je razmišljao o tome. Da li je to bilo zato što je mislio da je gotovo s Lindom? Da li bi to bila stvarno tako loša stvar, s obzirom na stanje veze? Da. Jer ubilo bi ga to što ne bi živeo sa Ezmi i novom bebom. I bio je to još jedan dobar razlog da ostavi Marijanu. Pogledao ju je, njeno lice puno nade. Nije ga osuđivala. Samo je čekala da joj ispriča šta se dogodilo.

– Linda i ja smo se posvađali. Morao sam da izađem. Ništa važno.

Tom je znao da je izdao Lindu na najgori mogući način, ali odbio je da objašnjava njihove bitke i probleme. Pogledao je u pod, Marijanin pogled bio je previše prodoran, previše brižan.

– Treba da idem – rekao je. – Nije trebalo da dođem. Ali hvala ti.

Podigao je šake da joj pokaže kako govori o brizi koju mu je pružila.

Marijana ga je tužno pogledala na vratima.

– Volela bih da ti ne predstavlja moralnu borbu to što dolaziš ovamo – rekla je.

– Marijana, oženjen sam. Rekao sam ti.

– Znam. Samo bih volela da sam pre mnogo godina znala ovo što sad znam. Volela bih da sam ostala s tobom.

Poljubila mu je usne i vratila se unutra, a Tom je otišao do svojih kola, razmišljajući o onome što je upravo rekla. Da su on i Marijana ostali zajedno, ne bi bilo Linde, Ezmi, Fibi. Možda bi dosad imali svoju decu. Možda bi se venčali. Možda bi bilo divno, a opet, nije voleo da zamišlja svet u kojem njegove ćerke nisu rođene. Kad se parkirao ispred kuće, skinuo je zavoje sa šaka i gurnuo ih u džepove. Krvarenje je izgleda prestalo. Duboko je udahnuo i ušao u kuću.

Zatekao je Lindu za kuhinjskim stolom. Držala se za stomak i mrštila se. Tom je osetio kako mu srce zastaje, činilo mu se da će iskočiti iz grudi ako se išta dogodilo bebi.

– Šta je bilo? – pitao je, i brzo je prišao i kleknuo kraj nje.

– Beba – rekla je. – Dolazi.

Tom je hteo da je pita da li joj je vodenjak pukao, koliko dugo ima trudove. Hteo je da je pita da li je sigurna, da kaže da je prerano, bar nekoliko nedelja. Hteo je da joj kaže kako mu je žao što nije bio tu kad joj je bio potreban. Opet. Ali nije ništa rekao. Poljubio je Lindu u čelo i rekao joj da sačeka dok ne ode kod Mod da je zamoli da pričuva Ezmi.

Otišao je u dnevnu sobu, isključio televizor i uhvatio Ezmi za ruku.

– Moram da odvedem mamu u bolnicu – rekao je. – Beba dolazi.

Ezmi je izgledala izbezumljeno, i Tom se zapitao kakav li je izraz njegovog lica, da li ona samo oponaša ono što vidi.

– Mislila sam da beba dolazi sledećeg meseca – rekla je.

– I ja, ali izgleda da je požurila. Ne brini, sve će biti u redu. Odvešću te kod komšinice, gospođe Vilson. Da li je to u redu?

Ezmi je klimnula glavom, ali nije se osmehnula. Tom je hteo da je zagrli, da smisli neku priču za nju, da uradi sve što bi je umirilo, ali nije bilo vremena. Nadoknadiće joj to, obećao je sebi kasnije.

Dok je stajao na vratima držeći Ezmi za ruku, Tom je osluškivao poznato šuškanje Modinih papuča u hodniku. A kad ga je čuo, glasno je uzdahnuo od olakšanja, i Ezmi ga je pogledala, i zamalo se rasplakao. Pet minuta kasnije vratio se u kuću, brzo je spakovao stvari u torbu, prekorivši sebe što to nije uradio ranije. Kad je otvorio donju fioku komode u njihovoj spavaćoj sobi, dočekalo ga je more beline. Benkice, čarapice, kapice, sve kupljeno ili pozajmljeno na početku Lindine trudnoće, kad su im srca bila ispunjena nadom.

Linda nije ništa govorila u kolima, ali video je po njenom disanju kad ima trudove. Dolazili su u razmaku od šest minuta. I dalje su imali vremena. A opet, dao je gas i psovao svaki semafor i kružni tok do kojeg su došli. Psovao je glasno svaki put kad je morao da uspori.

Na kraju se parkirao i ugasio motor. Nameravao je da otvori vrata, da istrči i pronađe neka invalidska kolica, kad je Linda spustila ruku na njegovu, zaustavljajući ga.

– Bojim se – kazala je.

Tom se zamalo raspao. Stajao je na rubu provalije, glatke i stenovite litice ispred, i želudac mu se zgrčio. Jedan pogrešan pokret i sve će biti gotovo. A nije mogao da kontroliše svoju sudbinu. Bio je kao neka lutka, a uzice je povlačio neko drugi, neko ko nije znao ili mario koliko mu je porodica značila.

– I ja – rekao je.

Pitao se da li govori o tome da će se beba roditi prevremeno, ili da će se uopšte roditi.

– Daću sve od sebe – rekla je Linda. – Samo ne znam da li će to biti dovoljno.

Tom ju je pogledao, u oči, koje su nekad plesale i svetlucale. Sad su bile mutne i beživotne, i nije video budućnost u njima.

– Ovde sam – rekao je. – Samo mi reci šta da radim.

A onda je prineo njenu šaku usnama i poljubio je.

– Hajde da uđemo – kazala je, glasom ledenim i odlučnim.

# 10.

## Trideset prvi oktobar 1985 – 108 dana kasnije

Sa Ezmi, bio je tu okrutan šok svega toga, intenzitet bola kakav nikad pre nije doživela. Linda je psovala i izvijala se, očajnički želeći da se otarasi toga. Setila se Toma, koji je grizao nokte, pokušavao da je uhvati za ruku, izgledao bespomoćno.

S Fibi, bila je bolje pripremljena, znala je šta da očekuje, i ponovo je bilo drugačije. Samo je izletela, brzo i lako, i onda je ležala mirno, bez plakanja, sedam dugih minuta. Dovoljno dugo da se svi uplaše kako nešto nije u redu.

Ovog puta, treći put, Linda nije bila sigurna ima li energije u sebi. Trudovi su dolazili brzo i bila je potpuno otvorena, ali izgledalo je da nema te sile guranja koja bi naterala tu bebu da dovrši svoje putovanje niz porođajni kanal. Sala je bila puna lekara, svaki sa svojim krutim stavom. Previše njih, pomislila je Linda, za normalan porođaj. Pitala se šta su to znali, šta su krili od nje. Zapitala se o svom opijanju, o šteti koju je možda izazvalo. I žudela je za pićem, baš tad, da bi joj se ta blistavobela prostorija zamutila. Da malo ublaži stvari.

Osetila je kako je obuzimaju novi trudovi, koji kreću od stopala, i izvukla je ruku iz Tomove, stisnula pesnice i zaškrgutala zubima, puštajući da to nadođe. Kad je sve bilo gotovo, osmeh se pojavio na Tomovom licu. – Jesmo li se dogovorili da bude Oliver, ako je dečak? – pitao je. Linda je klimnula glavom. – A ako bude devojčica – rekao je. – Šta misliš o Beatris?

– Beatris – nesigurno je rekla Linda.

– Bi?

– Da – kazala je Linda. – Bi.

Kad su joj rekli da krvari, Linda je samo klimnula glavom. Osećala je slabost i pitala se da li je to psihološki, posledica onog što je upravo čula. Na trenutak se zapitala da li će ovako završiti život, na leđima, na tvrdom krevetu. Zamišljala je Toma, kako se muči sa Ezmi i novom bebom, u njenom odsustvu. Snašao bi se nekako, shvatila je. On je snažan, i voleće ih onako kako ona ne bi mogla. Možda je to najbolje, ako je tako suđeno, mislila je.

Delovali su brzo, rekli su joj da će da upotrebe forceps, a onda, ako beba ne izađe, odvešće je u operacionu salu na carski rez. Tražili su njenu saglasnost, i klimnula je glavom. Nadajući se, potajno, da će samo umreti. A da će beba preživeti. Nije bila sigurna kako bi se Tom nosio s gubitkom obe.

Linda je osetila hladan metal na koži, osetila je kako joj se meso kida, ali bila je i obamrla. Zagledala se u Toma, pokušala da mu prenese činjenicu da nije uplašena, da je spremna da sve bude gotovo, da joj je žao. A onda je čula plač i beba je izašla i još je disala, još je bila živa. I rekli su da je beba devojčica, i da je zdrava.

A onda... a onda. Linda je bila negde drugde, ispod vode, jedva je disala. Ako se usredsredi, mogla je da čuje šta se događa oko nje, ali bila je udaljena, nekako odsutna. A pored nje, nevidljiva ali prisutna, bila je Fibi. Linda je osetila nalet sreće, i to je bilo tako nepoznato osećanje da joj je bilo potrebno nekoliko minuta da ga prepozna. Pokušala je da šapne ćerkino ime, ali nije bilo zvuka. Nije bilo važno, jer je samo bilo važno što je Fibi kraj nje, stvarna kao kad je bila živa.

Oko nje se odvijala užurbana aktivnost. Linda je čula reči koma, čula tih, životinjski zvuk, koji je verovatno potekao od Toma. Još lekara i sestara je ušlo u sobu, i svi su jurili naokolo, proveravali stvari i pokušavali sve što mogu da je povrate.

Linda je čvrsto verovala da je povratak na površinu pod njenom kontrolom. Imala je svoje razloge da čeka. Bilo je teško, slušati paniku u glasovima lekara i osećati Tomovu šaku, tako hladnu, i zamišljati ga izgubljenog i bespomoćnog. Znajući da može da mu se vrati, ako samo pokuša. Ali dugo nije bila ovako blizu Fibi, i nije bila spremna to da izgubi. A pored toga, morala je da zna da je njena beba bezbedna. Rekli su da je zdrava, ali rodila se prevremeno, a Linda je znala kako stvari brzo mogu da se promene. Morala je da zna hoće li njena beba živeti, pre nego što odabere. U međuvremenu, pokušala je da pošalje Tomu signal mlitavom šakom. Molila ga je da je razume.

Pomislila je na Ezmi. Setila se događaja od pre nekoliko dana, kad je zatekla ćerku kako izvodi stoj na rukama, kraj vrata plakara. Kasnile su u školu i Ezmine pahuljice su postajale gnjecave u kuhinji, i zato je otišla na sprat da je potraži, dozivajući je. A kad je otvorila vrata Ezmine sobe, videla ju je tamo, naglavačke, dok joj siva školska suknja visi do vrata. Lice joj je bilo crveno, a pletenice su joj dodirivale pod.

– Ezmi – kazala je. – Nemamo vremena za to. Siđi i pojedi doručak.

A Ezmi se ispravila, ćutke, i poslušala je.

Bilo je nečeg u toj ćutljivoj poslušnosti što je Lindi smetalo. Mogla je gotovo da oseti teret koji Ezmi nosi. Linda je znala da bi Ezmi trebalo da bude okidač, da bude dovoljna da je trgne iz ovoga. Ali nije bila.

Pustila je sebe da potone malo dublje u nesvest. Bilo je to kao uranjanje u toplu kupku. Utešno. Iskušenje da nastavi, da ode dublje, bilo je jako. Ali nije mu se prepustila.

Pre nego što je izgubila svest, ugledala je svoju novu ćerku, Bi, ali nije je uzela u naručje niti je pogledala u oči. Izgledala je kao Ezmi, pomislila je Linda, mala i mirna. Čuperak tamne kose i ozbiljan izraz lica. Bilo je to kao da je ponovo rodila Ezmi.

Linda je sačekala da lekar primeti promenu u njoj. Popuštanje. Nije morala dugo da čeka. U roku od nekoliko minuta, napetost oko njenog kreveta je porasla i osetila je dah jednog od lekara na svom vratu. Čula je kako Tom šapuće njeno ime i onda je njegova ruka ispala iz njene i zapitala se da li su ga izveli iz sobe, ili je posmatrao sa strane.

Ta moć je bila opojna. Odavno nije imala toliko kontrole. Razmišljala je da ponovo sklizne, ali se zaustavila, nesigurna gde se tačno nalazi tačka bez povratka.

Linda je naterala sebe da misli o tome šta će Tom reći Ezmi ako ona umre, ako beba umre. Bilo bi to previše da bi Ezmi razumela. Da joj kažu da je dobila bebu, novu sestru, koja joj je onda oduzeta, kao i njena majka. To bi bilo nešto što nikad ne bi prebolela. Ali da li bi bilo gore od druge mogućnosti? Da li bi bilo gore od svakoga dana svog detinjstva provedenog s majkom koja ne može da je pogleda u oči?

Linda je bila tako mlada kad se Ezmi rodila, i sve je bilo mučno i bilo je straha, svakog dana, kako sve radi pogrešno. Ali postepeno, samopouzdanje joj je raslo i spoznala je da je dobra majka. Dovoljno dobra, svakako. S Tomom kraj sebe, učila je, nagađala i gurala nekako. Svakog dana je trebalo donositi neke odluke. I verovala je da je, uglavnom, donosila ispravne.

A baš tada, bila je najudaljenija od svoje porodice što je ikada bila. I odluka da im se vrati – odluka o kojoj ne bi razmišljala mnogo samo godinu dana ranije – nije bila doneta. I Bi je bila tu, negde u bolnici, stara nekoliko sati, i majčina ruka je nikad nije dodirnula. I majka je nikad nije držala, nahranila ili poljubila.

Linda je shvatila da Tom govori. Mumla, u stvari.

– Molim te. Ne napuštaj nas. Potrebna si mi. Potrebna si Ezmi.

Linda se zapitala da li je to istina. Bila je to stvar koju ljudi govore u tim situacijama. Ali Ezmi je uvek više volela oca, a ona nije bila sjajna majka u poslednje vreme. Koliko će njeno odsustvo stvarno uticati na Ezmin mali svet?

Usledila je duga pauza, i Linda se zapitala da li Tom plače.

– Znaš – rekao je tad Tom – mislim da sam se zaljubio u tebe na prvi pogled. Mislim da sam znao, čak i tad, da ćemo živeti zajedno. I znam koliko je bilo teško i voleo bih da mogu da se vratim u prošlost i promenim neke stvari, jer imam osećaj da sam te izneverio. Promenio bih neke stvari kad bih mogao. Ali ne mnogo. Jer iako zvuči pogrešno kad se tako kaže, mislim da smo na mnogo načina imali sreće. Imamo jedno drugo, imamo Ezmi. Imali smo Fibi, neko vreme. I sad imamo Bi.

Govorio je tiho i Linda je morala da se usredsredi da bi čula svaku reč. Mislila je na stvari koje ljudi govore kad misle da ih niko ne sluša. Mislila je na to šta bi ona rekla njemu, da je situacija obrnuta. Da li bi ga molila za oproštaj, ili mu dala svoj? Ili mu ispričala o snovima koje je imala ponekad, u kojima je imala drugog muža, drugačiji život? I nije imala decu.

Jedan lekar je ušao u sobu da razgovara s Tomom. – Upravo sam video vašu ćerku – kazao je. – Dobro je. Biće u inkubatoru na intezivnoj nezi, jer je tako sitna. Biće tamo nekoliko nedelja dok ne počne da dobija na težini i ne ojača. Nećete moći da je odvedete kući neko vreme, ali stvari izgledaju vrlo obećavajuće.

– Hvala vam – rekao je Tom, glasom ispunjenim olakšanjem.

I ne znajući da će to da uradi, Linda je otvorila oči. Videla je Toma, videla suze u njegovim očima, videla kako se lekar okreće i izlazi iz sobe.

– Želim da vidim svoju ćerku – kazala je.

Tek mnogo kasnije su joj dozvolili da ustane iz kreveta. Trebalo je da je pregledaju, i morala je da im ponavlja, neprestano, da se oseća dobro. I na kraju, dovezli su invalidska kolica i Tom ju je pažljivo gurao hodnikom, do odeljenja gde je ležala Bi. Bilo im je potrebno manje od minuta da stignu tamo, a Lindi se činilo da je prošlo sto godina u tom putovanju. Bilo je nepodnošljivo biti tako blizu Bi, ali ne sasvim kraj nje.

A kad je stigla do inkubatora, a oči joj bile u ravni s ćerkinim, očekivala je da će je obuzeti smirenost. Očekivala je da će sve iznenada biti kako treba, i da će bol prestati. Ali kad je Bi otvorila oči i Linda ih pogledala, shvatila je, uz bolan trzaj, da u sebi i dalje ima prazninu. Koju čak ni Bi, sa svojim savršenim licem i malim, nemirnim nogama, ne može da ispuni.

# 11.

## Prvi novembar 1985 – 109 dana kasnije

Tom se probudio u sedam, nakon četiri sata sna. Oči su mu se sklapale, ali unervozio se i znao je da neće ponovo zaspati. Dok je ležao tu, na Lindinoj strani kreveta, prisetio se jučerašnjih događaja. Babica koja kupa Bi, umotava je čvrsto u ćebence. Ljubomora koju je osetio prema toj neznanki koja ju je prva dodirnula. Setio se kako je gotovo mogao da oseti težinu bebe u rukama, njenu toplinu. I odagnao je strah da je previše mala, da je rođena prerano. Kretala se kroz prostoriju prema njemu, babica koja ju je nosila bila je nevidljiva. I osetio je kako mu se život podelio na dva jasno uočljiva dela – pre i posle držanja nje. Ali brzo su je izneli iz sobe do odeljenja za intenzivnu negu, i ostao je tamo, otvorenih usta. Praznih ruku. A onda je Linda iznenada izgubila svest. I on koji je shvatio da će njegovo srce stati ako stane njeno.

Tom se stresao od tog sećanja i onda je ustao iz kreveta, otišao hodnikom do Ezmine sobe. Stao je kraj njenog kreveta, uhvatio jorgan i pokrio joj stopalo, koje je izvirilo.

Ezmi je polako otvorila levo oko, kao da ju je svetlo probudilo.

– Hej, ti – rekao je Tom.

– Hej, ti.

– Vreme je da se spremaš za školu.

– Gde je mama?

Pružila je ruke i Tom ih je uhvatio, podigao ju je u sedeći položaj. Seo je kraj nje.

– Ona je u bolnici s tvojom novom sestrom. Mora da ostane tamo nekoliko dana i odmori se.

– Zar ne može da se odmara kod kuće?

Tom je odmahnuo glavom. – Moći će, uskoro. Ali zasad je veoma, veoma umorna i mora stalno da se odmara. Evo kako ćemo. Ti idi u školu, a kad dođem po tebe odvešću te u bolnicu da ih vidiš. A onda, sutra, mama će moći da se vrati kući.

– I Bi?

Tom je zastao, zapeo. – Moramo da sačekamo malo duže za Bi. Trebalo je da ostane u mami malo duže, tako da je prilično mala i mora da provede izvesno vreme u posebnoj staklenoj kutiji dok malo ne poraste.

Ezmi se zakikotala. – To je blesavo – kazala je.

Tom je pružio ruku i dodirnuo Ezmin obraz, a onda je ustao i krenuo da izađe iz sobe. Na vratima se okrenuo.

– Ako obučeš uniformu i siđeš za deset minuta, spremiću ti kuvana jaja i tost.

– Dogovoreno – kazala je Ezmi, već jureći kraj njega u kupatilo.

Iz prizemlja je pozvao Lijama.

– Halo?

Tom je čuo po pospanosti u Lijamovom glasu da ga je probudio. Na trenutak je poželeo da zameni mesto s tim momkom. Dvadesetjednogodišnjak bez obaveza i pravih odgovornosti. Mogao je da ide svuda, da radi svašta. Mogao je da poseti mesta opisana u knjigama koje su prodavali, umesto da samo čita o njima, kao Tom.

Objasnio mu je situaciju i Lijam je pristao da se brine o knjižari koliko god je Tomu potrebno. Pre nego što je prekinuo vezu, Lijam mu je čestitao na Biinom rođenju, i Tom je morao da potisne suze.

Nakon što je ostavio Ezmi ispred školske kapije, Tom se odvezao pravo u bolnicu. Prvo je obišao Bi, osećajući kako ne može da čeka ni tren više da bi je ponovo video. Kad je sinoć otišao iz bolnice, imao je jasnu sliku u mislima, ali ta mentalna slika već je počela da se muti, i nije bio siguran da li se pomešala sa slikama novorođene Ezmi ili Fibi.

Bi je bila u inkubatoru u uglu, kraj prozora. Ležala je na leđima, ruku položenih kraj glave, s dlanovima naviše. Oči su joj bile čvrsto zatvorene. Prsti su joj bili skvrčeni i malčice su podrhtavali, kao da je usred nekog sna. Tom je žudeo da je uzme. Mislio je na isprekidani san i nevolje koje ga čekaju kad se ona vrati kući, i nije mogao da dočeka da počnu. I pošto joj je bio najbliže što je moguće, poljubio je prste i pritisnuo ih na staklo.

Linda je bila budna, oči su joj bile razrogačene i suzne. Premestili su je iz zasebne sobe na odeljenje, i Tom je, na putu do nje, prošao između ljudi koji su tiho razgovarali. Kad je stigao do nje, navukao je zavesu oko njenog kreveta radi malo privatnosti i seo.

– Kako se osećaš? – pitao ju je.

– Umorno. Spremno da odem kući.

– Jesi li videla Bi danas? Upravo sam došao odande. Čvrsto spava.

– Nisam – odgovorila je Linda, i u glasu je imala neku oštrinu koja je malo uplašila Toma.

– Dobro, siguran sam da ćeš je videti kasnije. Ili mogu da dovezem invalidska kolica i odguram te sad...

Linda je jedva primetno odmahnula glavom i prestala da govori. Uzbuđenje koje je osećao kad se probudio jutros sad je nestalo, i iznenada su mu udovi postali preteški, a oči su ga bolele.

– Upravo sam odvezao Ezmi u školu – rekao je. Morao je da nastavi da govori, kako bi stvari izgledale normalno. – Rekla je da te voli. Kazao sam da ću je dovesti posle škole. Jedva čeka da vidi Bi. Čak joj je nacrtala nešto.

Na crtežu se videlo njih četvoro – on, visok i nasmejan, Linda, duge kose do struka, onako kako je izgledala kad ju je upoznao i prvih nekoliko godina Ezminog života. Ezmi, koja stoji između njih i drži ih za ruke. I Bi, beli zavežljaj u Lindinim rukama. Kad mu je pokazala to, zamislio ju je kako crta, ne znajući da li da uključi Fibi. Nije bio siguran da li mu se pričinjavalo da je na crtežu Ezmi stajala malo bliže njemu nego Lindi, i da postoji prostor na kojem je Fibi trebalo da bude.

Čula se škripa kad je zavesa pomerena, i kad se okrenuo Tom je video lekara koji se juče brinuo o Lindi.

– Dobro jutro – rekao je Tom.

– 'Jutro – kazao je lekar. Okrenuo se prema Lindi. – Kako se osećate danas? Da li vas nešto boli? Da li imate vrtoglavicu?

– Ne – kazala je Linda. – Samo sam umorna.

– To je dobro. – Pogledao je karton na njenom krevetu, i onda ga je zamenio i prekrstio ruke. – Ako se ništa ne promeni, mislim da ćemo vas zadržati ovde još samo jednu noć.

– Sigurno ne mogu da idem kući danas? – pitala je Linda.

Lekar se namrštio. – Ne, nažalost. Vaše telo je pretrpelo mnogo toga. Morate dobro da se odmorite.

– Ali ne mogu da spavam ovde!

Tom je pokušao da ne obraća pažnju na ostale pacijente i posetioce koji su pogledali u njih. Pokušao je da ignoriše histeriju u Lindinom glasu. Krenuo je da je uhvati za ruku, ali ona ju je izmakla pre nego što ju je dodirnuo. Video je kako je lekar skrenuo pogled, pretvarajući se da ne vidi.

– Znam da je teško biti daleko od kuće, daleko od porodice. Ali ovo je najbolje mesto trenutno. Još jedan dan, Linda. Doći ću da vas obiđem popodne.

Kad je otišao, Tom je ponovo prišao zavesi, ali Linda ga je sprečila.

– Ostavi je tako – rekla je. – Osećam se zarobljeno kad je navučena. Kao da ne mogu da dišem.

– Nema problema – kazao je Tom. Utišao je glas, ne želeći da njihov razgovor sluša soba puna neznanaca. – Slušaj, uskoro ćeš doći kući, a onda možemo da počnemo da spremamo stvari za Bi. Ako budeš raspoložena, naravno. Možeš da ležiš u krevetu i naređuješ mi. Ezmi će mi pomoći.

– Ne želim da pričam o tome – kazala je Linda, smireno i odlučno.

– Zašto ne?

Tom je morao da pita, iako nije želeo da čuje odgovor.

Linda je ležala na leđima, a suze su joj tekle niz obraze. Tom je hteo da je uhvati za ruku, ili joj obriše suze prstima, ali ostao je na mestu, stisnutih ruku.

– Ne volim je – kazala je Linda, jedva čujno. – Mislila sam da ću je voleti, ali ne volim je.

Okrenula se od njega, okrenuvši se prema zidu. A Tom je neko vreme gledao u njena leđa, koja su se pomalo micala kako je plakala, i pomislio je da gleda u neku neznanku.

Kad je bio siguran da je Linda zaspala, disanje joj je bilo duboko i ujednačeno, izašao je u hodnik i otišao do telefonske govornice. Pogledao je oko sebe dok je okretao broj, a onda je zapitao sebe koga traži. Nekog poznatog? Lindu?

– Halo?

– Marijana, Tom je.

– Gde si?

Glas joj je bio raskošan i dubok, i smirio ga je, kao što se i nadao da hoće.

– Ne mogu da dođem – rekao je, ignorišući njeno pitanje. – Samo sam morao da čujem tvoj glas.

– Shvatam – rekla je Marijana. – Da li to znači da ne možeš da dođeš danas, ili ne možeš više da dolaziš?

– Danas.

Nije ništa rekla, ali kad je zatvorio oči, Tom ju je zamišljao kako se smeši. Hteo je da joj kaže kroza šta prolazi. Da ima novu ćerku, kako je mislio da će izgubiti Lindu. Stvari koje je Linda rekla, kako se osećao zbog nje. Bolesno i žalosno. Ali ona nije bila prava osoba. Zašto je ona bila jedina s kojom je želeo da razgovara kad je toliko toga skrivao od nje? Tom je tad pomislio na Lindu, iscrpljenu i slabu od porođaja. Osetio je kako mu venama teče hladan stid, pomešan s krvlju.

– Da li znaš kad ćeš doći? – upitala je Marijana. – Nedostaješ mi.

– Uskoro – kazao je. – Pozvaću te. Slušaj, moram da idem. Ali hvala ti što si se javila. Stvarno sam morao da razgovaram s tobom. Samo na tren.

– Zdravo, Tome.

Stajao je u hodniku dugo nakon što je spustila slušalicu, nesiguran šta radi, ili kuda treba da ide. Linda je jasno rekla da ga ne želi tu, a Bi je morala da se odmara. Pošto je morao da izađe na vazduh, pronašao je najbliži izlaz i šetao se bolničkim krugom, po sitnoj jesenjoj kiši.


Kasnije tog dana Tom je odveo Ezmi u bolnicu. Nije bio siguran kako će Linda reagovati kad je vidi, ali obećao je i nije hteo to da prekrši. U kolima, Ezmi je imala gomilu pitanja. Izgledala je nervozno, govorila je brzo i stalno je cupkala nogama u prostoru ispred svog sedišta. Tom je hteo da joj kaže kako će sve biti u redu, da se neće ponoviti ono što se dogodilo Fibi. Umesto toga, smislio je priču na licu mesta, nesiguran kakva će biti naredna rečenica dok se ne pojavi u prostoru između njih.

– Znaš li gde je bolnica? – počeo je.

– Da.

– Pa, pre mnogo godina tamo nije bila bolnica nego zabavni park. Vlasnik tog zemljišta bio je veoma bogat čovek po imenu Hugo Šakonog, i izgradio ga je za decu iz Sauthemptona. Sve vožnje na ringišpilu bile su besplatne, a mogla si da jedeš šećerne vune koliko želiš. A onda je, jednog dana, gradsko veće odlučilo kako treba izgraditi bolnicu, i ponudili su Hugu Šakonogu hrpu novca da kupe njegovu zemlju. Ali njemu, naravno, novac nije bio potreban, i želeo je da deca imaju zabavni park, pa je odbio.

– Ali onda, kad je imao sto trideset tri godine, veoma se razboleo i umro jer nije bilo bolnice u koju je mogao da ode. Pre smrti, pozvao je gradsko veće i pristao da pokloni svoju zemlju za izgradnju bolnice. Sutradan su došli radnici da sve sruše, ali predsednik gradskog veća nije mogao da podnese da sve atrakcije Huga Šakonoga budu uništene, i evo šta su uradili: iskopali su veliku rupu u zemlji i spustili su zabavni park u nju, i onda su iznad izgradili bolnicu.

– U današnje vreme, ponekad, noću, nakon što svi posetioci odu kući, duh Huga Šakonoga skakuće bolničkim hodnicima. Skuplja svu decu i vodi ih svojim tajnim liftom, sve do podzemlja, i pušta ih da se igraju do jutra. I kad vidimo Bi, možda će biti pospana jer je čitavu noć provela na električnim automobilčićima i ringišpilu.

– Bi ne sme da se vozi – kazala je Ezmi. – Suviše je mala. Ne ume ni da hoda.

– Sme usred noći, kad je s Hugom Šakonogom. To je čarolija, znaš. Ako bude spavala kad stignemo tamo, znaćeš razlog.

Tom je pogledao Ezmi, i video kako se osmehuje.

Kad su ušli i stigli do intenzivne nege, bolničarke su se sjatile oko Ezmi.

– Velika sestra – kazale su. – Čekali smo da te upoznamo.

Ezmi je bila stidljiva, na trenutak se sakrila iza Toma, ali video je da je zadovoljna zbog pažnje.

– Kako vam je žena? – pitala je jedna od bolničarki.

– Dobro je – rekao je Tom, prezirući sebe zbog laži, čim je to izgovorio. – I dalje se odmara.

Bolničarka je klimnula glavom, pružila ruku Ezmi, i kad je ova nije prihvatila, slegnula je ramenima i otišla do Bi, koja je ležala u krevecu. Tom i Ezmi su krenuli za njom. Kad je pogledao svoju usnulu ćerku, Tomu se učinilo da izgleda drugačije. Malo veća, možda, malo lepša, i osetio je neobičan ponos što je pokazuje Ezmi. Čuo je kako Ezmi glasno udiše, i polako izdiše.

– Mala je – prošaputala je Ezmi.

Tom se nadneo nad inkubator i uzeo ju je. Bila je tako lagana, tako topla, umotana u ćebence, i samo joj je glava virila. Držao ju je na laktu savijene ruke, i okrenuo njeno lice blizu Ezminom.

– Smem li da je dodirnem?

– Da. Samo budi nežna.

Ezmi je pružila ruku i pomilovala sestru po obrazu jednim prstom. Biini kapci su zatreperili, ali nije se probudila. Tom je želeo da je probudi, želeo je da joj Ezmi vidi oči, da vidi koliko su slične Lindinim.

Kad je bila spremna, Bi se probudila, protegla udove i zagledala se u Toma, a onda u Ezmi. Jedna bolničarka je donela bočicu, a kad ju je Tom prineo njenim ustima, gladno je jela, iako nije plakala niti kenjkala. Tom je, ne prvi put, pomislio kako joj je potrebna majka. Kako moraju da se povežu odmah, pre nego što bude prekasno. Pre nego što se Bi navikne na majčino odsustvo.

Žudeo je da je odvede kući, da uhvati Ezmi za ruku, da povede Lindu i izjuri iz bolnice, da se odveze kući s Bi u krilu i Lindom na sedištu pored. Hteo je da kaže: *Pogledaj je. Pogledaj šta smo stvorili. Znam šta smo izgubili, i to me ubija, ali pogledaj šta imamo. Propuštaš to.*

Ezmi je izgledala očarano, a Tom se setio da je tako izgledala i s Fibi – udivljena, gotovo u neverici.

– Želiš li da je držiš? – pitao je.

Ezmi je odmahnula glavom tako brzo, da joj je kosa kasnila u tom pokretu za njom.

Tom ju je pogledao, pravo u oči. – Jesi li sigurna?

– Da. Previše je mala. Ne želim da je ispustim.

Tom se rastužio, ali nije hteo da gura Ezmi u nešto za šta nije bila spremna. Bio je srećan što je pošla, što je imao s kim da podeli Bi, napokon. Sestrinska ljubav će uslediti. Bio je uveren u to.

# 12.

## Dvadeseti novembar 1985 – 128 dana kasnije

Tokom tih nedelja, kad je Bi bila u bolnici, boreći se da ojača pre dolaska kući, Linda se pretvarala da je nije rodila. Ignorisala je opuštenu kožu na stomaku, bol u vapećim dojkama iz kojih je curilo mleko, i ležala je u krevetu ne misleći ni o čemu drugom osim o Fibi. Nekim danima je Fibi bila s njom – mogla je da je čuje, ili oseti. Nije ništa govorila Tomu. Pila je sve više, spavala manje. Stvari su se otrgle kontroli.

Tom se svakog dana vraćao kući iz bolnice blistavih očiju, pun priča koje ona nije htela da sluša. Sedeo je na ivici kreveta i pričao Lindi da je Bi sve veća i veća, sve jača, a Linda je samo osećala užas koji je pritiska kao kamen. Jer je znala da će kad se Bi dođe kući, ovaj period žestokog bola biti završen. Neće biti vremena za to. Moraće da je hrani, presvlači, previja, i više neće moći da se pretvara da nije ova žena, ova majka.

Linda je pogledala Toma, njegove sjajne oči i opušten osmeh, i ponovo se zapitala kako mu je to uspelo. Kako je jednostavno prebacio ljubav s jedne ćerke na drugu. Nije mu zavidela, doduše. Želela je da se valja u ovome. Fibi je zaslužila to.

– Sestre stalno pitaju za tebe – rekao je Tom.

– A šta im ti kažeš?

Tom se nagnuo bliže njoj, podigao joj je mlitavu šaku i uhvatio svojim.

– Da se odmaraš kod kuće. Da se spremaš za njen dolazak.

Linda je sklonila ruku, okrenula se na bok tako da on ne može da vidi mržnju za koju je bila sigurna da joj se izliva iz očiju.

– Umorna sam – kazala bi, svaki put. – Moram da spavam.

A onda se probudila jednog vlažnog novembarskog jutra, na Fibin četvrti rođendan. Tom nije pomenuo to, i Linda se pitala da li je zaboravio. Kad je išao u prizemlje da spremi doručak za Ezmi, Linda se okrenula na bok, suviše prazna da bi plakala. Zamišljala je Fibi kao stariju sestru kakva je trebalo da bude. Trebalo je da bude njen red, sad, da bude brža, viša, jača. Da pobeđuje, i pokazuje, i podučava. Linda je bila sigurna da bi je to promenilo, da bi procvetala.

Kad je Ezmi ušla da se pozdravi s njom, Linda je zatvorila oči i pretvarala se da spava. Mogla je da oseti kako Ezmi stoji pored kreveta, čula je njeno disanje. I trebalo je da bude lako otvoriti oči i reći ćerki da je voli, da joj želi prijatan dan. Nakon minut, Ezmi se povukla, a kad je bila sigurna da je Ezmi napustila sobu, Linda je primakla kolena do grudi i ležala, sasvim mirno, osluškujući zvuk zatvaranja ulaznih vrata.

To joj je bio znak da ode u prizemlje i izvadi votku iz kredenca. I izvadila ju je. Sipala je sebi punu čašu, dok su joj se šake vidljivo tresle, i iskapila ju je, uživajući u pečenju u grlu. A onda, čim je završila, bacila je čašu u zid i gledala je kako se razbija, gledala kako ostaci bistre tečnosti kaplju sa ivice kuhinjskog pulta.

Kad se Tom vratio, staklo je bilo očišćeno i Linda odevena.

– Ustala si – rekao je Tom.

Linda je čula srećno iznenađenje u njegovom glasu i okrenula se.

– Jesam.

– Ideš li sa mnom? U bolnicu?

Linda se okrenula prema sudoperi. Nije mogla da ga gleda dok je klimala glavom. Nije mogla da podnese taj izraz na njegovom licu, onaj koji će označiti njegovo uverenje da je sve gotovo, da je najgore prošlo, da su krenuli dalje. Ipak, čula ga je kako uzdiše sa olakšanjem. Nije morala da ga gleda da bi znala kako veruje da se nešto promenilo. Pomisao o napuštanju kuće ju je mučila, ali pokušavala je da ne misli toliko unapred. Nadala se da će je, ako bude radila sitnicu po sitnicu, taj niz sitnih koraka dovesti na mesto gde treba da bude. Do bolnice. Do ćerke.

Jer uprkos bolu, uprkos želji da nikad nije bila trudna i porodila se, Lindi je nedostajala Bi. Pogledala ju je pre nego što je napustila bolnicu. Bi, s raširenim malim udovima i tako ružičastom kožom. Nosila je tu sliku sa sobom, tokom svih dana posle toga, tokom svih bolnih sećanja na Fibi. I još se nadala da bi to mogao biti nov početak, početak nečeg što će biti drugačije od onog što su imali, ali ipak nešto. Nešto stvarno.

Bolničarke su pozdravile Lindu kao izgubljenu rođaku, koju su videle posle mnogo godina. Nije poznavala njihova lica. To ju je malo uplašilo, to što je ova gomila neznanki brinula o njenoj ćerki. Jedna od njih, niska i punačka žena kovrdžave plave kose i rumenih obraza, odvela je Lindu u stranu dok je Tom davao Bi bočicu.

– Izgubila sam dete – kazala je. – Pre jedanaest godina. Aleksander. Bio je još beba. Umro je u snu. Niko ne zna zašto.

Linda se ukočila kad je ta žena zaćutala, sigurna da bi trebalo da kaže nešto, ali potpuno izgubljena šta bi to moglo da bude. Zamišljala je tu ženu koja provodi čitav život brinući se o tuđim bebama, slomljenog srca.

– Ljudi kažu da s vremenom postaje lakše. Ne verujem u to. Ne kad je to dete. Ali naučiš da živiš s tim. Da živiš uprkos tome. Jednog dana nešto te zasmeje, kad si već mislila da se to više neće dogoditi. To je bila prekretnica za mene.

Linda je bila dirnuta ljubaznošću ove neznanke. Htela je da joj se zahvali, ali nije verovala da je glas neće izdati, tako da je pokušala to da prenese pogledom. I bolničarka ju je uhvatila za ruku i nežno je stegnula, a onda ju je odvela do Bi.

Linda gotovo nije prepoznala svoju ćerku, i trgla se od zaprepašćenja. Prošle su gotovo tri nedelje od rođenja, i Biina tanušna tamna kosa postala je gušća, koža joj je bila belja, noge i ruke duže. Bila je i dalje krhka, ali više ne opasno krhka. Linda se nagnula nad inkubator i podigla Bi, privila je na grudi. Bi se malo vrpoljila i zaplakala, i Linda ju je nežno ljuljala dok se nije utišala. Bila je laka, i glava joj se idealno oslanjala na Lindin vrat. Osetila je Biine otkucaje srca pored svojih. Nisu bili usklađeni, nisu bili kao jedan. Ali skoro da jesu.

Nakon nekoliko minuta, Linda je razbila čaroliju spuštajući Bi. Promenila joj je pelenu, dovršila hranjenje iz bočice s mlekom koju je Tom ostavio pored. Te jednostavne stvari, ti zadaci koje je ranije obavljala bezbroj puta nekako joj nisu izgledali sasvim prirodno. Možda je to bilo zato što je bila na nepoznatom mestu, ili jer je Bi bila manja i nežnija nego Ezmi ili Fibi. Linda je pokušala da veruje kako je to nešto nalik tome. Kako nema razloga za brigu, za strah. Setila se kako je rekla Tomu da ne voli Bi, i osetila je stid.

Kad je došlo vreme da idu, Linda je osetila olakšanje i tugu što ne vode Bi. Mislila je na Toma, koji je ostavljao Bi ovde svakog dana, trpeo bol zbog toga, ćutke. Ruke su je bolele od tih nekoliko minuta koje je provela držeći Bi. Nije imala jastuk za podršku i ugao je bio nezgodan, a nije htela da zamoli Toma da uzme bebu od nje. I bolele su je, i to ju je podsetilo na prazninu.

– Želiš li da te ostavim kod kuće pre nego što odem po Ezmi? – upitao je Tom kad su se približili školi.

– Ne, nema svrhe da se vraćaš. Oboje ćemo otići po nju.

Stigli su malo ranije, parkirali se deset minuta pre kraja nastave. Tom je ugasio motor i sedeli su u kolima, čekajući.

– Kako je bilo? – pitao je Tom. – To što si je ponovo videla?

Nije je gledao. Gledao je pravo ispred sebe, kao da i dalje vozi i mora da se usredsredi na put.

– Bilo je teško – odgovorila je Linda. Zamišljala ga je kako pravi tužnu i razočaranu grimasu. – I divno – dodala je.

Bila je to istina. Bi je bila čarobna beba. Neplanirana, nesmotrena. Kad su saznali za trudnoću, Linda i Tom su razgovarali o tome kako nemaju dovoljno novca, ili dovoljno vremena ili dovoljno prostora, za treće dete. Linda se pitala potajno da li imaju dovoljno ljubavi. A onda je Bi preživela uticaj Fibine smrti na majčino telo, i borila se za svoj život nakon što je prerano rođena. Bila je izuzetna. Više jaka nego krhka. A da se to dogodilo u drugo vreme, na drugom mestu, u drugom životu, Linda je bila sigurna kako bi je volela onako kako treba.

Kad je sat na instrument-tabli pokazao pola četiri, Linda i Tom su istovremeno otvorili vrata kola. Prešli su parking i krenuli trotoarom do školske kapije, ćutke. Tom je pokušao da uhvati Lindu za ruku, ali ona mu nije dozvolila, gurnula je ruke duboko u džepove kaputa. Popodne je bilo hladno. Zima je dolazila. Stvari su umirale, zatvarale se.

Minut kasnije, deca su pokuljala kao voda iz slavine, i Linda je prepoznala Ezminu tamnu glavu u gomili. Hodala je polako, oborene glave, a za njom grupica dečaka. Prepoznala je Sajmona Tredvela, visokog pegavog dečaka podignute plave kose. On je očigledno bio kolovođa. Linda nije čula reči, ali bila je sigurna da joj se rugaju, zadirkuju je, i učinilo joj se da vidi kako se Ezmi trza svaki put kad on progovori.

Bes koji je osetila bio je primalan. Nabujao je u njoj, pretio je da eksplodira. Linda se udaljila od Toma, prošla kroz kapiju i prišla ćerki. Deca su se razbežala, ali Ezmi i njeni mučitelji nisu primetili Lindin prilazak. Kad je bila dovoljno blizu, Linda se sagnula i podigla Ezmi u naručje, prekrivajući ćerkine uši rukama, očajnički želeći da spreči dalje mučenje.

Kolovođa se zaustavio i pogledao Lindu. Prezrivo se osmehnuo. Linda je htela da ga ošamari, da ga gurne na zemlju. Krenula je napred, ali onda je osetila kako joj neko uzima Ezmi i drži joj ruke uz bokove. Tom.

– Ostavi moju ćerku na miru, čuješ li me? – kazala je.

Sajmon je klimnuo glavom, ne gledajući je u oči.

– Ti si siledžija. Treba da se stidiš.

– Hajde – rekao je Tom, vukući je za ruku. – Dosta je.

I to bi se završilo tako da se Sajmonova majka nije probila kroz gomilu. Bila je to krupna žena, rumenog lica i previše našminkana. Linda se setila njihovog susreta u parku, pre toliko nedelja. Bilo joj je muka što je Ezmi morala da se suočava sa siledžijom svakog dana, a ona nije znala za to.

– Da se niste usudili da priđete mom Sajmonu. Zar vaša ćerka nije uradila dovoljno?

– Znate šta? – kazala je Linda, okrećući se, lica opasno blizu licu gospođe Tredvel. – Znam da je moja ćerka ugrizla vašeg sina, i drago mi je zbog toga. Očigledno je da je on gadan mali govnar. I jasno mi je od koga je to nasledio.

Linda je pogledala oko sebe. Ostale majke su zurile, mnoge su držale decu uza se, kao da se boje da ne budu uvučene u taj sukob. Tom je stajao sa strane, držeći Ezmi, koja je tiho plakala.

– Kako se usuđujete? – prosiktala je gospođa Tredvel. – Vi niste sposobni da budete majka.

Linda nije mogla da odgovori na to, nije se usudila. Okrenula se i otišla, prema Tomu i Ezmi. A kad je stigla do njih, duboko je udahnula pre nego što je progovorila, nadajući se da zvuči smireno i kontrolisano.

– Idemo kući – rekla je.

# 13.

## Dvadeset osmi novembar 1985 – 136 dana kasnije

Tom je izašao iz kuće odmah posle ručka, rekavši Lindi da ide da proveri stvari u knjižari. Odvezao se do Marijanine kuće, ne znajući da li će ona biti tamo. Provodio je većinu slobodnog vremena u bolnici s Bi – nije mogao da propusti nijedan dan, jer nije hteo da njegova devojčica provede ijedan dan a da ne vidi nekog ko je voli. Nije očekivao da će mu Marijana nedostajati, ali jeste. Nedostajala mu je lakoća tog vremena koje je provodio s njom, jednostavnost, olakšanje te užasne tegobe u kojoj je trenutno živeo. Kad je pokucao na njena vrata, nije očekivao da ih ona otvori, ali želeo je da bude tako. A kad ih je otvorila, izgledala je zaprepašćeno što ga vidi, ali ne i nesrećno.

– Ovo je iznenađenje – kazala je.

Tom nije odgovorio. Ušao je u kuću, shvatajući njen mali korak unazad kao poziv, i zatvorio je vrata za sobom i čvrsto ju je zagrlio. Držao ju je onako kako je želeo da njega neko drži. Kad ju je poljubio, bilo je to žestoko i gladno, i ona je zastenjala od zaprepašćenja, ali onda mu je uzvratila poljubac, podjednako žestoko, ne pitajući zašto. Dozvolila je da joj gurne hladne ruke ispod odeće i odvede je u spavaću sobu. Bilo je neobjašnjivo, mislio je Tom, to što je bila kod kuće usred dana, kad mu je bila najpotrebnija. Bilo je neobjašnjivo što mu je dozvolila da uđe, da je dodirne... što ga je uopšte želela.

Legli su na njen krevet, Tom je odupro nogama o podnožje kreveta, a nepoznatost čitave te situacije pojačala mu je uzbuđenje.

– Zašto nisi na poslu? – pitao je.

– Slobodan dan – kazala je mirno. – Zašto ti nisi na poslu?

I nije bio siguran kako je došlo do toga, ali iznenada se nešto u njemu slomilo i zaplakao je. Bio je preplavljen, iznenada, glasnim jecajima. Bio je postiđen, pomalo zbunjen. *Ova žena mi nije supruga*, mislio je. *Ovo nije moja kuća.*

Marijana je mirno ležala kraj njega. Nije pružila ruku niti išta rekla. Samo ga je pustila da se isplače, a kad je prestao, postavila mu je jedno pitanje, ravnim glasom.

– Hoćeš li mi ispričati?

– Fibi – kazao je. – Izgubili smo Fibi.

I pošto nije znala ništa o tome, Tom je morao da se vrati na početak i ispriča joj. Kao da se vratio u središte svog bola.

Marijana je sedela mirno, držeći se za kolena, ovlašno prekrivena jorganom, dok joj je pričao priču o toj jezivoj noći – onog dana kad je ušla u njegovu knjižaru, a on je zakasnio kući, a kad je stigao, život mu se bio raspao. Ispričao joj je o trudnoći, o Bi, o dugim satima koje je provodio kraj nje u bolnici, dok je Linda ležala u krevetu, odbijajući da se pomeri.

– Ne bi trebalo da budeš ovde – kazala je kad je završio.

– Gde bi trebalo da budem?

Bilo je to iskreno pitanje, mada je zvučalo neozbiljno. Pokušao je da radi ono što treba, da deli vreme između bolnice i kuće. To nije ublažilo bol. Boravak s Marijanom, i zaborav, makar na tren, bilo je jedino što je ublažavalo bol.

Nije odgovorila. Legla je, navukla prekrivač do grudi, i zagledala se u tavanicu. I ćutali su neko vreme, i Tom nije bio siguran da postoje neke reči koje bi mogle da razbiju tišinu.

– Izgubila sam dete – kazala je napokon. – To nije isto. Nikad ga nisam imala.

– Kad? – pitao je, i pogledao ju je, ali ona je nastavila da gleda u tavanicu. Pitao se koliko je bola u njenim očima.

– Prošle godine. Živela sam u Londonu. Bila sam zaljubljena, verena, i onda – iznenada – trudna. Nisam bila sigurna da je to bilo pravo vreme, ali verovala sam da je to bila prava osoba, i da, spremila sam se da budem majka. Oslobodili smo gostinsku sobu, kupili smo krevetac i kolica. Pročitala sam neke knjige. Bila sam uplašena.

Nisam bila sigurna da mogu to. A onda, nekoliko nedelja pre termina, počela sam da krvarim. I sedela sam na podu kupatila, znajući da ga gubim, ne mogavši da ustanem ili pozovem pomoć. Ponekad, kad sam sama, pitam se da li bi to nešto pomoglo. Kad sam stigla do bolnice, bio je mrtav.

Marijana je zaćutala, pogledala u Toma, a on je klimnuo glavom, ohrabrujući je da nastavi.

– Morali su da izazovu porođaj, morala sam da ga rodim, znajući da neće biti ničeg osim bola i još bola. Moj verenik, Robert, bio je sjajan. Držao me je za ruku i brisao mi suze i govorio mi da me voli. Ali čak i tad, znala sam da je gotovo. Nakon što je rođen, bolničarke su ga ostavile neko vreme s nama. Bio je potpuno razvijen, mali ali savršen, i sve one sumnje koje sam imala bile su smešne. Bilo bi lako, shvatila sam tad, da ga volim i budem mu majka. Bilo bi nemoguće da ne budem.

Pomerila se u krevetu, okrenula telo ka Tomu.

– Nedelju dana kasnije spakovala sam stvari i iselila se, preselila se ovamo. Robert nije razumeo, ili je rekao da ne razume. Mislio je da treba da pokušamo ponovo, nakon nekog vremena. Nije to video kao kraj. Ali znala sam da će taj dan baciti senku na nas, da ga nikad više neću voleti kao pre.

– Dali smo ime svom sinu. Dali smo mu ime Ajzak. Kad sam najusamljenija, razgovaram s njim. Zamišljam stvari kojima bih ga naučila, stvari koje bismo možda radili zajedno. Imao je moje oči i Robertova usta. Bilo je to pravo čudo.

Prestala je da priča, a Tom nije bio siguran da li je stigla do kraja ili više nije mogla da izgovara reči. Legao je i lica su im bila udaljena nekoliko centimetara, i pogledao je u tavanicu, i polako ju je uhvatio za ruku.

Zaspali su tako. Tom je mislio, kasnije, da je to sigurno bilo od olakšanja. Zbog toga što su ogolili sav bol, što ga više nisu trpeli ćutke. Posle, dok se vraćao kući, mislio je na ono što je Marijana rekla. Čuo je to ponovo, u mislima. I usredsredio se na onaj deo kad je znala da je njena veza gotova, da neće preživeti nešto tako. Pitao se da li se Linda oseća tako. I pitao se, takođe, da li bi pomoglo da on i Linda urade ono što su on i Marijana uradili tog popodneva... da ispričaju svoje priče, da dođu do središta svoje tuge. A možda to ne deluje, pomislio je, ako je bol zajednički.

Linda je ležala na krevetu, praznih, staklastih očiju. Prišao joj je, legao kraj nje, na prekrivač. I pokušao je da pronađe reči kojima bi joj rekao da je išao u kupovinu prošle nedelje, da je odabrao neke knjige za Fibin rođendan. Hteo je da joj kaže da ih je zamotao, i napisao čestitku, i stavio sve u torbu i sakrio na dno plakara. Jer nije znao šta da uradi s tim. Želeo je da ona zna kako nije zaboravio.

Pre nego što je skupio hrabrost da progovori, telefon je zazvonio, i Tom je ustao i sišao u prizemlje da se javi.

– Halo?

– Gospodin Sedler?

Tom je prepoznao glas jedne od bolničarki i spremio se da čuje loše vesti.

– Samo smo hteli da vam javimo kako je Bi spremna za odlazak kući. Jedan od lekara ju je pregledao jutros, i zadovoljan je njenom težinom i napretkom.

– O – rekao je Tom, s knedlom u grlu.

Pokrio je usta jednom rukom i spustio se na pod u hodniku.

– Gospodine Sedleru, jeste li dobro?

– Jesam. Samo sam... tako zadovoljan. Doći ću što pre budem mogao.

Tom je spustio slušalicu, ali nije mogao da se pomeri minut ili dva. Sedeo je tamo, zaprepašćeno, zamišljajući Bi u ovoj kući, gde joj je mesto. Uzeće Ezmi iz škole za sat vremena, a njena mlađa sestra biće u kolima. Iznenađenje. Čudo. Ustao je i počeo da preskače po dva stepenika.

– Pogodi ko dolazi? – pitao je Lindu, kad je provirio kroz vrata spavaće sobe.

– Danas? – pitala je Linda uspaničeno.

– Da. Ne brini. Srediću sve. Idem sad po nju, i dovešću Ezmi usput. Hoćeš li sa mnom?

Linda prvo nije ništa rekla, i znao je da su se oboje setili njenog poslednjeg odlaska do škole.

– Mislim da ću ostati ovde.

Tom je bio razočaran, ali trudio se da ne pokaže to. Kad se okrenuo da izađe iz sobe, Linda je ponovo progovorila.

– Napolju je hladno – rekla je. – Pobrini se da je dobro umotaš.


Tom je kupio veliku bombonjeru u bolničkoj prodavnici, a kad je stigao na odeljenje, bolničarke su mu se zahvalile i rekle da nije trebalo. I bio je postiđen jer to nije bilo dovoljno, i znao je da ništa što bi im dao ne bi bilo dovoljno da im se zahvali za brigu o njegovoj dragocenoj ćerki. Gotovo mesec dana su je ti muškarci i žene hranili i presvlačili i tešili, i sad je bio red na njega. Sagnuo se i uzeo je, spustio ju je u sedište za bebe i pokrio je ćebencetom.

Dok je izlazio iz bolnice, Tom se osećao kao u snu. Zamišljao je ovaj trenutak, ali mislio je da će Linda biti kraj njega, a možda i Ezmi. Bilo je vreme za porodicu, za slavlje. Mislio je na Lindu, pitao se da li i dalje leži tamo, ćutljiva i mirna, ili su je vesti o Biinom dolasku kući uznemirile. A onda se Bi promeškoljila u snu i zastao je na putu do kola, i zagledao joj se u lice. Glava joj je bila prekrivena belom kapicom, a ostatak tela skriven ispod ćebenceta, tako da joj se videlo samo lice. I prvi put je Tom je video sličnost s Fibinim očima.

Kasnije, kod kuće, Tom je napravio salatu, a Ezmi je sedela u kuhinji s njim, gledajući nosiljku u kojoj je Bi spavala.

– Šta radi mama? – pitala je.

– Odmara se.

– Uvek se odmara.

– Pa, bila je vrlo umorna. – Tom je pokušao da ne zvuči ljutito. – Ez – počeo je, želeći da promeni temu – kako ti je sad u školi?

Krajičkom oka, video je kako se ukočila. Video je kako joj je malo telo napeto, i zapitao se da li je to od straha, ili stida, ili samo od tuge.

– Isto – odgovorila je.

Tom je nasekao paradajz na četvrtine, i sa daske za sečenje ih ubacio u činiju za salatu. – Da li ti je iko išta rekao o onom danu kad je mama došla sa mnom po tebe i zapodenula svađu?

Ezmi je gledala u pod. Tom je primetio da joj čarape izgledaju više sivo nego belo, a cipele joj je trebalo očistiti. Svakih nekoliko nedelja, skupljao je sve crne kožne cipele, nosio ih je u garažu, i čistio ih dok ne zablistaju. Nije mogao da se seti kad je poslednji put to uradio. Uradiće to posle večere.

Ezmi je, na kraju, progovorila. – Ovo je Biin prvi dan kod kuće – rekla je. – Možemo li da razgovaramo o tome nekog drugog dana?

– Da – odgovorio je Tom. – Naravno da možemo. Kako god želiš. Eto, ovo je spremno. Želiš li da odeš na sprat i vidiš da li mama želi da siđe i pojede nešto?

Te noći Bi je loše spavala, i Tom je hodao po spavaćoj sobi s njom, mrmljajući joj priče. Znao je da je Linda budna, ali nije ništa rekla. Sa Ezmi i Fibi, uvek je ona bila ta koja ih teši i smiruje noću. Tom se setio kako je bio iznenađen njenim beskonačnim strpljenjem, njenom sposobnošću da voli. Malo pre zore, kad je nekako uspeo da uspava Bi, Tom ju je odneo do kreveta, nameravajući da je doda Lindi. Telo mu je bilo teško od umora kad je čučnuo kraj Linde, nudeći joj Bi. Lindine oči su bile otvorene, i pogledala ga je, a onda dugo gledala Biino usnulo lice.

– Odnesi je – rekla je. – Molim te.

I tad je Tom znao da mu je srce slomljeno, da je iskidano i smrvljeno. Da se to ne može popraviti.

# 14.

## Drugi decembar 1985 – 140 dana kasnije

U ponedeljak ujutro, Tom je nežno protresao Lindino rame, da bi je probudio.

– Odlazim za nekoliko minuta – rekao je. – Odvešću Ezmi u školu i onda idem na posao.

– Da vidiš kako stoje stvari? – pitala je Linda. Bila je omamljena, i videlo se da je muči glavobolja.

– Da radim – rekao je Tom. – Uskoro će Božić. Biće mnogo posla. Ne mogu više da ostavljam Lijama samog.

Linda je sela i gledala kako Tom izlazi iz sobe. Razmišljala je o danu pred sobom, kad će samo ona morati da se brine za Bi. I spustila se na jastuk na tren, obuzeta strahom. Nije dojila, jer je Bi bila predugo u bolnici. Da li bi to nešto promenilo? Dojila je Ezmi i Fibi, i još se sećala kako bi joj srce pomalo poskočilo svaki put kad se prilepe uz nju i počnu da sisaju.

Tom i Ezmi su doručkovali u prizemlju, Bi je spavala u svojoj nosiljci na podu između njih. Linda ih je gledala s dovratka.

– Mogla bi da bude – rekla je Ezmi, uzimajući punu kašiku pahuljica. – Kako da znamo, kad je tako mala?

– Pa, koja bi bila njena supermoć? – pitao je Tom. Jeo je tost s debelim slojem marmelade i pio crnu kafu. Ako se bojao što će ostaviti Bi nasamo s njom, nije to pokazivao.

– To je to. Mogla bi da bude bilo koja. Tako je mala da još ne znamo.

– Dobro, ali šta misliš koja bi mogla da bude?

Ezmi je nagnula glavu na stranu i pogledala Bi.

– Mislim da će moći da postane nevidljiva. Ili da vidi šta drugi ljudi razmišljaju. Da, to. Da zna o čemu mi razmišljamo.

Linda se stresla od te pomisli. Ušla je u kuhinju i skuvala sebi jaku crnu kafu.

– Tata – kazala je Ezmi, iznenada ozbiljno. – Imam pismo u torbi koje treba da potpišeš. To je dozvola za odlazak u zoološki vrt naredne nedelje.

– Dobro – kazao je Tom. – Idi i donesi ga. I operi zube.

Ezmi je izjurila iz sobe, ne pogledavši Lindu.

– Nekad je dolazila kod mene za takve stvari – rekla je Linda.

Tom ju je pogledao i ustao sa stolice. – Znam – kazao je.

A onda je podigao Bi, koja je otvorila oči i tiho gugutala. Prineo ju je do lica i poljubio.

– Volim te, Bi – kazao je. – Budi dobra prema mamici.

Ezmi se vratila, i stala je kraj oca, namrštenog i zamišljenog lica.

– Mogu da ostanem kod kuće i pomognem – rekla je.

Linda i Tom su istovremeno odmahnuli glavom, a Linda je bila zadovoljna zbog tog malog čina solidarnosti. Ali zapitala se kako su došli do toga. Njena sedmogodišnja ćerka je osetila njenu nespremnost da ostane sama s novom bebom. Suviše je mlada da bi osećala takvu odgovornost.

Kad su Tom i Ezmi otišli, kuća je iznenada bila previše tiha. Bi je ponovo zaspala. Ako ne budem gledala u korpu, mislila je Linda, mogu da se pretvaram da sam sama. Ali i samoća je nosila svoje strahove.

Linda se nemirno kretala iz sobe u sobu, osećajući da nije sva svoja, odsutna. Iskušenje da se vrati u krevet bilo je jako. Mogla je da obuče spavaćicu, da se pokrije, da možda malo odrema dok ne bude potrebna Bi.

Još dok je stajala na vratima spavaće sobe, razmišljajući o tome, Bi se probudila i prigušeno zaplakala. Linda je pogledala na sat kraj kreveta. Nije bilo vreme za hranjenje. Ali možda je mokra, ili želi utehu. Izmožđeno, Linda je sišla niz stepenice do dnevne sobe, stala iznad korpe s bebom i pogledala dole. Biino lice bilo je crveno kao cvekla, potpuno zgužvano. Jecala je. Linda ju je uzela i ljuljala u naručju, a Bi joj se ušuškala kraj ramena i umirila.

Dok je Linda hodala tamo-amo po sobi, nadajući se da će kretanje ponovo uspavati Bi, iznenadila se što se osećala kao majka, prvi put. Što je osetila potrebu da je zaštiti, voli. Bila je mala, ali bila je tu. A nakon toga je došla utešna mogućnost da će sve biti u redu. Ne savršeno. Nipošto lako. Ali podnošljivo.

Tom ju je pozvao u jedanaest. I mada je Linda znala da proverava nju, bilo joj je drago što mu čuje glas.

– Da li je sve u redu? – pitao je.

– Jeste. Ona spava.

– Telefon je nije probudio?

– Ne, upravo sam je nahranila. Brzo je zaspala.

Usledila je pauza, i Linda je htela da ispuni tišinu, ali nije mogla da pronađe prave reči. Napola se setila da ju je zvao kad su Ezmi i Fibi bile vrlo male. Kako su ćaskali, ona je bila puna anegdota o tome šta se dogodilo tog dana. Ali sad nije bilo ničega. Nahranila je i presvukla Bi, umirila ju je. Nije popila piće, iako je to želela više od svega. Čak je osetila i onaj nalet ljubavi. Ništa od toga nije bilo nešto što može da podeli, ili da smatra dostignućem.

– Kako je kod tebe? – pitala je.

– Gužva. U stvari, dvoje ljudi me sad čeka. Treba da prekinem.

– Dobro.

– Samo me pozovi ako ti budem potreban, važi? Ne moram da radim do kraja radnog vremena, ako...

Glas mu je zamro, reči koje nije rekao opterećivale su telefonsku vezu. *Ako ne budeš mogla da se snađeš.* Linda nije bila ljuta. Kako bi mogla da bude? Dala mu je mnogo razloga za zabrinutost.

– Bolje da ideš – kazala je.

– Da.

Kad je čula škljocaj, a onda tiho brujanje signala za slobodnu vezu, osetila je kako samoća preti da je proguta. Da bi je odagnala, otišla je do Bi i pomilovala ju je po obrazu. Bila je topla, mirna. Kad ju je Linda dodirnula, nabrala je nosić i malo se promeškoljila, a onda nastavila da spava.

\* \* \*

Kasnije, Linda nije bila sigurna kad je to počelo da se razotkriva. Bilo je to kao da se kretala kroz ostatak dana u izmaglici i probudila bi se iznenađena što je dnevna soba puna prljavih pelena, a Bi vrišti, pidžamice umrljane mlečnom povraćkom gorkog mirisa. Iznenadila bi se kad vidi bocu votke na kuhinjskom pultu, bez čepa i četvrtine sadržaja. Iznenadio bi je sopstveni odraz, zamršena i rašćupana kosa, pocrveneli obrazi, staklast pogled.

Bilo je vreme da pokupi Ezmi iz škole, tako da je brzo pokupila pelene i prazne boce, stavila čep na votku i gurnula bocu u zadnji deo kredenca. Imala je problema da obuče Bi jaknicu. Svaki put kad bi joj navukla jedan rukav, Bi bi se sklupčala i odbila da sarađuje. Svaki put kad bi navukla drugi rukav, prvi bi spao. Linda je pogledala na sat. Ako bi krenula odmah, mogla bi da stigne na vreme.

– Molim te, Bi – kazala je, pokušavajući da ne zvuči nemoćno.

Bi ju je gledala sa svog mesta na tepihu, razrogačenih očiju.

Tri minuta kasnije, jakna je bila navučena i zakopčana. Linda je uzela Biinu kapu i navukla joj je, i upravo se spremala da je podigne u kolica, kad se Biino lice zacrvenelo i zaplakala je. Nakon tri bebe, Linda je poznavala to lice. Nije morala da čeka da smrad dopre do nje, ali kad jeste, osetila je kako je suze peku u očima.

Linda je računala, brzo. Pet minuta za svlačenje, presvlačenje i oblačenje Bi, petnaest minuta šetnje do škole. U mislima joj se pojavila slika Ezmi koja stoji na školskoj kapiji, izgubljena, a učiteljica je drži za ruku. Ili još gore, Ezmi koju je zaskočio onaj Sajmon, i gura je i zadirkuje. Moraće da krene kolima. Njen um je zalepršao i nakratko sleteo na votku, kao muva koja zuji oko tanjira s hranom, spremajući se da sleti. Odagnala je tu misao.

Kad je stigla ispred kapije škole, Linda je bila zadihana i sva crvena. Deca su upravo počela da izlaze, i osetila je veliko olakšanje što Ezmi nije morala da je čeka. Ipak, zamišljala je kako oseća prekor drugih majki, oseća kako one instinktivno znaju da se ona ne snalazi dobro. Dve žene su joj se osmehnule, i Linda im je uzvratila osmeh. Tako je to sa ženama, znala je. Sve je skriveno ispod površine. Sav bol, sve nezadovoljstvo.

Ezmi je izašla držeći za ruku prijateljicu Samantu. Linda je pogledom potražila Džejn, Samantinu mamu, i videla ju je kako čeka malo dalje od ostalih. Linda i Džejn se nikad nisu sprijateljile, uprkos bliskosti svojih ćerki. Kad je to prijateljstvo počelo, tokom prvih nedelja škole, Linda je pretpostavila da će se stvari menjati, iz nedelje u nedelju, tako da se nije trudila oko Džejn, koja je bila povučena i ćutljiva. Nije znala da će, tri godine kasnije, devojčice i dalje biti ovako bliske. I sad se činilo nekako prekasno da se te dve žene međusobno sprijatelje.

Ezmi je prišla, ne puštajući Samantinu ruku.

– Sme li Samanta da dođe na užinu? – pitala je.

Linda je bila ljuta. Stalno je molila Ezmi da joj najavi unapred ako želi da dovede prijateljicu kući. Rekla je Ezmi da ne pita pred drugaricom, za slučaj da mama mora da odbije. A opet, prošli su meseci otkako je Ezmi pozvala drugaricu kod sebe. A to je sigurno bio dokaz kako misli da stvari kod kuće nisu toliko loše, ako je spremna da to pokaže Samanti.

– Zdravo, Samanta – kazala je Linda. – Meni ne smeta, ako ti mama dozvoljava. Idi i pitaj je.

Probile su se kroz malu gomilu ljudi, Linda je gurala Biina kolica. Neobična četvorka. Kad su stigle do Džejn, ona je pružila ruku Samanti i odvukla je od Ezmi, malo pregrubo.

– Zdravo – kazala je Linda. – Može li Samanta da dođe kod nas na užinu?

– Ne bih rekla – rekla je Džejn, a te reči su bile izrečene brzo i jasno. – Ne večeras.

Devojčice su počele da kukaju, a Džejn ih je utišala jednom oštrom rečju.

– Dosta!

Zatim se okrenula prema Lindi.

– Možemo li da porazgovaramo? – Podigla je obrve, pokazujući kako želi da se udalji od dece.

– Naravno. Devojčice, sačekajte nas malo ovde.

Linda je krenula za Džejn i onda se zaustavila, ukočila kolica. Pogledala je Ezmi i Samantu, videla kako su nagnule glave jedna prema drugoj, videla ih je kako se kikoću. Pitala se šta li će Džejn reći. To se dogodilo jednom, kad je Džejn htela da Linda zna kako je ona rekla Samanti istinu o Deda Mrazu. Zamolila ju je da ne kaže Ezmi, ali nije mogla biti sigurna da će ona održati obećanje. *Znaš da devojčice ne umeju da čuvaju tajne*, rekla je tad Džejn.

Sad je bilo teško pročitati Džejnin izraz lica. Bilo je u njemu saosećanja, ali i osude. U jednom užasnom trenutku, Linda je bila sigurna da to ima veze s Fibi. Nikad nisu razgovarale o njenoj smrti. Nije bila sigurna da može da se nosi s tim. Noge su joj zadrhtale, a oči zasuzile.

– Jesi li pila? – upitala je Džejn.

Lindini obrazi su se zažarili. To je bilo tako neočekivano, tako direktno. Bez uvoda, bez pripreme.

– Žao mi je što je zazvučalo tako. Nisam bila sigurna kako da kažem to.

– Nisam – kazala je Linda, terajući svoj glas i telo da učestvuju u toj laži.

Džejn je sumnjičavo podigla obrve.

– Nisam! – prasnula je Linda.

Pat-pozicija.

– Dobro – kazala je Džejn. – Nisam baš sigurna. Pomislila sam to nekoliko puta. Ali ne osuđujem te, šta god da misliš. To što se dogodilo Fibi je... grozno. Ne mogu ni da zamislim. Samo mislim da bi možda trebalo da potražiš pomoć. A dok ne budem sigurna da si dobro, ne mogu da pustim Samantu u tvoju kuću.

Džejn je pogledala ključeve u Lindinoj ruci. – I sigurno ne mogu da je pustim u tvoja kola.

Linda je stajala tu na tren, previše zaprepašćena da bi reagovala.

– Misliš da si bolja od mene – kazala je, na kraju.

– To nije tačno.

Linda je bila svesna da druge žene gledaju u njih, i nije marila. Zapitala se, nakratko, da li je majka Sajmona Tredvela tu. Verovatno.

– Tačno je. Uvek si mislila to, a ovo je samo izgovor. Dobro, zadrži svoju osudu za sebe i odjebi.

A onda se okrenula i otišla, podigavši kočnicu na kolicima i hvatajući Ezmi za ruku kad je stigla do devojčica. Gurala je i vukla svoje dve ćerke parkingom i nije se osvrtala.

Te večeri, nakon što su devojčice zaspale, Linda se usudila da razgovara s Tomom o tome što se dogodilo. Bila je to prilika da mu kaže kako ne može da radi to. Da se bol ne smanjuje i ne postaje podnošljiviji, kao što su joj svi obećali. Da ne može da oprosti što je Ezmi učestvovala u Fibinoj smrti. Da ne može da oprosti Bi što nije ćerka koju je želela. Da previše pije. Da ljudi počinju da primećuju to, da govore.

– O čemu razmišljaš? – pitao je Tom, dolazeći u dnevnu sobu s dve čaše crnog vina u rukama.

Linda je želela da mu kaže. Jeste. Zamišljala je olakšanje kad ne bude imala tajne, kad ih sve bude podelila. Ali te reči nisu izašle. A deo nje je bio ljut i na njega. *Zašto ne znaš?* Htela je da vrisne. *Zašto ne vidiš?*

– Ni o čemu – kazala je, uzimajući čašu koju joj je pružio.

– Kako je bilo danas? – pitao je.

– Iscrpljujuće.

Tom je zastao, i znala je da čeka da ona kaže još nešto. Da kaže kako je uživala, uprkos teškoćama.

– A sutra? – upitao je konačno.

– Sutra – kazala je. – Idi, biću dobro.

Na Tomovom licu se videlo olakšanje, gotovo opipljivo. Lindi se učinilo da bi mogla da ga dodirne, ako bi pokušala. Znala je da je to pitanje para. Da imaju novca, bila je sigurna da bi on ostao kod kuće s njom i Bi koliko god je potrebno.

– Kako idu stvari u knjižari? – pitala je.

– Velika je gužva. Lijam se nekako borio, ali laknulo mu je kad me je video.

I nakon toga, izgledalo je da nema više tema za razgovor. Linda se setila prvih godina, kad su razgovarali do kasno u noć, ponekad do jutra. Nije znala o čemu su pričali, zašto im je to izgledalo tako hitno i ključno, zašto je bilo važnije od sna. I kako su došli od toga do ovoga, a da ih gotovo ništa nije upozorilo na to.

# 15.

## Dvadeset peti decembar – 163 dana kasnije

Ujutro na Božić, Tom je bio u kuhinji sa šoljom kafe, pre šest sati. Kad je Ezmi sišla niza stepenice pola sata kasnije, na licu je imala izraz čistog iščekivanja, i osetio je olakšanje. Konačno tipična reakcija kojoj se nadao mesecima. Prvi put u njenim očima nije bilo vidljive traume ili bola.

– Srećan Božić – viknula je, sedajući mu u krilo.

– Srećan Božić, Ez.

Tom ju je zagrlio, udišući njen tek probuđen miris. Kosa joj je bila zamršena i neuredna, pidžama zavrnuta oko nogu.

– Da li je Deda Mraz dolazio?

Tom je mislio kako Ezmi verovatno zna istinu o Deda Mrazu. A sad kad Fibi više nije bilo, a Bi je premala da razume, Tom se pitao zbog koga se ona pretvara. Da li je to zbog njega?

– Znaš šta? Mislim da jeste. Evo kako ćemo. Uzmi malo tosta, a ja idem da probudim mamu, i onda idemo u dnevnu sobu da otvorimo poklone.

Tom je preskakao po dva stepenika. Zatekao je Lindu sklupčanu u loptu, s kolenima ispod brade, a kosa joj je prekrivala pola lica. Izgleda je kao devojčica, pomislio je Tom. Izgleda kao nekad, pre svega ovoga. Sklonio joj je kosu i šapnuo njeno ime, i osmehnuo joj se kad je otvorila oči.

– Srećan Božić – rekao je tiho. – Ezmi je ustala i nameravamo da otvorimo poklone. Da ti donesem kućnu haljinu?

– Ostavi me malo nasamo – rekla je.

Tom nije mogao da poveruje kako se nije spremio za to. Svakog dana, izgledalo je, verovao je da će se stvari poboljšati. Svakog dana doživljavao je novi udarac.

– Linda, Božić je, i ona je uzbuđena. Mislim da ne može više da čeka.

– Ne mora da čeka. Ti ćeš biti tamo. A ja ću uskoro sići. Samo moram još malo da spavam. Bila sam s Bi čitave noći.

Tom je sprečio sebe da kaže kako je i on bio s Bi čitave noći. Sišao je, s lažnim osmehom na licu.

– Mama silazi uskoro – rekao je. – Hoćeš li da počnemo bez nje?

Ezmi je izgledala zabrinuto na tren, i Tom se zapitao koliko toga ona razume. Svakog Božića u svom životu Ezmi je otvarala poklone u prisustvu oba roditelja, koji su je gledali. Spustila je zagorelu koricu svog tosta na tanjir i slegnula ramenima. A kad su stigli u dnevnu sobu, a Tom je vadio poklone ispod jelke, znao je da je čarolija tog jutra nestala, za oboje. I bio je toliko ljut na sebe što je verovao da to može da bude normalan Božić. Da bi, jednom, to mogao da bude normalan dan.

Kad je otvorila svoje poklone, Ezmi je sela, okružena pocepanim papirom, ređajući nove knjige i lutke u uredne hrpice. Linda se nije pojavila, i Tom je osećao kako u njemu raste gnev. Sneo je Bi u prizemlje kad se probudila, nahranio ju je. Sad je ležala u svojoj nosiljci, opčinjena šarenilom u sobi.

Tom je izašao iz sobe i vratio se na sprat. Ovog puta je Linda bila u kupatilu, mokre kose i praznog izraza lica.

– Šta to radiš? – pitao je Tom, ne trudeći se da obuzda bes.

– Kako to misliš? – Linda je izgledala i zvučala preplašeno, kao da je zaboravila da nije sama u kući.

– Linda, Božić je. Ako postoji dan kad treba da budeš sa svojom porodicom, to je danas.

Linda ga je mrko gledala čitav minut, a onda je ustala i obavila telo jednim peškirom, a kosu drugim.

– Misliš li da ne znam to? Ne mogu da podnesem to, Tome. Ne razumem kako ti možeš?

– Zašto? Zbog Fibi?

Bilo je teško, naravno. Prvi Božić bez nje. Ali bio je to prvi Božić s Bi, i Tom je bio besan što ga je Linda propustila. Gledao ju je dok se brisala, oblačila farmerke i duksericu. Imali su tradiciju za Božić. Čitavo jutro su bili u pidžamama. Doručkovali su i otvarali poklone i igrali igre s devojčicama. A onda, sat pre večere, Tom bi spremio povrće, a Linda bi odvela devojčice na sprat i okupale bi se i obukle. Linda bi četkala Ezminu i Fibinu kosu dok ne zasijaju, oblačila ih u posebne haljine koje bi im kupila. Ona bi obukla plavu svilenu haljinu koju joj je Tom kupio, godinama ranije. Kad bi se spremile, sišle bi u prizemlje. I svake godine, Tomu bi zastao dah kad ih vidi. On bi otrčao na sprat, svega nekoliko minuta pre nego što je sve spremno, na brzinu se okupao i obukao otmene pantalone i košulju, vezao omiljenu kravatu, iste plave boje kao Lindina haljina.

Tom se nije sećao kako je to počelo, ta porodična tradicija otmenog oblačenja za božićnu večeru. Ali rastužio se kad je video da Linda navlači na sebe odeću bez razmišljanja, nemo mu dajući do znanja da je s tim običajem, kao s mnogim drugim stvarima, sada gotovo.

– Počeo sam da spremam večeru – kazao je Tom, nadajući se da će je to trgnuti i podsetiti. – Ćurka je u rerni.

– Dobro – rekla je Linda.

Tom je nameravao da izađe iz sobe kad je ponovo progovorila, sad tiše.

– Da li ti ona uopšte nedostaje?

Okrenuo se. – To je okrutno. Naravno da mi nedostaje. Samo zato što se drugačije nosim s tim ne znači da sam je voleo manje.

– Ti samo... – kazala je Linda, potiskujući suze. – Ti samo ne pokazuješ to. Kao da je nikad nismo imali. A ja to ne mogu da podnesem.

Toma je tad uhvatila neka jeza, i zaličila je na mržnju.

– Imamo dve ćerke dole – kazao je Tom. – I one zaslužuju bolje od ovog.

I onda je napustio sobu, više ne tako siguran da želi da ona krene za njim.

Tom je neko vreme samovao u kuhinji. Božićna večera je uvek bila njegova obaveza, ali sad je bilo drugačije, jer iz dnevne sobe nije dopirao zvuk smeha. Dva puta je čuo kako Bi plače i otišao je do vrata dnevne sobe da vidi da li joj je potreban. Oba puta ju je Linda uzela i ljuljala dok nije zaspala. To je trebalo da ga ohrabri, ali Tom je osećao nelagodu. Nije bilo ničega u Lindinim očima dok je držala ćerku.

Kad se Ezmi pojavila kraj njega, Tom ju je pomilovao po kosi.

– Tata – kazala je, drhtavim glasom.

– Da?

Tom je okrenuo šargarepe, promešao preliv. A onda se okrenuo i naslonio na kuhinjski pult, posvećujući Ezmi svu pažnju.

– Danas se nećemo doterivati, zar ne?

– Ne bih rekao. Da li želiš?

Ezmi je slegnula ramenima. – Nemam novu božićnu haljinu. Mama je zaboravila, mislim... Tata, ona ništa ne govori.

– Kako to misliš?

– U dnevnoj sobi je, sa mnom, i čuva Bi, ali ništa nije rekla. Uopšte.

Tom ju je uhvatio za obe ruke. Pitao se da li je to nešto što će ona zapamtiti, kad bude odrasla. Hoće li je sve ovo nekako oštetiti. Uticati na njen doživljaj porodice, i ljubavi.

– Mama nije baš dobro – rekao je, duboko udahnuvši. – I dalje je veoma, veoma tužna, zbog Fibi. A Božić je veoma poseban dan, i ona bi želela da je Fibi ovde s nama, tako da joj je teže nego inače.

– I ja bih volela da je Fibi ovde – rekla je Ezmi.

Tom je osetio kako mu se suze nakupljaju u očima. Ugrizao se za usnu, terajući sebe da zadrži kontrolu.

– Znam, dušo. Svi bismo to voleli.

– Napravila sam nešto, u školi – rekla je Ezmi.

Izašla je iz sobe, i Tom je čuo njene korake na stepeništu. Gore, pa dole. Kad se vratila, držala je neke papire u ruci, i Tom je skrenuo pogled sa ćerke, da ih osmotri. Bila je to zbirka crteža. Fibi s Tomom i Lindom. Fibi sa Ezmi. Tom je prepoznao da su ta dva kopirana s fotografija. Od trećeg crteža mu je zastao dah. Fibi, koja drži Bi. Imale su istu tamnu kosu i oči.

– Predivni su – rekao je.

– Znam da ne može da ih vidi – kazala je Ezmi. – Razumem to. Ali delovalo mi je čudno da nemamo poklon za nju, za Božić. Odabrala sam jednu od svojih igračaka za njen rođendanski poklon. Ali i dalje je u mojoj kutiji za igračke, kao i uvek. Ne znam šta da radim sa stvarima koje želim da joj dam.

Tom je gledao kako suza teče iz Ezminog levog oka i sliva joj se niz lice, i kaplje s brade. Osetio je kako i njemu kreću suze. Nije mogao da ih spreči.

– Ni ja ne znam – odgovorio je.

Ezmi se iznenadila. I sagledao je to iz njenog ugla. I dalje je mislila da on zna sve odgovore. A onda, oglasio se tajmer za rernu.

– Da li je vreme za večeru? – pitala je Ezmi. – Da pozovem mamu?

– Da, molim te – rekao je Tom, brišući oči. – I, Ez?

Okrenula se, sad suvih očiju, ali i dalje otežalih od tuge.

– Pronaći ću neko bezbedno mesto za ovo. – Podigao je njene crteže. – Mislim da bi se Fibi veoma svideli.

Tomu je ostatak dana bio naporan. Bilo je previše tišine – za vreme večere, kad su otišli u šetnju da gledaju komšijske božićne ukrase, dok su igrali neku društvenu igru koju je kupio za Ezmi. Božić mu je dugo bio jedan od omiljenih praznika, ali kad je video da je Ezmi pospana, osetio je veliko olakšanje. Ispričao joj je priču, kao i uvek, ali ona je zaspala pre nego što ju je završio. I sedeo je, neko vreme, u fotelji ispod prozora, gde je godinama sedeo i pričao priče, razmišljajući kako neće biti još mnogo ovakvih noći. Uskoro će ona biti prestara za priče za laku noć, Tom je to znao, ali nijedno od njih nije bilo spremno da se odrekne tog rituala. Ali hoće. Mogao je da oseti da taj dan dolazi. I bojao ga se.

Linda je, u prizemlju, sedela na sofi pijući crno vino. Tom je primetio tri prazne boce u kuhinji, a bio je siguran da je popio samo nekoliko čaša.

– Jesi li pijana? – pitao ju je.

Linda ga je mirno pogledala u oči. – Šta i ako jesam?

Tom nije znao šta da kaže na to. Seo je na drugi kraj sofe i zario glavu u šake. Bio je umoran, shvatio je. Bio je umoran nedeljama.

– Znam da imaš nekog – rekla je Linda.

Tom se ukočio, a onda je podigao glavu i pogledao ju je u oči.

– U redu je – kazala je. – Mislim, nije u redu, ali nije tako loše koliko sam mislila da će biti.

Tom se pitao kako je znala. Nekoliko puta su razgovarali telefonom, ali nikad od kuće. Marijana mu je pisala neke poruke, ali nalazile su se u njegovoj zaključanoj fioci na poslu, a znao je da Linda tamo nije išla. Da li joj je to nekako pokazao, svojim postupcima, svojim ponašanjem? Bilo mu je žao. Žao što ju je izdao, i žao što je saznala. Bilo je očigledno sve vreme, naravno, da bi to moglo da se dogodi, a on nije razmišljao o tome. U njegovoj glavi, vreme provedeno s Marijanom nije imalo veze s njegovim brakom. Bilo je to nešto sasvim odvojeno, nešto što mu je bilo potrebno. Ali to je bilo detinjasto, znao je, i nemoguće.

– Završeno je – kazao je.

– S nama?

Tomu se učinilo da je čuo trunku panike u njenom glasu, i uprkos okolnostima, osetio je olakšanje.

– Ne s nama. Sa mnom i njom. Mnogo mi je žao. Bila je to greška.

Linda je kratko klimnula glavom i kad je posegnuo za njenom rukom, odmakla se. Ćutali su, nisu se dodirivali, tih nekoliko centimetara među njima izgledalo je kao provalija. Tom je pokušavao da smisli nešto što bi rekao, neko objašnjenje, kad je Linda ponovo progovorila.

– Šta god da se dogodi, želim da one imaju oca. Obećavaš?

– Ne moraš da tražiš to od mene, Linda. To se ne dovodi u pitanje.

– Dobro – kazala je.

Ćutali su nekoliko dugih minuta, ali Tom je osetio kako Linda ima još nešto da pita, ili kaže. Na kraju je ponovo progovorila.

– Da li si bio s njom, one noći kad smo izgubili Fibi? Da li si se kasnije vratio s posla jer si bio s njom?

Tom je glasno uzdahnuo. – Da – rekao je. – I nikad to neću sebi oprostiti.

Linda ga je pogledala u oči. – Ni ja ti to nikad neću oprostiti – rekla je.

# 16.

## Šesti januar 1986 – 175 dana kasnije

Linda je pogledala kalendar, počela da odbrojava. Sto sedamde-set pet dana prošlo je od one noći kad ju je Mod pozvala i zamolila je da dođe. Rekla joj je da je Artur pao, da ne diše. Sto sedamdeset pet dana, i noći, otkako je donela brzu odluku da ostavi devojčice same na nekoliko minuta dok ode do susedne kuće da umiri svoju komšinicu, svoju prijateljicu. Otkako je ubedila sebe da će se Tom vratiti svakog trenutka, da Ezmi ima sedam godina i dovoljno je stara – zar ne? – da pričuva mlađu sestru nekoliko minuta.

Za nedelju dana biće šest meseci otad, a onda će biti godinu dana, decenija. Da li će tad boleti manje? Da li će stići u fazu kad ne mora da se probudi, svakoga jutra, sećajući se svega iznova? Da li će stići na mesto gde će moći da uživa u preostaloj deci, gde će moći da ih voli?

Negde u kući, Bi je plakala. Tom ju je nahranio i presvukao pre nego što je otišao na posao, usput ostavljajući Ezmi u školi, za prvi dan polugodišta. Linda je stajala u kuhinji, zureći u kalendar. Šta će se dogoditi, pitala se, ako ne ode do Bi? Kad je krenula da uzme skrivenu bocu votke drhtavom rukom, njena ćerka je počela da pla-če glasnije, upornije. Izvadila je čašu iz kredenca, sipala sebi dosta pića i iskapila ga. A onda je ponovila to. Bi je sve vreme plakala.

Neko je pokucao na zadnja vrata, i Linda se pomerila malo ule-vo, nadajući se da neće biti primećena. Samo su članovi porodice i Mod koristili ta vrata, a Linda nije bila raspoložena za ćaskanje. Nije bila raspoložena da se pretvara kako joj je dobro, kako se sna-lazi. Mod je ponovo pokucala, i Linda je čučnula, oslonivši laktove na kolena i prekrivši lice šakama, kao neko dete koje veruje da ga ne mogu videti ako ono ne vidi. Kad je Mod otišla, Linda je ponovo ustala, boreći se s vrtoglavicom, i sipala sebi još jedno piće.

Dva minuta kasnije, zadnja vrata su se otvorila. Linda se zaprepastila.

– Linda! – kazala je Mod. – Kucala sam. Ja...

– Odakle ti pravo da ulaziš sama? – Linda je bila besna.

Stegla je čašu u ruci i zaškrgutala zubima. Zaboravila je na rezervni ključ koji je dala Mod za hitne slučajeve.

Linda je videla kako Mod gleda prvo čašu, pa nju u oči, pa opet čašu. A onda je Mod klimnula glavom, kao da je razumela nešto što ju je zbunjivalo.

– Linda, tako mi je žao – kazala je Mod. – Čula sam da Bi plače, a nisi se odazvala kad sam kucala, pa sam se zabrinula.

Linda je tad primetila da Bi nije prestala da plače. Nekako je uspela da blokira taj zvuk.

– Smem li da odem do nje? – pitala je Mod. – Da li bi ti smetalo?

Linda je ukočeno klimnula glavom, i kad je Mod izašla iz kuhinje i krenula uza stepenice, ponovo se sručila na pod. Čekala je tamo sve dok Bi nije utihnula, a u odsustvu tog zvuka čula je kako joj zvoni u ušima. Linda je ustala, i instinkt joj je govorio da sakrije bocu votke koja se nalazila na kuhinjskom pultu, ali znala je da je prekasno. Umesto toga, sipala je sebi još jednu čašu i otpila malo.

– Ne znam šta da kažem – rekla je Mod, vraćajući se u kuhinju.

– Onda nemoj ništa da kažeš.

– Linda, brinem se za tebe. Tebe i Bi. Nije ti dobro, a njoj je potrebno mnogo pažnje. Mogu više da ti pomognem, ako želiš...

Linda je izvukla jednu od kuhinjskih stolica i sela. Prinela je čašu grudima, kao da je to teši.

– Staviću vodu za čaj – rekla je Mod, zastavši malo pre nego što je napunila kuvalo i uključila ga.

Linda nije ništa rekla, i Mod je izvadila dve istovetne zelene šolje iz kredenca i otvarala je vrata, tražeći čaj i šećer. Dve žene su ćutale, ali to nije bilo neprijatno, ne dok je Mod imala šta da radi. Ali kad je spustila šolje s vrućim čajem na podmetače na stolu, i izvukla stolicu za sebe, tišina ih je obavila.

– Nakon što sam rodila Karen – kazala je konačno Mod – imala sam probleme. Postporođajna depresija, valjda se to tako zove. Bilo mi je teško da ustanem ujutro, i nisam mogla da uradim sve one stvari koje sam morala da radim kako bih se brinula o njoj. Ljudi tad nisu govorili o takvim stvarima, ne kao danas. Ali znam kako izgleda osećaj da ne možeš da se snađeš. Osećaj da ti stvari izmiču kontroli.

Linda je popila votku i spustila čašu na sto, gledajući Mod.

– Da li Tom zna? – pitala je Mod, značajno gledajući čašu.

– Da li zna šta?

Iznenada, Linda je htela da neko to kaže. Da je optuži za to, umesto da okoliša, da bude učtiv.

– Možda samo guram nos – rekla je Mod. – Možda bi bilo bolje da odem. Samo zapamti, ja sam u susednoj kući ako ti treba neko za razgovor. – Zastala je na vratima. – Želiš li da uzmem Bi na nekoliko sati?

Linda jeste želela to, ali nije znala kako to da kaže. Nije znala kako da kaže kako ne zaslužuje tu ljubaznost, to razumevanje. Umesto toga, odmahnula je glavom i gledala Modino tužno lice, sve dok se ova nije okrenula i izašla iz kuće.

Da li je Bi zaplakala svega nekoliko minuta nakon što je Mod otišla? Izgledalo joj je kao da je prošlo desetak ili petnaest minuta, ali možda je bilo duže. Svetlo napolju se promenilo, primetila je Linda, dok je ustajala od kuhinjskog stola. Prošlo je izvesno vreme. Ovoga puta otišla je pravo kod svoje ćerke, podigla ju je i privila uza se, ljuljajući se napred-nazad. Dok je stajala tako, pokušavajući da prenese ćerki smirenost koju nije osećala, čula je ponovo Fibi. Čula je kako Fibi kaže „Bi". Pogledala je izbezumljeno oko sebe, a onda se osmehnula, zamišljajući svet u kojem su Fibi i Bi žive. I podjednako brzo, zajecala je iz glasa, duboko iz stomaka, i nije mogla da prestane. Spustila je Bi u krevetac i obujmila se rukama, želeći da se sve završi. Bi ju je pogledala, izbezumljeno, i Lindi se učinilo da je videla trag straha u ćerkinim ogromnim, okruglim očima. Zapitala se šta li bi videla u svojim sopstvenim ako bi se pogledala u ogledalo.

Linda se vratila u kuhinju; pila je votku iz boce dok se nije smirila. Ponovo je sela, za kuhinjski sto, pokušavajući da izbaci iz glave sve mučne sumnje. Pokušavajući da zaboravi kako će Mod sigurno razgovarati s Tomom o onom što je videla, što je znala. Njena tajna je otkrivena, ili skoro da jeste. Kad je ustala i protegla noge, pogledala je zidni sat kraj prozora i videla da je Ezmina nastava završena pre pet minuta. Linda je stajala na tren, ukočeno, zamišljajući svoju ćerku kako stoji sama ispred kapije, oličenje povređenosti. I gde joj je prošao dan? Bilo je zastrašujuće što je izgubila toliko vremena. Odjurila je na sprat, uzela usnulu Bi i, ignorišući ogorčeno ćerkino plakanje, uzela je ključeve i jaknu iz predsoblja.

Napolju je bilo ledeno. Linda je spustila Bi u sedište za bebe, a ona sela za volan, i uključila grejanje da bi osušila vetrobransko staklo. Trebalo joj je nekoliko pokušaja da upali motor. Videla je samo kroz mali četvorougaoni čist deo vetrobrana, ali nije bilo vremena za čekanje, tako da se nagnula napred, zagledala se u put i krenula.

Ispred školske kapije nije bilo nikog. Linda je nespretno hodala tamo-amo, držeći Bi uza se, tražeći Ezmi. Osetila je kako je obuzima poznati strah, ali ovoga puta je tu bilo još nešto. Nešto što Linda nije htela da prizna. Nešto što je zaličilo na olakšanje. Kad je utvrdila da Ezmi nije u blizini, Linda se naslonila na gvozdenu kapiju, da dođe do daha. Pogledala je Bi. Nekako je, uprkos trzanju i jurcanju, uspela da zaspi. Linda je pogledala njeno lice, oličenje spokoja, i zavidela joj je.

Shvatila je, tad, kad je počela da razmišlja racionalno, da je Ezmi verovatno unutra sa učiteljicom. Ušla je na sporednu kapiju, pažljivo hodajući preko zaleđenog igrališta.

Čim je ušla u školu, Linda je čula Ezmi. Pratila je taj zvuk, dok joj je srce udaralo kao ludo, do Ezmine učionice. Ezmi i gospođa Luis su sedele na stoličicama, i igrale karte.

– Mama! – viknula je Ezmi.

Linda je malo premestila Bi i krenula prema Ezmi, gledajući gospođu Luis.

– Tako mi je žao – rekla je. – Imala sam težak dan i potpuno sam zaboravila na vreme.

– Ne brinite – kazala je gospođa Luis. – Znam kako je to s bebom.

– To je moja mlađa sestra – rekla je Ezmi, ponosnim glasom. – Zove se Bi.

– To je lepo ime. Da li pomažeš mami i tati da se brinu o njoj?

Ezmi je slegnula ramenima. – Ne stvarno – kazala je.

Linda je pružila ruku Ezmi. – Idemo – rekla je.

– Samo malo – kazala je gospođa Luis. – Ezmi, želim nakratko da porazgovaram s tvojom mamom pre nego što odete. Evo, igraj se kartama.

Linda je pošla za gospođom Luis na drugi kraj učionice, i dalje držeći Bi u naručju. Znala je šta će uslediti. Još osuda, zaodenutih u zabrinutost. Kad su se udaljile od Ezmi, gospođa Luis je progovorila.

– Gospođo Sedler, mislim da bi trebalo svoja kola da ostavite ovde. Mogu ja da vas odvezem do kuće.

Linda je trepnula nekoliko puta. Pogledala je ženu ispred sebe. Bila je možda desetak godina starija od Linde – imala je bore oko očiju i sede vlasi u kratkoj kosi.

– O čemu pričate? – pobunila se Linda.

Gospođa Luis je pogledala u pod, a onda u Lindu. Obrazi su joj bili rumeni.

– Mislim da ne bi trebalo da vozite – rekla je.

U tom trenutku, Bi se probudila. Pogledala je oko sebe, trepćući. Linda je pogledala u nju, i pružila ruku da je umirujuće pomiluje po obrazu.

– Dobro sam – rekla je Linda.

Okrenula se i izašla iz učionice, dozivajući Ezmi preko ramena. Napola je očekivala da je gospođa Luis fizički spreči, ali nije. Kad su stigle do kola, Linda je nekoliko puta duboko udahnula i zatreptala da odagna suze besa koje su čekale iza njenih kapaka, preteći da se proliju.

– Ulazi – kazala je Ezmi, dok je smeštala Bi u sedište.

– Zašto nisi došla? – pitala je Ezmi, kad su sele u kola. – Mislila sam da nećeš uopšte doći.

Zvučala je uvređeno, i Lindu je srce zabolelo zbog nje.

– Žao mi je – kazala je. – Imala sam samo loš dan, Ezmi, ali potrudiću se da se to više ne ponovi.

Ezmine oči su bile ozbiljne, i Linda nije mogla da vidi šta misli. Polako se isparkirala, gledajući put što je bolje mogla, kroz zamagljeni vetrobran.

To se dogodilo kad su gotovo stigle do kuće. Ezmi je cvrkutala o nekom posebnom projektu koji je gospođa Luis zadala njoj i Samanti, nešto o domaćim životinjama i njihovoj ishrani. Bi je bila budna i tiho je plakala, a Linda je znala da ima najviše nekoliko minuta dok se to kenjkanje ne pretvori u urlanje. Mislila je o onome što je gospođa Luis rekla, o načinu na koji ju je pogledala, postiđeno. Mislila je o činjenici da gotovo svi vide šta joj se događa. Svi osim Toma, koji je zauzet jebanjem druge žene. Mislila je o svemu tome kad je čula kako Fibin šapat „pazi na led, mama", i onda su kola počela da se okreću, i sekunde su se istegle kao lastiš i neko je počeo da vrišti.

Kad je Linda shvatila da vrišti ona sama, prestala je. Pogledala je Ezmi na suvozačkom sedištu. Bila je nepovređena, nêma, gledala je pravo u Lindu, s nedokučivim izrazom na licu. Bi je jecala na zadnjem sedištu, a lice joj je bilo crveno kao cvekla. Kola su bila okrenuta na pogrešnu stranu. Linda je pogledala levo-desno, ali nije bilo drugih vozila. Duboko je udahnula, pa još jednom; zatvorila je oči i ponovo čula Fibin glas. – Pazi na led, mama.

– Jesi li dobro? – pitala je Ezmi.

Ezmi je odlučno klimnula glavom i oborila pogled.

Linda je izašla iz kola, otvorila zadnja vrata i utešno dodirnula Biinu glavu. Ona je odmah prestala da plače i osmehnula se. *U redu je*, rekla je Linda sebi. *Svi su dobro.* Bili su samo dve ulice od kuće. Drhtavom rukom, Linda je upalila motor, okrenula kola i dovezla ih do kuće mileći.

Ezmi je otišla u svoju sobu na spratu, bez reči, a Linda je odnela Bi kroz dnevnu sobu i spustila je na podlogu za igranje. Tek je počinjala da bude svoja, shvatila je Linda. Nekoliko nedelja spavanja i jedenja, i odjednom razvijena ličnost. Bilo je to predivno i srceparajuće za Lindu da to vidi, jer je tada shvatila, u naletu lucidnosti, šta mora da uradi kako bi spasla svoju porodicu. I činilo se kao da je to znala sve vreme.

– Poznajem te – šapnula je Bi. – Tebe sam prvu upoznala.

Kad je čula Ezmine korake, Linda je podigla glavu. Ezmine oči su bile naduvene i crvene. Stajala je na vratima, s jednom čarapom nižom od druge i raščupanom kosom. Linda ju je dobro pogledala, nateravši sebe da dobro razmisli šta je moglo da se dogodi.

– Neću reći tati – kazala je Ezmi, drhtavim glasom.

A to je samo ojačalo Lindinu odluku. Ezmi je previše mlada da bi čuvala tajne i držala porodicu na okupu, a Lindino ponašanje ju je na to nateralo.

– Dođi ovamo – rekla je Linda.

Ezmi je sela na sofu, tik kraj nje, a Linda ju je obgrlila i šaputala joj izvinjenja u kosu.

# 17.

## Trinaesti januar – 182 dana kasnije

Tom je mislio ono što je rekao Lindi za Božić. Bilo je gotovo s Marijanom. A opet je odlagao to, nedeljama je izbegavao da je zove ili da ide kod nje. U pomoćnoj prostoriji knjižare, kad je bilo mirno, vadio je iz fioke pregršt pisama i dopisnica koje mu je poslala. Tu se, i dalje, nalazila cedulja s njenim imenom i telefonskim brojem, koji je odavno zapamtio. Slala mu je to u knjižaru, nikad ne ugrožavajući njegov privatni život telefonskim pozivom ili, daleko bilo, posetom. Tom je čitao reči koje mu je napisala, tajne koje je čuvao, i krenuo je da ih baci u kantu za smeće. Ali nije mogao.

Oprostiće se od nje, neće je više viđati, jer je to dugovao Lindi. Ali sačuvaće ova ljubavna pisma, vratiće im se kad stvari postanu teške i bude mu potreban podsticaj. Zadržaće nešto njeno za sebe.

Javila se nakon drugog zvona, kao da je sedela kraj telefona, čekajući da je on pozove.

– Nedostajao si mi – rekla je.

Toma je bolela pomisao na sve što je moglo da se dogodi među njima, ali nikad neće. Hteo je da joj kaže kako je i ona njemu nedostajala, jer jeste, gotovo nepodnošljivo. Ali obećao je nešto i želeo je, očajnički, da bude čovek koji drži svoju reč, koji je veran svojoj supruzi, koji radi prave stvari. I zato nije uzvratio sličnim rečima, i nije kazao Marijani kako se oseća, ali se nadao, u dubini duše, da ona zna.

– Mogu li da dođem kod tebe? – pitao je.

– Da. Sad?

Tom je pogledao kroz prozor, u kišu koja je padala, jako i brzo. Hteo je da izađe na kišu, baš tad. Hteo je da ga ona pročisti.

– Da – rekao je. – Sad.

Nije znala kakve su mu namere, preko telefona, ali kad mu je otvorila vrata, Tom je video da je shvatila. Video je kako se malo pogrbila, klonula. I želeo je da ima dva života, i da može jedan da provede s njom.

– Uđi – kazala je promuklim glasom.

Odvela ga je kroz predsoblje, zastajući na tren ispred vrata spavaće sobe. Kiša je prestala i kuhinja je bila preplavljena zimskim suncem, a kad se okrenula ka njemu, izgledala je blistavo. Gledao ju je, moleći svoj mozak da zapamti tu sliku, da je sačuva.

– Volim te – kazala je brzo. – I ne tražim ništa. Ne tražim da je ostaviš. Zašto moramo da radimo ovo?

Tomu je bilo teško, i izvukao je stolicu i seo. Marijana je ostala da stoji, kraj prozora, oslonjena na kuhinjski pult, dok ju je svetlo okruživalo.

– Linda zna – rekao je. – To ju je povredilo. Ne mogu da podnesem da je dodatno povređujem. Ne posle Fibi...

Marijana je klimnula glavom. I ona je izgubila dete, razumela je. Tom nije bio njen, nikad. A opet, možda, mislio je Tom, dozvolila je sebi da se pretvara kako je ovo moglo da ima drugačiji ishod. Stajao je tamo, nespreman da ode.

– Znaš, kad sam izgubila Ajzaka, nisam mogla da podnesem da mislim o drugom detetu. A opet, u poslednjih nekoliko nedelja, s tobom, počela sam da zamišljam to. Znam da je smešno, znam kakva je situacija. Ali počela sam da zamišljam to... da počinjem iz početka.

– Ne treba da budeš sama – rekao je Tom. Prešao je kuhinju – samo nekoliko koraka, ali delovali su kao kilometri – i spustio joj nežno ruke na uska ramena. – Treba da budeš s nekim. Treba da imaš porodicu. To samo ne mogu da budem ja.

Marijana je odmahnula glavom, gotovo neprimetno, i poželeo je da ne vidi suze u njenim očima. Nije hteo da je se odrekne, znajući da će ovaj dodir biti poslednji. I stajali su nekoliko trenutaka, on joj je držao ruke na ramenima, i suze su joj polako potekle.

– Žao mi je – rekao je, i to nije bilo dovoljno, i čarolija u kojoj su se našli bila je razbijena.

– Znam – kazala je. – Znam da jeste.

Tom je spustio ruke kraj tela, okrenuo se i izašao iz kuhinje. I mada mu je bilo bolno da nastavi da hoda hodnikom, i ne osvrne se, nije se osvrnuo. A kad je izašao, seo u kola, duboko je udahnuo nekoliko puta, i usudio se da pogleda prozor spavaće sobe i video ju je tamo, kako stoji vrlo mirno, bezizraznog lica. Na tren ju je pogledao u oči, i pokušao je da ulije u taj pogled sve što nije rekao. Svoju tugu, svoj stid, svoj nevoljni oproštaj.

Nekoliko sati kasnije, Tom je bio u kolima sa Ezmi.

– Zar nije danas bio dan za kuvanje? – upitao je. – Šta si mi napravila? Palačinke?

– Keks. Neki su mi malo izgoreli na rubovima. Samantini su bolji.

Tom se okrenuo na sedištu i pomilovao Ezmi po kosi.

– Samantini možda izgledaju bolje, ali ne bi pobedili na britanskom prvenstvu u poslastičarstvu. Sudije znaju da su nagoreli rubovi ključni za savršene kekse. Tu se nalazi sva slast. Dobro, koliko ih ima? Jer poješću tri, možda četiri, posle čaja.

Ezmi se osmehnula. – Dvanaest – rekla je. – Ne, jedanaest. Dala sam jedan gospođi Luis.

– Dobro, jedanaest. To je četiri za mene, jedan za mamu, jedan za tebe i pet za Bi. A ja ću pojesti Biine umesto nje, jer ona voli samo mleko. Kako ti je protekao ostatak dana?

– Dobro – slegnula je ramenima. – Samanta je dobila novu jaknu jer joj je zec uginuo.

– Nova jakna savršeno leči žalost za zecom – kazao je Tom. – Dobro, zašto nisam video Samantu toliko dugo?

Ezmi je ponovo slegnula ramenima. – Njena mama je rekla ne poslednji put.

Stigli su do kuće, a Tom se parkirao, pokušavajući da razume Ezmine reči. Okrenuo se ka njoj.

– Kako to misliš?

Ezmi je prinela ruku ustima, kao da želi da vrati reči unutra. Tom se pitao šta li još krije od njega.

– Možeš da mi kažeš – rekao je. – Niko se neće naljutiti.

– Pitala sam da li Samanta sme da dođe na užinu, i mama je rekla da, ali njena mama je rekla ne.

– Kad je to bilo? – pitao je Tom.

– Pre sto godina. Pre Božića.

– Da li znaš zašto je rekla ne?

– Ne – odgovorila je Ezmi.

Tom je razmišljao o tome. I odjednom je osetio da postoji možda čitava mreža tajni iz kojih je on isključen. To je bilo zastrašujuće. Ezmi je otvorila vrata i izašla iz kola, a Tom za njom. Potražio je ključeve u džepu. Ezmi je lupkala nogama zbog hladnoće. Na glavi je imala ružičaste štitnike za uši, a lice joj je bilo bledo.

– Ako uskoro ne pronađem ključeve, smrznućemo se na mestu – rekao je Tom.

– To se neće dogoditi – kazala je Ezmi.

Tom je opipao ključ palcem i zapitao se kad je Ezmi prestala da veruje u čaroliju i bajke.

Kasnije, bio je siguran da je osetio nešto čim je otvorio vrata i uveo uzdrhtalu Ezmi u kuću. Nije to bilo nešto određeno – ništa konkretno kao zvuk ili miris. Ipak, bilo je nečeg jer kad je Ezmi potrčala hodnikom ka dnevnoj sobi, imao je očajničku potrebu da je zadrži. Nije to uradio, jer to nije bilo racionalno i nije verovao u to. I uvek se mučio pokušavajući sebi to da oprosti zbog toga.

Ezmi je nestala u dnevnoj sobi, tamna kosa je lepršala za njom. Kad je vrisnula, Tom je osetio tešku šaku straha kako mu pritiska ramena, kao one noći kad je Fibi umrla. Stajao je u hodniku na tren, nepomično, nesposoban da se pomeri u sledeći deo svog života, nevoljan da se suoči s drugom tragedijom. Da li je to Bi? Ne. Bio je siguran da je Bi dobro. Bila je to Linda, naravno. Morala je biti Linda. Dok je išao prema dnevnoj sobi, sve bliže spoznaji, Tom je ispraznio um i prizvao sliku Linde koja se igra u dvorištu sa Ezmi i Fibi. Prethodno leto, kada se njihov bol, njegova izdaja i Lindin slobodan pad u očajanje nisu mogli ni naslutiti. Da im je neko rekao šta ih čeka, ne bi poverovali. Nasmejali bi se, pomislio je Tom. Bila je to stvar kakva se događa drugim ljudima. Oni su bili srećni.

Ezmi je sedela na podu, u uglu sobe, pokirivajući šakama lice. Linda je ležala nepomično na sofi, a tanak mlaz povraćke curio je iz ugla usta, niz njen dugi vrat. Na podu, prazne boce. Votka, pilule za spavanje.

– Ezmi, možeš li da odeš i pronađeš svoju sestru? – pitao je Tom, već pomalo napuklim glasom.

Lindino lice, Tom je odmah primetio, već više nije bilo njeno. Video je to i kod Fibi. Nešto se promenilo, nečega je nestalo. Tom je podigao njenu mlitavu ruku, pokušao da pronađe puls. Izjurio je u hodnik, podigao slušalicu i pozvao hitnu pomoć.

– Moja žena... – rekao je, zadivljen mirnoćom svoga glasa. – Predozirala se. Nema pulsa.

Nakon što je spustio slušalicu, Tom se okrenuo i video Ezmi na vratima.

– Ne mogu da pronađem Bi – kazala je.

Otišao je do Ezmi, podigao je u naručje. Ponovo je prekrila lice rukama. Kao da je videla previše i nije spremna da vidi ništa više. I jeste, naravno. Fibi, a sad majka. Dok ju je nosio uza stepenice, Tom je razmišljao. Ona se nikad neće oporaviti od ovoga. Možda bi se oporavila nakon Fibi, ali sad ne. Tom je spustio svoju ćerku na krevet, nežno joj je sklonio ruke s lica i poljubio je u čelo. Suze su joj tekle niz obraze, a oči su joj bile ispunjene strahom.

– Volim te – kazao je. – Tako mi je žao, dušo. Volim te.

Ezmi se onda sklupčala, kao fetus. Privukla je kolena do grudi i okrenula se prema zidu.

Tom je pronašao poruku u džepu Lindinih farmerki, pre nego što je hitna pomoć stigla. Otcepljen list iz beležnice u kuhinji, ispisane reči uredne i jasne. Mislio je o porukama koje je žvrljala i ostavljala mu godinama. Podsetnike da ode po jednu ili drugu ćerku, ili da kupi hleb, ili da se lepo provede. Tom je seo na pod i držao njenu mlitavu ruku dok ju je čitao.

*Dragi Tome,*
*Razmišljala sam u poslednje vreme o svojoj majci. Pitala sam se da li je išta u načinu na koji sam vaspitavala svoje ćerke poniklo iz načina na koji je ona odgajila mene. Pitala sam se da li su se ikada osećale usamljeno sedeći kraj mene, kao što sam se ja osećala s njom. A osećaju se; znam to.*

*Napustila sam majku, a sad ovo. Uvek sam mislila da sam pobegla od nje, da sam je se odrekla zbog nečeg boljeg, nečeg divnog. Ali možda to uopšte nije bilo to. Možda je to nešto u meni, što me navodi da previše lako odustanem.*

*Bi je u komšiluku, kod Mod. Ostavila sam je tamo pre sat vremena i još mogu da osetim njenu težinu na grudima. To je težina mog bola. Sećaš li se kad je Ezmi bila mala kao Bi, kako smo stajali kraj njenog kreveca, držeći se za ruke, dok je ona spavala? Sećaš li se kako nismo mogli da poverujemo da je naša?*

*Voli ih, Tome. Znam da hoćeš.*

*Fibi je blizu danas. Osećam je. I moram da odem kod nje.*

*Linda*

# DRUGI DEO

# 18.

## Šesti novembar 2011 – 9.610 dana kasnije

Bi je sela na ivicu kade, zatvorenih očiju. Osetila je kako je dodiruju Džulijine hladne ruke.

– Vreme je – kazala je Džulija.

Bi je nastavila da žmuri. – Vidiš li? – pitala je. – Samo mi kaži vidiš li.

– Ne gledam. To nije u redu. Ti moraš da pogledaš.

Bi je otvorila oči i na trenutak joj se zavrtelo. Čekala je dok joj se pogled nije usredsredio. Džulijina pohabana kućna haljina visila je na vratima, šarene bočice i teglice nalazile su se na prozorskoj dasci, u uglu se nalazila uvela biljka, koju nijedna od njih nije zalivala godinama. Pogledala je komad plastike u svojoj ruci.

– Pozitivno je – rekla je.

Glas joj je bio miran, ali bila je nasmrt uplašena.

– Jebiga – rekla je Džulija.

Bi je ustala. Iznenada, osetila se kao zatvorena, zarobljena u toj sićušnoj prostoriji.

– Moram da izađem na vazduh – kazala je.

– Želiš li da pođem s tobom? – pitala je Džulija.

– Ne.

Gotovo istog trenutka kad je zatvorila vrata stana za sobom, Bi je shvatila kako je trebalo da uzme jaknu. Bio je novembar, i sivi oblaci su bili niski na nebu, a hladan vetar šibao je po ćoškovima. Ipak, nije se vratila. Otišla je do kraja ulice, skrenula levo do paba, gde su ona i Džulija trošile veliki deo svog vremena i plate. Prošla je kroz naselje, videla nekoliko klinaca koji igraju fudbal i jednu krupnu ženu, nabreklog stomaka, kako cucla cigaretu.

Bi je prekrstila ruke zbog hladnoće, podigla okovratnik džempera kako bi sakrila donji deo lica. Ponovo je skrenula levo, pored piljare. Vlasnik, jedan mrzovoljni Pakistanac koji joj se nikad nije javljao kad dolazi po mleko, spuštao je roletne. Prvi put je bila zahvalna zbog njegove neljubaznosti. Bila je to jedna od stvari koje je volela i mrzela u Londonu: anonimnost. Bi je još dvaput skrenula levo i vratila se u svoju ulicu. Bila je nedelja popodne, gotovo predveče. Nije bilo nikog napolju. Čula je zvuke rege muzike iz jednog stana, televizijski dnevnik iz drugog. Pogledala je zgrade koje su nekad bile velike kuće, a onda su neprestano deljene na sve manje stambene jedinice. Kraj svakih vrata su se nalazili brojni tasteri interfona, s više puta precrtanim prezimenima. *Niko ne ostaje*, mislila je Bi. *Svi dolaze u London, ali niko ne ostaje.*

– Kafa? – pitala je Džulija kad je Bi ušla u dnevnu sobu.

Bi je klimnula glavom i sela na ofucanu plavu sofu. Kad joj se Džulija pridružila, sedele su ćutke nekoliko minuta, a kafa se pušila.

– Šta ćeš da radiš? – pitala je napokon Džulija.

Bi ju je pogledala kao da je zaboravila da je ona tu. – Kako to misliš?

– Ne moraš da ga zadržiš, znaš.

– Jebote, Džulija – kazala je Bi. – Tek sam saznala za to. Daj mi malo vremena.

Ustala je, otišla u svoju spavaću sobu i zalupila vrata. Upalila je radio i pojačala ton, ne iz želje da sluša muziku nego da nadjača Džulijin glas. Živele su zajedno nekoliko godina i veći deo vremena su se dobro slagale, ali često je Bi žudela da ima malo više prostora koji je samo njen. Neko mesto veće od ove sobe, koja je bila dovoljno velika za krevet, sto, mali plakar i komodu.

Dok je ležala na leđima, Bi je, i pored muzike, čula zujanje telefona i znala je, bez gledanja u ekran, da je to poruka od Adama. Nedeljom je prodavao gramofonske ploče na pijaci u Spitalfildsu, i uvek je posle odlazio u pab sa ostalim prodavcima. Često joj je uveče slao poruke ili je zvao, pozivajući je da im se pridruži. Bi ga je zamislila, njegove oštre crte lica opuštene od pića, njegovo zaplitanje jezikom, prljavu kosu koja mu pada na lice. Pokušala je da zamisli sebe kako mu saopštava vesti. A onda je bacila telefon u zid, gledala ga je kako pada na pod, i nije otišla da proveri da li je slomljen.

Pola sata je ležala i razmišljala o različitim scenarijima, želeći da pronađe neki prikladan. A onda se vratila u dnevnu sobu, i stala na vrata.

– Slušaj, žao mi je – kazala je Džulija. – Trudila sam se da pomognem.

Utišala je ton na televizoru i ustala da zagrli Bi. Bi joj je dozvolila to, zarila je nos u Džulijinu kosu. Prvi put otkako je saznala učinilo joj se da će zaplakati.

– Slušaj – kazala je, odmičući Džuliju od sebe. – Mogu ja to, zar ne? Imam dvadeset šest godina. Mlađi i gluplji ljudi su uspevali u tome.

– Šta je sa Adamom? – pitala je Džulija.

– Ko jebe Adama. Neće ga zanimati.

– Jesi li sigurna?

– Jesam, zašto da ne? Pozvaću tatu i sestru pre nego što se predomislim.

– Uvek zaboravljam da imaš sestru – rekla je Džulija.

Bi je prizvala sliku Ezmi, koja radi u knjižari sa ocem, sprema i jede obroke s njim uveče, oboje spavaju sami u istoj kući. A onda je pomislila na sestru koju nikad nije upoznala, o kojoj joj niko nije pričao. Fibi.

Džulija je imala braću, trojicu, i svi su živeli u Londonu. Uvek je išla s nekim od njih na piće, a nekoliko puta je Bi, nedeljom ujutro, zatekla jednog od njih na sofi. Kako da objasni Džuliji svoj odnos sa Ezmi? Sedam godina razlike između njih, kao neki jaz, to što se osećala kao da se guši tokom detinjstva, usamljenost koja je bila jača kad je bila s porodicom nego kad je bila daleko od njih. Pokrov ćutnje koji je okruživao Fibinu smrt, i majčinu.

– Nismo razgovarali neko vreme. Ali reći ću im za bebu. Možda će nas to zbližiti. – Usiljeno se nasmejala.

Vratila se u svoju sobu pre nego što je Džulija išta rekla, uzela je telefon s poda i pozvala poznati broj, dok joj je srce tuklo kao ludo.

Bila je nervozna zbog vesti koje treba da im saopšti, ali postojalo je još nešto. Dobiće dete i iznenada je imala neodložnu potrebu da sazna šta se dogodilo s detetom koje nije mogla potpuno da zameni.

– Halo?

Ezmi. Zvučala je odsutno, i Bi ju je zamislila u jarkožutoj kuhinji iz detinjstva, kako kuva kafu ili rasprema sto nakon večere.

– Ezmi, ovde Bi.

Usledila je napeta tišina, i Bi je sačekala, svesna da ne može da očekuje uobičajen odgovor. Pokušala je da se seti koliko je prošlo otkad je bila kod kuće. Više od godinu dana. I za sve to vreme, nije bilo telefonskih poziva, nije bilo imejlova. Kad je poslednji put videla sestru, Bi se izdrala na nju da joj se ne meša u život. Nazvala je Ezmi napornom kučkom. Čak i sad se sećala izraza na Ezminom licu. Sav taj bol, koji kvari Ezmine otmene crte.

– Bi.

– Ezmi, trudna sam. Želela sam da znaš.

Bi se svalila na krevet i čekala. Zurila je u svoja stopala, svoje rasparene čarape, i kad je zatvorila oči, videla je Ezmi, koja sedi za čamovim stolom za kojim su doručkovale kad su bile male, koji je bio izgreban i izvrljan flomasterima.

– Kaži nešto – rekla je Bi.

– Ne znam šta da kažem, Bi. Nisi nam se javljala godinu dana, a sad ovo. Da li zoveš jer ti je potrebna pomoć, ili novac?

Bi se iznenadila zbog načina na koji je Ezmi govorila o sebi i tati. Osećala se kao da razgovara sa svojom majkom, a ne sa sestrom. I kad je pomislila na to, kako nikad neće saopštiti ovu vest majci, knedla joj se pojavila u grlu.

– Zovem jer ste mi porodica, a ovo je stvar koja se saopštava porodici.

Bi se pitala da li bi pomoglo ako bi se izvinila, ili već je bilo prekasno.

– I jer želim – nastavila je Bi, želeći da to kaže pre nego što se uplaši – da saznam sve o Fibi, o tome šta joj se dogodilo.

Čula je kako je Ezmi glasno uzdahnula, kao da je Bi dete koje je reklo ružnu reč.

120

– Znam da ne razgovaramo o njoj. Ali želim da znam. To ne mora da bude sad. U stvari, mogu li da razgovaram s tatom? – pitala je.

– Pozvaću ga – kazala je Ezmi.

A onda je otišla, i Bi je pomislila da joj je glas zvučao malo blaže kod tih poslednjih reči, ali nije bila sigurna. Mada nije imala šta da vidi ili oseti, spustila je ruku na stomak.

Kad se tata javio, Bi je brzo udahnula kad je čula njegov glas.

– Bi – rekao je. – Drago mi je što si se javila.

Bi je mislila na putovanje do tatine kuće, koliko je to bilo lako. Dve stanice metroom do železničke stanice *Voterlu*, a onda manje od dva sata vozom do Sauthemptona. A njen tata je čeka na parkingu, da je odveze do kuće, i zahvalno je gleda. Bilo je teško objasniti zašto to nije radila. Još teže je bilo objasniti pozive i poruke koje je ignorisala kako bi se udaljila od svoje disfunkcionalne porodice.

– Zdravo, tata.

– Ne mogu da ti opišem koliko si mi nedostajala – rekao je. – I Ezmi. – Glas mu je bio nežan i srdačan, i Bi je poželela da je kraj njega. Osetila je kao da bi mogla da se sklupča i da zaspi pored njega.

– Tata? Imam nešto da ti kažem.

Ćutao je, ali Bi je znala da je pažljivo sluša. Znala je da sedi, s naočarima na naslonu fotelje, i knjigom u krilu. I mislila je kako nije uvek lako kad te neko toliko voli. Da te to ponekad guši.

– Trudna sam – rekla je.

– O – kazao je.

Bi je iznenada osetila umor. Čitavog života, borila se i bunila. Trudila se da natera Ezmi i tatu da je primete. Nije htela da bude ljuta, ili da objašnjava svoje odluke. Imala je dvadeset šest godina, i bila je dovoljno stara. Ali onda je on ponovo progovorio.

– O, Bi, mislim da je to divno. Mislim da je to najdivnija stvar koju sam ikad čuo.

Bi je progutala iznenađenje. – Hvala ti – rekla je.

Nakon što je spustio slušalicu, Bi je shvatila da ni Ezmi ni otac nisu pitali za oca deteta. Setila se Adama, koji joj je poslao tri poruke, pitajući je gde je. Zamišljala je kako ulazi u metro i ide da ga pronađe, dozvoljava mu da je zagrli i plati joj piće novcem koji je zaradio tog dana. Adam je bio duhovit i šarmantan i nepredvidiv. Viđali su se pet-šest meseci, i ona je uživala u tome. Ali nije bio spreman da bude otac. A opet, beba koju je nosila zauvek je povezivala njihove živote. Da li se zbog toga osećala neprijatno? Ne, nije to. Bojala se da će biti loša majka, jer nikad nije naučila da bude drugačija.

Bi je pronašla Adamov broj u telefonu i pozvala ga je. Kad se javio, čula je glasnu muziku i smeh.

– Bi, da li dolaziš? Zato što smo prešli u drugi bar. Mi smo u onom suterenu, s disko-kuglama.

– Ne večeras, Adame.

– Čekaj, ne čujem te. Jesi li rekla da dolaziš? Sačekaj da izađem.

Bi je sačekala. Mogla je da ga zamisli kako se probija kroz gomilu, s neurednom kosom koja mu pada na lice, u majici kratkih rukava koja otkriva sve njegove tetovaže. Tako ga je upoznala, u jednom takvom baru. Znala je kako ga devojke gledaju, šta žele. Osetila je ljubomoru, a onda je shvatila da je to smešno. Kad bude raskinula s njim, neće imati nikakva prava na njega.

– Jebote, baš je hladno. Bi, jesi li i dalje tu?

– Tu sam – kazala je.

– Dakle, dolaziš? Dobro sam zaradio na nekim pločama koje sam kupio na *iBeju*. Častim pićem.

– Izvini, Adame, ne osećam se dobro. Ranije ću leći.

– Sranje, žao mi je. Mogu li nekako da pomognem?

Na trenutak ili dva, razmišljala je da ga zamoli da dođe, da se brine o njoj. Želela je da nasloni glavu na njegov mišićavi stomak. Poslednji put.

– Ne, ništa. Uživaj u provodu. Razgovaraćemo sutra.

– Laku noć, Bi.

Nekoliko minuta kasnije, Džulija je pokucala na Biina vrata.

– Dakle? – kazala je, promaljajući glavu.

Bi je sedela na ivici kreveta, praveći pletenicu na malom delu svoje duge, guste kose.

– Mislim da ću uraditi to. Rekla sam svojima, i nije bilo tako loše. Uskoro ću reći Adamu. Ne gledaj me tako, ne očekujem da išta uradi. Kao što sam rekla, uradiću to.

– Dobro, ako te zanima, mislim da si luda. Pogledaj kako živimo. – Džulija je pokazala rukom po sobi, po stanu.

Bi je pogledala oko sebe, u raspareni nameštaj i požutele zidove. U hrpe neoprane odeće i razbacanih šolja. Živela je kao studentkinja, shvatila je. Četiri godine nakon diplomiranja, a i dalje je živela kao studentkinja. Bilo je vreme da odraste, da napravi neke promene.

– Boli me dupe šta misliš – rekla je, uz osmeh. – To nije tvoja beba.

# 19.

## Osmi novembar 2011 – 9.612 dana kasnije

Ezmi je stajala u kuhinji, istežući se pre jutarnjeg trčanja. Savila je levu nogu i uhvatila je pozadi rukom, žmirkajući zbog zimske sunčeve svetlosti koja je dopirala kroz prozor.

– Koliko ćeš pretrčati danas? – Tom je ušao u kuhinju i otvorio i zatvorio frižider, ne vadeći ništa.

– Imaš čaj u čajniku – kazala je Ezmi. – I pogačice ili integralni hleb u kutiji. Ili ovsenu kašu. Ne u kutiji za hleb, naravno. – Ezmi ga je pogledala i on je podigao obrve, ćutke je podsećajući da mu nije odgovorila na pitanje. – Devet ili deset kilometara – dodala je.

– Sitnica – rekao je, sležući ramenima.

– Tata – kazala je. – Zašto nikad ne razgovaramo o Fibi?

Bio je to nespretan način da pomene to, znala je. Bilo je zaprepašćujuće i iznenadno, ali to je bio jedini način na koji je mogla da natera usta da oblikuju te reči, da ih izgovore naglas. Gledala je njegovu reakciju. Nije bilo iznenađenja niti besa. Samo bol, koji mu je zamaglio oči. Stari, teški bol koji nikad nije bio daleko, i koji se vraća u trenu, čim ga neko pomene. Ezmi je čula Fibino ime u tihoj sobi, više puta, kao odjek.

– Ne znam, Ezmi. Previše je bolno, pretpostavljam. Posebno nakon što smo izgubili tvoju mamu.

Ezmi je htela da kaže kako je njoj bolno što ne pričaju o Fibi, ali to joj je izgledalo detinjasto.

– Bi bi trebalo da zna – kazala je.

Tom ju je pogledao u oči. – Ona zna – rekao je.

– Zna samo osnovne činjenice. O Fibi, o mami. Trebalo bi da zna njihove priče.

– Nisam siguran da je to dobra ideja, nakon toliko godina. Zašto to pominješ?

Ezmi nije odmah odgovorila. Mada su živeli zajedno kao odrasle osobe tako dugo, bilo je trenutaka kad je Ezmi bila veoma svesna odnosa među njima, činjenice kako je njen otac i dalje verovao da zna bolje od nje i da ona treba da ga sluša. Godinama je ćutala, ujedala se za jezik i ispunjavala mu želje. Ali ovo je bilo važnije od sitnica oko kojih su se raspravljali. Ovo je bilo važno. A on nije bio u pravu.

– Treba da zna – ponovila je Ezmi, trudeći se da joj glas bude miran i ujednačen. – To je njena porodica, njena prošlost.

– Ezmi – rekao je Tom, naginjući se napred na stolici, i stavljajući naočari na nos. – Slušaj me. Prekasno je. I to nije tvoja odluka. Bila si malo dete, ne znaš ni pola onog što se događalo...

– Bila sam dovoljno stara da me mama ostavi samu s njom!

Ezmi je čula optužbu u svom glasu i nije pokušala da je sakrije. I gledala je Tomovu reakciju dok se mučio da pronađe odgovor. Bilo je bolno gledati ga tako nesigurnog. Ezmi je ustala i izašla iz sobe, iz kuće.

Počela je sporo, kao uvek, ali telo se zaverilo protiv nje. Kad je bila nekoliko ulica dalje od kuće, kad su kuće postale veće i proređenije, produžila je korak. Disanje joj se ujednačilo i opušteno je trčala, uživajući u osećaju hladnog jutarnjeg vazduha na licu. Tog jutra se probudila iz sna u kojem je bila trudna. Probudila se, mokra od znoja, i setila se.

U Ezminom stomaku nalazio se kamen, i bio je sačinjen od žaljenja. Žalila je što je protekla godina otkako je poslednji put videla sestru, i žalila je zbog načina na koji je razgovarala s Bi juče. Bila je hladna, odsutna. A samo je poželela da zadrži dah kad je čula taj željeni poznat glas.

Ezmi je skrenula iza ugla i videla park pred sobom. Uprkos hladnoći koja joj je štipala izloženu kožu, počelo je da joj biva toplije, krv joj je življe strujala. Pravila je sve duže korake, osećajući kako je nešto peče u grudima. Usporila je malo, dozvolila sebi da pogleda naokolo i osmotri hrpice zlatnosmeđeg lišća na travi, pse koji trče i skaču da uhvate štapove, oduševljeni što nisu na povocima. Zimi su oni koji trčanje nisu ozbiljno shvatali ostajali unutra, i Ezmi je često bila sama u parku. To vreme je dolazilo, i bila je zadovoljna. Nije bilo ničeg nalik osećaju kad trčiš sasvim sama. Trčiš protiv sebe.

Ezmi je uvek imala problem da zamisli Bi kao odraslu. Godine kad je ona bila tinejdžerka, a Bi dete, veoma su uticale na to. U periodima između poseta, koji su obično bili dugi, Bi je u Ezminom umu postajala sve mlađa, i vratila bi se u detinjstvo. Ezmi se usredsredila na zamišljanje svoje sestre kakva je stvarno bila – samouverena, odlučna žena. Gotovo da nije ostalo ništa od one izgubljene devojčice. Ali trudna? Ezmi nije znala da li Bi ima partnera, ili je u tome sama.

Ezmi je malo usporila da propusti jednu ženu s kolicima za dvoje dece da prođe kraj nje, u suprotnom smeru. Pogledala je te dve bebe – blizanci, odeveni u istovetna snežnobela odelca, crvenih lica i usta koja su iskrivljena, otvorena, uplakana. A onda je pogledala majku. Videla je njene natečene oči, prljavu kosu. Ezmi se osmehnula, a ta žena je klimnula glavom. I Ezmi je ponovo ubrzala, nadajući se da ta žena ima porodicu u blizini, partnera kod kuće. Podršku.

Da li je bila ljubomorna na svoju sestru? Ezmi je morala da razmisli o tome. Bila je sedam godina starija... neudata, bez dece. Ovo je svakako bilo prekoredno. Sigurno je Ezmi trebalo da bude prva. Ali nije, pomislila je, i možda se Bi jednostavno smučilo da čeka.

Ezmi je usporila kad je napustila park i prešla je kratku udaljenost do kuće. Osećala je kako joj srce bubnji u ušima. Osećala je pumpanje krvi. Zbog toga je trčala, zbog tog osećaja da je živa. Ali da li je to bilo sve? Da li je moguće da je to bilo i bekstvo od prošlosti? Ezmi je pomislila na prvog psihijatra kod koga je išla, kad je imala jedanaest ili dvanaest godina. On bi rekao da je to nešto više, znala je. Uporno bi ćutao dok ona ne bi priznala da je to bekstvo od bola i krivice koju je osećala.

Kasnije, nakon nezanimljivog dana u knjižari, Ezmi se popela stepenicama do ordinacije svog trenutnog psihijatra. Išla je kod doktorke Armstrong gotovo godinu dana. Dok je sedala u fotelju u vedroj, čistoj čekaonici, Ezmi je pokušala da se seti da li su ikad razgovarale o Bi. Provele su mnoge sate analizirajući Ezmina osećanja prema majci. Fibi. Tati. Ezmi je tad osetila ubod kajanja. Da li je moguće da je provela pedeset sati razgovarajući sa ovim terapeutom i da nijednom nije pomenula svoju živu sestru?

Dva minuta kasnije, doktorka Armstrong je promolila glavu kroz vrata.

– Uđite, Ezmi.

Ezmi je ušla u malu urednu ordinaciju doktorke Armstrong, i sela sa suprotne strane stola.

– Kako ste, Ezmi? – upitala je doktorka Armstrong. Glas joj je bio umirujući.

Otišla je do prozora i zatvorila ga je. Ezmi ju je gledala, odevenu u tamnosivo odelo i lakovane crne cipele na štikle. Kad je sela za sto, doktorka Armstrong je prekrstila noge i osmehnula se ohrabrujuće Ezmi.

– Dobro – rekla je Ezmi. – Dobro sam.

Ne prvi put, Ezmi se zapitala šta se nalazi u ramu za slike na stolu doktorke Armstrong, čija je poleđina bila okrenuta ka sobi. Pitala se da li je to porodica doktorke Armstrong, i zamišljala je da ima visokog i krupnog muža i troje male dece. Zamišljala je da žive u besprekornoj kući, u selu nekoliko kilometara od grada, s psom koga vode u duge šetnje po prirodi, koji se ne linja po debelim tepisima.

– Šta se događalo otkad sam vas poslednji put videla? – pitala je doktorka Armstrong. Netremice je gledala Ezmi u oči.

– Sestra mi se javila juče. Bi. Nismo razgovarale godinu dana.

– Zašto?

Ako je doktorka Armstrong bila iznenađena ovim otkrićem žive sestre, nije to pokazala.

Ezmi je slegnula ramenima. – Posvađale smo se. Kazala je da je gušim, da joj se mešam u život.

– Da li ste se mešali?

– Ne znam. Možda. Problem je... – Ezmi je zaćutala, nesigurna kako da kaže to što želi.

Doktorka Armstrong je klimnula glavom i čekala. Ezmi je iznenada bilo vruće i poželela je da doktorka Armstrong nije zatvorila prozor. Promeškoljila se na stolici, nekoliko puta je prekrstila noge.

– Rođena je nakon što je Fibi umrla, a mama je umrla kad je ona imala nekoliko meseci, i nikada nismo pričale ni o jednoj od njih. Zna da smo imale još jednu sestru, ali prilično sam sigurna da ne zna šta joj se dogodilo. Podrazumevalo se, dok smo odrastale, da se to ne pominje.

– Da li ona zna da je vaša majka izvršila samoubistvo? – pitala je doktorka Armstrong.

– Zna. Pitala me je za to kad je bila tinejdžerka. A onda me je pitala i za Fibi, a ja sam je ućutkala, rekla sam joj da mi je suviše teško da pričam o tome. Ali sad mislim da bi trebalo da zna, da zna sve o tome, jer će joj to pomoći da shvati zašto je mama uradila to što je uradila. Posebno sad kada će i sama postati mama.

– Vaša sestra je trudna? – pitala je doktorka Armstrong.

– Jeste. Zato nas je zvala.

Čitav minut je vladala tišina u toj maloj prostoriji. Doktorka Armstrong je uzela naočari i stavila ih na nos. Uputila je Ezmi nekakav poluosmeh.

– Ako mislite da treba da zna, onda joj recite – kazala je, konačno.

– Ne znam kako – rekla je Ezmi. – Teško je znati odakle početi.

– Da – rekla je doktorka Armstrong. – Shvatam. Možda možete to da napišete? Da joj pošaljete pismo?

Kad se vratila kući, Ezmi je otišla na sprat, u svoju sobu. Sela je za sto, otvorila gornju fioku i izvadila nekoliko praznih listova papira, koverat i hemijsku olovku. Tu je radila domaće zadatke kad je bila tinejdžerka, učila za ispite. Ako zatvori oči, mogla bi da zamisli mladu Bi kako stoji na vratima, zove je da se igraju. I dalje je mogla da čuje tatu kako hoda u prizemlju, verovatno kuva kafu. Mogla je da siđe, pomislila je, ponese knjigu i sedi u toj sobi s njim, pravi mu društvo. To bi bilo mnogo lakše nego ovo što namerava da uradi.

Prošlo je još dvadeset minuta pre nego što je Ezmi išta napisala, a kad je napisala, shvatila je da uopšte ne piše Bi. To pismo jeste bilo za Bi, nije bilo sumnje. Ali bilo je napisano Fibi.

*Draga Fibi,*

*Izgubila sam prvi zub onog dana kad si ti stigla. Bila sam u dvorištu vrtića, gledala stopala koja trupkaju po vlažnom asfaltu dok se fudbalska lopta kotrlja niz blag nagib prema kapiji. Bilo je povika i cičanja iz publike dok je poskakivala, usporavala i konačno prošla ispod gvozdene kapije i na ulicu iza nje. Neki dečaci su pojurili napred, gurajući jedan drugog, zadirkujući se, čikajući. Donesi je. Ne, ti je donesi.*

*Jedna kola su naišla iza ugla i svi su zaustavili dah, ali potpuno su promašila loptu, dva para točkova prešla su preko nje, ne usporivši.*

*Sajmon je krenuo napred. Kolena pantalona bila su mu umrljana travom, a na licu je imao prezriv osmeh. Provukao se kroz kapiju i izjurio na ulicu, ne gledajući levo ni desno, i zažmurila sam očekujući da još jedna kola dođu iza ugla i obore ga. Verovala sam u ono što su mi rekli o pravilima bezbednosti u saobraćaju. Ali nijedna kola nisu naišla, i Sajmon je stao ispred odbegle lopte, uzeo kratak zalet i jako ju je šutnuo.*

*Gledala sam kako lopta leti, sve bliže i bliže, i kad sam shvatila da će me udariti, bilo je prekasno da išta promenim. Sledećeg trenutka bila sam na zemlji, šljunak mi se usecao u kolena, usta su mi bila slana od krvi, a moj prednji zub bio je pored mene, blistao se na asfaltu.*

*Jedna od vaspitačica me je odvela u toalet, oprala krv i zavila mi zub u maramicu. Gledala je kako se ogledam. Nije bilo modrice, a lice mi je izgledalo isto dok nisam otvorila usta i videla rupu u svom osmehu.*

*Kazala mi je da će mi izrasti nov zub, i pogledala sam je, pomalo nepoverljivo. Imala je sina koji je upravo pošao u prvi razred, i bila je punačka i ljubazna, kao što mama treba da bude. Na igralištu je bila ona koja ljubi odrana kolena i podiže decu koja su pala. Verovala sam joj, a opet, da li je zaista u pravu u vezi sa ovim? Kako će novi zub znati da se pojavi?*

*Kad smo izašle iz toaleta, svi su se vratili unutra. Odvela me je do moje sobe i osećala sam se važno kad je otvorila vrata i sve se te oči okrenule ka meni. Dala je umotani zub* gospođici Džejmson, koja ga je stavila u fioku stola. Kad je videla razočaranje na mom licu, kazala mi je da ga čuva dok ne pođem kući.

Provela sam popodne gurajući prst i jezik u novi prostor u ustima, to tajno, šuplje, slano mesto. Kad je tata došao po mene, gospođica Džejmson je stavila zamotuljak u moj znojavi dlan i zatvorila moje prste oko njega, štiteći moje blago. Pitala sam gde je mama, gutajući s mukom. Već sam se borila da ne zaplačem. Bila sam spremna da čujem da je umrla, ili je povređena.

Tata me je podigao visoko u vazduh. Vetar mi je zahvatio pletenice, podigao ih je kao što je tata podigao mene, i bila sam umirena, nasmejana. A onda je rekao da dolazi beba.

Pričali su mi o bebi, naravno, o tebi, i gledala sam kako mamin stomak raste. Videla sam je u kadi, tu urednu humku kako se izdiže iznad mehurića. Dodirivala sam je oprezno, iznenađena koliko je tvrda, uplašena da bi mogla da pukne ako prejako pritisnem. Ali nisam verovala kad su mi rekli da će mama uskoro otići na nekoliko dana i vratiti se s novim bratom ili sestrom. Nisam mislila da lažu. Samo mi je izgledalo... neverovatno. A sad, razmišljam o tebi baš tako, sklupčanoj unutra, bezbednoj i usnuloj, i želim da si mogla da ostaneš tamo zauvek.

Te večeri, gospođa Vilson iz komšiluka ostala je sa mnom kad je tata otišao u bolnicu. Igrale smo karte i spremila mi je pileći paprikaš i, za desert, kolač s lepljivom ružičastom glazurom. Čekale smo da telefon zazvoni, a kad je zazvonio, gospođa Vilson ga je zgrabila. Slušala sam šta ona govori, zamišljala tatu na drugom kraju veze kako šparta bolničkim hodnikom dok se telefonski kabl skroz ne zategne, kao što je uvek radio kod kuće.

Spustila je slušalicu i okrenula se ka meni. Ja sam se svila oko jedne od kuhinjskih stolica, klateći nogama, i lica pritisnutog na letvice naslona, gledajući svet u uskim trakama. Rekla mi je da sam dobila sestru, široko se osmehujući.

Nisam znala šta to zaista znači. Ne dok te nisu doneli kući.

# 20.

## Jedanaesti novembar 2011 – 9.615 dana kasnije

Bi je na trenutak podigla pogled sa stranice. Dugo je čekala na ovo. Sve te godine, znala je da je postojala još jedna sestra između Ezmi i nje, a nije se usudila da pita za nju. Ustala je i prešla preko sobe nekoliko puta, otvorila je prozor i usrknula zimski vazduh. Osetila je blagu mučninu. Instinktivno je spustila ruku na svoj ravan stomak. Da li će joj Ezmi konačno reći? Nakon što ju je pitala to preko telefona, očekivala je poruku ili poziv, koji nikad nisu stigli. A nakon nekoliko dana, pretpostavila je da neće ni dobiti odgovor na to pitanje. Naravno. To baš liči na Ezmi, da ćuti, da ne popusti nimalo. A onda je na otiraču pronašla koverat sa svojim imenom ispisanim sestrinim rukopisom.

Bi ga isprva nije otvorila. Znala da će spoznaja o Fibi sve promeniti. Čitav njen život tata i Ezmi su bili neprobojna jedinica, a ona je bila spolja, i nikad nije razumela zašto nisu hteli – ili nisu mogli – da je puste unutra. Pre njenog rođenja, njih dvoje su bili deo jedne kompletne porodice koja nije imala veze s njom. Sa njom su stvorili drugu jednu porodicu, i uvek je bilo jasno da bi se oni vratili onome kako je pre bilo, samo da su ikako mogli. Ubrzo je popustila, cepajući koverat. Znajući da nema povratka kad jednom bude znala.

*Činilo se da je mama otišla zauvek. Tata i ja smo preživljavali na sendvičima s ribljim štapićima, a svake večeri je gospođa Vilson dolazila da me čuva kad je on odlazio da je poseti, poljubivši me na odlasku i vrativši se kad bih ja već* odavno zaspala. Svake večeri sam ga pitala smem li da idem s njim, a on me je uveravao da će ona uskoro doći kući.

Bila sam sigurna da se nešto dogodilo mojoj majci, da se istina skriva od mene. Ujutro, dok mi je mazao maslac na tost i sipao mi sok od pomorandže, tata mi je kazao kako nedostajem mami, kako jedva čeka da se vrati kući.

Gospođa Vilson je donosila pečene slatkiše u čvrstim metalnim kutijama. Otvarala bih poklopac, puštajući sladak miris. Brauniji, keks, torte. Svakog dana nešto drugo. I svake večeri me je stavljala u krevet i čitala mi priču, i kad joj je lice bilo skriveno iza knjige pretvarala sam se da je ona mama. Ali glas joj je bio kreštav, a šake naborane, i kad bi ugasila svetlo i zatvorila vrata moje sobe, plakala sam.

Nisam znala, Fibi. Bila sam previše mala da znam da ćeš biti tako sićušna i tako lepa. Da će se sve ono čega sam se bojala desiti, i da se već desilo iza mojih leđa. Da više nisam imala mamu, ne onako kao pre. Da je bila izgubljena za mene onog dana kad si se ti probila na ovaj svet, stisnutih pesnica, spremna da se boriš.

Tog dana kad si stigla kući, prvo što sam čula bilo je tvoje urlanje. Cepalo je kuću, pretvarajući je u mesto koje ne poznajem.

Tata me je pokupio iz obdaništa i rekao da me kod kuće čeka neko koga treba da upoznam. Bilo je u njegovom glasu nečeg što nisam poznavala. Ili sam ga poznavala previše dobro. Bio je to glas kojim je razgovarao sa mnom.

Mama je bila u kuhinji, podigla me je u naručje i zasula mi lice poljupcima. „Dušo, nedostajala si mi", kazala je. Izgledala je drugačije, manje. I onda sam shvatila. Izbočina je nestala. Nosila je tatin džemper i lice joj je bilo mršavo i bledo. Zapitala sam se na tren da li su je zamenili, da li svi pokušavaju da me prevare. Ali onda je zarila lice u moj vrat i osetila sam njen miris. Ispod slojeva bolničkog sapuna, uhvatila sam trag njenog poznatog mirisa, i nasmešila sam se.

Ponovo sam se osetila bezbedno, i gotovo sam sasvim zaboravila na tebe kad se začuo taj jezivi zvuk.

*Mama je rekla da si gladna, i pokazala mi da je pratim na sprat. Išli smo za tvojim urlanjem. Prvo mama, pa tata i ja pozadi za njima. Želela sam da se jedno od njih okrene i uhvati me za ruku.*

*Ležala si na leđima, otvorenih usta i ljutitog, crvenog lica. Nije bilo suza i oči su ti bile čvrsto zatvorene. Poželela sam da pokrijem rukama uši, ili tvoja usta. Želela sam da prestaneš.*

*Mama te je podigla, šakom ti obuhvativši potiljak, i privila te uz grudi. Nežno te je njihala na vrhovima prstiju, dok se nisi smirila i ućutala. Postepeno ti je lice postalo bledoružičasto. Tada mi je tata rekao tvoje ime. Fibi.*

*A onda si ti otvorila oči, i ja sam upala u njih. I zaljubila se.*

*Bila si glasna i besna i pitala sam se kako neko tako mali može da preuzme kontrolu tako hitro, tako potpuno. Odjednom, sve je bilo drugačije. Ti si određivala kad možemo da jedemo, da spavamo, da budemo bučni. Ležala si tamo, nesposobna da išta uradiš za sebe, ali je to bilo isto kao da si marširala naokolo s bičem.*

*Ne jednom se desilo da nije bilo moje priče pred spavanje. Ne jednom sam bila ostavljena sama za kuhinjskim stolom dok nam se večera hladila. Nisam mogla ni da okusim hranu kad mama i tata zagrebu stolicama od stola i odjure na sprat da budu s tobom. I gurala bih šaku kroz letvice na naslonu stolice dok se ne zaglavi, i čekala da me oslobode.*

*A opet, ponekad, bila si tiha i mirna i pospana i tata bi pevao dok mama i ja plešemo u kuhinji s tobom između sebe, telo ti je bilo tako toplo a koža meka. Milovala sam ti svilastu, tamnu kosu, šaputala ti tajne. Nisam mogla da se setim kako je izgledalo pre nego što si bila tu. Izgledalo je kao da smo samo tebe čekali da bismo postali porodica.*

*Ezmi*


Kad je završila s čitanjem, Bi je čula kako Džulija otključava vrata, i trenutak kasnije njena cimerka se pojavila na vratima.

– Jesi li za kafu? – pitala je.

– Ne.

– Šta je to? – Džulija je ušla u sobu, pokazujući pismo u Biinim rukama. – Jesi li plakala?

– Nije to ništa – rekla je Bi. – Idi napravi sebi kafu. Dolazim za minut.

Džulija je slegnula ramenima i izašla iz sobe, zatvarajući vrata.

Bi je oprezno presavila pismo i vratila ga je u koverat. Htela je da ga pročita ponovo, i uradiće to, ali ne odmah. Gurnula je koverat ispod jastuka i izašla iz sobe, ne osvrćući se.

Iz dnevne sobe je pozvala Džuliju u kuhinji. – Kako si provela dan?

Bi je čula kako voda ključa u kuvalu, videla je paru kako lebdi prema vratima dnevne sobe. I ne ulazeći u kuhinju, videla je Džuliju naslonjenu na pult, kako se lupka kašičicom po šaci.

– Grozno – rekla je Džulija. – Stopala me ubijaju.

Džulija je bila frizerski šegrt. Kao i Bi, imala je diplomu iz francuskog i nemačkog s Kings koledža. Nakon diplomiranja, Bi je provela dve godine na raznim administrativnim poslovima pre nego što je obezbedila trenutni honorarni posao, koji je podrazumevao prevođenje naizgled beskrajnog niza kriminalističkih romana. Džulija je počela da se obučava za frizerku. Ponekad bi rekla kako će kasnije imati dovoljno vremena da iskoristi svoju diplomu.

– Ne znam kako možeš da stojiš po čitav dan – kazala je Bi. – Stvarno si idiot.

– Hvala. Baš lepo. Hoćemo li da radimo nešto večeras? Da idemo u pab?

Bi se zapitala da li se Džulija seća da ona ne sme da pije. Možda ne. Nije to bio njen problem, uostalom.

– Mislim da bi trebalo da se vidim sa Adamom.

Džulija je dvaput klimnula glavom pre nego što je progovorila. – Nisi mu rekla, zar ne?

– Nisam ga videla!

Bi je videla da Džulija ima još nešto da kaže, ali čula je kako joj telefon zvoni u sobi. Znala je da je to Adam i pre nego što ga je uzela, i na trenutak je razmišljala da ga ostavi da zvoni, da pusti da joj ostavi još jednu poruku. Ali nije mogla da ga ignoriše zauvek. Naterala je sebe da se javi.

– Zdravo, Adame – kazala je, što je normalnijim tonom mogla.

– Hej, Bi. Šta radiš danas?

Zvuk njegovog glasa, dubok i miran, bio je utešan.

Bi je sela na krevet, spustila levu šaku u krilo. Uvijene oko njenog zglavka bile su reči *carpe diem*. Zatvorila je oči na tren, i setila se sebe kako sedi u salonu za tetovažu, uplašena devetnaestogodišnjakinja, trzajući se od bola kako su slova urezivana, jedno po jedno, u njenu kožu. Osećala se tako odraslo. Mislila je da je pametna, i snažna.

– Ništa posebno – kazala je. – Hoćeš li da dođeš?

Adam je na tren ćutao. Ona je živela u Brikstonu; on u Hakniju. Stalno su pregovarali ko će kod koga da dođe.

– Možemo li da se sastanemo negde između? – predložio je.

Bi je bila umorna, osećala se kao da bi mogla sad da legne, zatvori oči i spava do jutra. Pomisao da ponovo izađe napolje, po hladnoći, da se bori za sedište u metrou, nije bila privlačna. Ali znala je da mora da se vidi sa Adamom, da mu saopšti vesti.

– Aper strit? – upitala je. – Za sat vremena?

– Savršeno. Vidimo se u *Belom lavu*.


Sat i deset minuta kasnije, Bi je otvorila vrata paba boreći se s vetrom i ušla. Adam je sedeo na barskoj stolici kraj šanka, nagnut napred, i razgovarao s lepom devojkom koja je brisala čaše. Pogledala je oko sebe. Dvojica starca u jednom separeu igrala su šah, a pozadi, grupa od pet-šest njenih vršnjaka. Bi je pogledala čaše na njihovom stolu, način na koji su živo razgovarali, i iznenada se osetila čudno.

Krenula je napred i dodirnula Adamovo rame.

– Hej – kazao je, okrećući se na stolici i nespretno je zagrlivši.

Bi je malo zakoračila unazad i onda se nagnula da ga poljubi, ignorišući konobaricu koja je kolutala očima. – Hej – rekla je. A onda je podigla pogled i osmehnula se ljupko toj devojci. – Koka-kolu, molim vas.

Adam se okrenuo, i pogledao je namršteno. – Ne piješ? – pitao je, ispijajući ostatak piva i pokazujući devojci da želi novo.

– Ne – kazala je. – Malo me boli glava.

– Treba da ideš kod lekara. Prvo u nedelju, a sad večeras. Mora da nešto nije u redu.

Bi je klimnula glavom, razmišljajući kako bi verovatno trebalo da ode kod lekara. Nije znala kako to funkcioniše, kakav je proces. Da li će joj verovati na reč da je trudna? Ili će je testirati, uzeti joj krv i uzorak mokraće? Ponovo je poželela da ima nekog koga bi mogla da pita. Nekoga ko je prošao kroz to. Bi je uhvatila Adama za ruku i svukla ga sa stolice, povevši ga prema jednom separeu u praznom delu paba. A onda se vratila do bara da donese piće. Da li će mu stvarno reći ovde? Zamišljala je njih dvoje u nekoj sobi, s prigušenim i nežnim svetlima. Ne ovako. Ne u prostoriji s lepljivim podom i pocepanim kožnim klupama i nezavisnom muzikom iz devedesetih koja svira u pozadini, pomalo preglasno.

– Kako si proveo dan? – upitala je kad su seli jedno naspram drugog i skinuli jakne. Pružila je ruke preko tamnog drvenog stola da bi ga dodirnula, spustila je ruke kraj njegovih.

Adam je bio kolekcionar ploča. Pretraživao je *iBej* i razne pijace i prodavnice polovne robe u potrazi za gramofonskim pločama, a onda ih prodavao uz malu zaradu. Makar one od kojih je mogao da se odvoji. Nije to bio ozbiljan posao, nije bio dobro plaćen, ali on ga je voleo. Voleo je ljude koji su živeli u tom svetu, voleo je način na koji cene muziku.

– Prilično nezanimljivo – rekao je. – Proveo sam malo vremena s Denom u *Opusu*, slušajući nove stvari koje je dobio, prodao sam nekoliko ploča. Kako si ti provela dan?

Bi je nagnula glavu na stranu i zagledala se u njega. To što je on radio nije bio posao. Nije bilo stvarno. – Prevela sam nekoliko poglavlja.

– O, stvarno? Jesi li saznala ko je ubica?

– Znam ko je ubica. Pročitala sam knjigu pre nego što sam počela.

Osetila se kao da on ne zna ništa o njoj, i ona ne zna ništa o njemu. Na početku veze razgovarali su satima, ležali su u njenom ili njegovom krevetu, otkriveni. Osećala je kao da ga gleda kroz prozor voza, i ona će svakog trenutka krenuti, a on će postati mrlja a potom potpuno nestati u njenoj prošlosti.

– Jesi li dobro? – upitao je Adam, sklonivši šake iz njenih i spuštajući ih na njene obraze.

Bi je bilo pretoplo, i odmahnula je glavom, a on je sklonio šake.

– Samo me boli glava – rekla je. – Slušaj, nije trebalo da dođem. Treba da odem kući i legnem.

– Imam osećaj da te uopšte ne viđam. – Adam je oborio glavu dok je to govorio.

Bi je izašla iz separea i sela kraj njega. Nije bilo prostora za oboje, i uživala je što je pribijena uz njega, što im se noge i kukovi dodiruju. Izgovorila je njegovo ime i on ju je pogledao, a osmeh mu je zaigrao na usnama. Kosa mu ja pala na oči, i ona ju je sklonila. A onda ga je ponovo poljubila, i to joj je izgledalo kao oproštaj.

– Pozvaću te – rekla je. – Sutra. Važi?

– Da.

Čitavim putem do kuće Bi je prekorevala sebe što mu nije rekla. Ali to nije bilo lako, mislila je, prevrnuti nečiji život naglavačke. Okončati nešto što je jedva počelo, kad je jedan život stvoren.

Kad se vratila u stan, Džulija je utišala televizor i pogledala Bi.

– Dakle? Šta je rekao?

– Nisam mu rekla – kazala je Bi. – Prosto... nisam mogla.

I ne čekajući da čuje šta Džulija misli o tome, otišla je u svoju sobu i zatvorila vrata.

# 21.

## Dvanaesti novembar 2011 – 9.616 dana kasnije

Ezmi je hodala uskim prolazima između polica u knjižari, ispravljajući usput knjige. Prelazila je prstima preko poređanih turističkih vodiča napola zatvorenih očiju, i zamišljala da ide na neko od tih sunčanih mesta. Juče, u zoru, pretrčala je sedamnaest kilometara. Spremala se za polumaraton koji se održava za nekoliko nedelja i vredno je trenirala. Mišići su joj bili zategnuti i bolni, a opet joj je bilo teško da sedi mirno. Pogledala je tatu, koji je sedeo za pultom, sa otvorenom knjigom ispred sebe, s naočarima na vrhu nosa. Izgledao je veoma usredsređeno, ali mora da je osetio njen pogled, jer ju je pogledao, obeležavajući prstom mesto na stranici.

– Da li je sve u redu, tata? – pitala je.

– Jeste.

Ezmi ga je pustila da čita knjigu. Prišla je pultu, počela da sređuje brošure i poklon-knjižice koje su bile poređane tu. Ubrzo ju je ponovo pogledao. Ezmi je primetila kako se ovoga puta nije potrudio da obeleži dokle je stigao s čitanjem.

– Bio sam brzoplet pre neki dan, kad sam rekao kako ne treba da razgovaramo s Bi o Fibi. I dalje verujem u to, ali trebalo je da budem manje odsečan. Žao mi je.

Ezmi je oborila pogled. Nije mogla da ga pogleda, ne nakon što je poslala pismo.

– U svakom slučaju, razmišljao sam o Bi – nastavio je – i o toj bebi.

– Da?

– To je divna stvar. Zar ne?

Ezmi i dalje nije znala šta misli. – Ne znamo ništa o ocu, o tome koliko su dugo zajedno ni hoće li je on podržati.

– Ne, ne znamo. Ali, znaš, ako joj je potrebna pomoć, finansijska, mogu da joj je pružim. Ostavio sam malo para sa strane, za slučaj da vama dvema zatreba.

Ezmi se oči ispuniše suzama na pomisao da je njen otac štedeo novac za nju i Bi. Knjižara je radila solidno, ali nikad se neće obogatiti. Mislila je na to kako je njen otac kupovao, odeću, hranu i sve ostalo. Pažljivo.

– Pomisao da ću biti deda me oduševljava – rekao je Tom. – Tako sam se osećao svaki put kad bi mi vaša majka rekla da je trudna, ali bez ove zabrinutosti i straha.

Ezmi se usiljeno osmehnula, nadajući se da neće morati da traga za nečim što će da kaže. Ali nije morala da se brine, jer je Tom ponovo progovorio.

– Izgleda da ti ne osećaš to. I ne znam zašto. Ona ti je sestra, Ezmi. Ta beba će ti biti sestričina ili sestrić. Znam da vas dve imate svoje nesuglasice, ali sad je sigurno trenutak za nov početak.

Ezmi je pokušala da zamisli njih troje ponovo u istoj prostoriji. Pokušala je da zamisli bebu među njima. Odmah je pomislila na Fibi i obožavanje koje je osetila kad je ona bila mala.

– Razmisli o tome – kazao je Tom. – Idem malo na svež vazduh. Treba li ti nešto?

Ezmi je odmahnula glavom, i gledala je tatu kako ide prostorijom i izlazi iz knjižare, učinivši da se zvono iznad vrata oglasi. A kad je otišao, oči su je zapekle od vrelih suza, i prekrila je lice rukama pokušavajući da ih zadrži. Ne razmišljajući šta radi, uzela je beležnicu i olovku i počela da piše drugo pismo.

*Draga Fibi,*

*Kad sam se vratila u školu tog leta kad smo te izgubili, svi su znali. Isprva niko nije ništa govorio, ali ljudi su u grupama zurili u mene po dvorištu. Godinama nisam bila više Ezmi Sedler. Bila sam devojčica kojoj je umrla sestra.*

*Mislim da sam zato potpuno prestala da pričam o tebi. Zbog toga i onog maminog izraza lica kad god se pomene* tvoje ime. Brzo sam učila, i prestala sam da pominjem tvoje ime, a onda smo dobili Bi, i uvek sam mogla da kažem da imam sestru i to nije bila laž.

Ponekad, kad sam sama u svojoj sobi, zamišljam te tamo. Zamišljam kako spavaš na krevetu kraj mene, sklupčana. Imaš tri godine, a kosa ti je tamni čuperak na jastuku. Zamišljam te kakva si bila, neobična mešavina stidljivosti i živopisnosti. S palcem u ustima, koji ti maskira govor. Ili kao tinejdžerku. Sa četrnaest, s drugom vrstom stidljivosto; onom koja se spusti kao oblak u adolescenciji. Telo ti je nezgrapno, skriveno preširokom odećom.

Zamišljam kako ti pokazujem svoj život. Delim ga. Pitam se da li bi se i dalje ugledala na mene kao nekad, da li bi pokušavala da me oponašaš. Ili bi bila izgubljena u svom svetu, nesvesna da postojim. Kad sam otišla na studije, prvi put sam imala kontrolu nad onim što ljudi znaju o meni. Šta se znalo, a šta je ostajalo skriveno. I ušuškala sam te daleko u neki ćošak svog srca i ostavila te tamo.

Ne radi se o tome da želim da te zaboravim. Više je to da ne znam kako da te predstavim neznancima; ne znam šta da istaknem za pokazivanje, za šta će imati razumevanja, a šta će osuditi. Kažem sebi da ću te otkriti kad ih bolje upoznam; da ću te izvući kao zeca iz šešira. Iznenađenje! Mnogo češće ostaješ skrivena. Teško je izneti novu informaciju kad ljudi imaju izvesnu predstavu o tebi. Teško je reći da si lagala.

Nikad nisam ovo rekla naglas, nikad to nisam zapisala. Trudila sam se da ne mislim o tome. I znam da ovo neće ništa promeniti, neće te vratiti. Naravno da znam to.

Ali opet, neko bi trebalo da ispriča tvoju priču, zar ne? Neko bi trebalo da piše o tvom osmehu kad znaš da si uradila nešto loše ali ti nije bilo žao, i kako si trljala Bibi palcem i kažiprstom i nosila je svuda. Osećam kao da nisam ništa zaboravila. Ali šta ako jesam? I plašim se da, ako ne pišem o tebi sad, ponovo ću te izgubiti.

Bila je tako izgubljena u mislima da je poskočila kad se oglasilo zvono. Okrenula se tako da su joj leđa okrenuta prema vratima, obrisala suze koje su joj potekle.

– Izvinite.

Taj glas je bio dubok i blizu, i Ezmi je malo poskočila i onda se okrenula, nadajući se da je lice neće izdati. Prvo ga nije prepoznala, ali učinilo se da je videla tračak prepoznavanja u njegovim očima.

– Pitam se možete li da mi pomognete – kazao je, napola se osmehujući. – Tražim neku knjigu o Italiji, ali ne turistički vodič. Putopis ili možda roman.

Ezmi je nakrenula glavu. Možda jeste izgledao poznato. Bio je otprilike njenih godina, kratke prosede kose i širokog osmeha.

– Tamo se nalazi sve u vezi sa Evropom – kazala je. – Zanemarite levu stranu, tamo su samo vodiči i mape. Trebalo bi da se ono što tražite nalazi na desnoj strani. Knjige su poređane abecednim redom, prema državama.

A onda je shvatila. Bio je to Sajmon Tredvel, iz osnovne škole. Nije ga videla otkad su imali jedanaest godina, otkad je ona otišla u lokalnu gimnaziju, a njega roditelji poslali u neku privatnu školu. Ezmi se trgla, sećajući se užasa koji mu je priredila kad su bili deca.

– Hvala vam – kazao je.

Sledio je njena uputstva i počeo je da pretražuje police, povremeno je pogledavši. Video je da ga je prepoznala, znala je. Pitala se da li će ijedno od njih pomenuti zajedničku prošlost. Nekoliko minuta kasnije, vratio se do kase s knjigom o nekom engleskom paru koji je otišao na Siciliju nakon penzionisanja. Ezmi je bila zbunjena zašto ga to zanima.

– Uzeću ovu, Ezmi – rekao je.

Ezmi je osetila kako joj se izraz lica menja, kako crveni.

– Uzmi je – rekla je. – Ja častim. Svakako ti dugujem nekakvo izvinjenje.

Sajmon ju je pogledao u oči, pa onda ponovo u knjigu. I onda je skinuo kaput i povukao okovratnik svoje sive majice. Ezmi je osetila kako joj srce na tren zastaje. Što je svakako nemoguće.

– Jok – rekao je. – Tragovi zuba su nestali. Da li je ovo tvoja knjižara?

– Očeva – odgovorila je Ezmi.

– U tom slučaju, mislim da ne bi trebalo da poklanjaš njegovu robu. Platiću za knjigu. Ali možeš kasnije da me izvedeš na piće, ako i dalje želiš da se izviniš.

Vreme se oteglo dok se Ezmi borila sa sobom šta da kaže. Da li je on to očijukao s njom? Taj muškarac, koga je besramno maltretirala kad je bio dečak, koga je optužila da on nju maltretira. Koga je štipala i zadirkivala i... ugrizla. Kupujući vreme, pogledala je knjigu i uzela novčanicu od deset funti koju je držao, izbrojala kusur i spustila ga na njegov dlan. Novčići su bili hladni, njegovi prsti topli. I pravo niotkuda, Ezmi se setila kad je poslednji neko poljubio. Bilo je to pre gotovo godinu dana, ispred nekog turskog restorana jedne ledene noći. Šake su mu bile tople, i držao ju je za lice dok ju je ljubio. Ali onda joj je poslao imejl priznajući da je oženjen, i nikad ga više nije videla.

– Stvarno mi je žao zbog onog što sam radila – kazala je Ezmi, pomalo drhtavim glasom. – To je bilo neoprostivo.

Sajmon je podigao ruku. – Ja ću to proceniti. Dođi u susedni pab u sedam, i možeš da izneseš svoju odbranu.

I ne čekajući njen odgovor, okrenuo se i izašao iz knjižare, ostavljajući knjigu na pultu. Podigla ju je, znajući da ju je namerno ostavio, kako bi morala da se nađe s njim. Ipak, ubacila ju je u torbu, koja se nalazila na podu kraj stolice. Bila je zapanjena kako je bio siguran, samouveren. Ponovo ga se setila kad je imao sedam godina. I tad je bio samouveren, ali ipak je uspevala da ga omalovaži i zadirkuje. Pitala se koliko ga je povredila. Koliko je drugačiji nego što bi bio da je nikad nije upoznao?

Kad se Tom vratio u knjižaru pola sata kasnije, Ezmi se setila njihovog prethodnog razgovora. Tom je zviždao, obraza rumenih od hladnoće. Prišao je Ezmi i pružio joj posudu vrele supe.

– Ručak – rekao je. – Ne jedeš dovoljno. Pazi, vruće je.

– Tata – rekla je – izlazim večeras.

– I ja.

– O?

Tom ju je pogledao, mirno. – Večeram s Marijanom.

Već nekoliko meseci Tom se viđao s tom ženu, i Ezmi se vrlo malo raspitivala o tome ko je, ili otkud ona. A onda se zapitala da li je njen otac zaljubljen u Marijanu. Zapitala se da li će je upoznati. Ezmi je zaustila da kaže nešto, ali vrata su se otvorila i ušla je neka žena s dvoje male dece. I tek tako, u prodavnici je bila graja i nije bilo pravo vreme da se raspituje o očevoj vezi.

Kad je došlo vreme za odlazak kući, Ezmi je prešla do kafea prekoputa, koji joj se sviđao, i naručila sendvič i kafu. A kad se približilo sedam, vratila se nazad pored knjižare do paba koji je Sajmon pomenuo. Bila je unutra svega nekoliko puta, uprkos tome što je blizu knjižare. Morala je da sagne glavu da uđe na vrata, i unutra je videla male drvene stolove i stolice, dve ofucane sofe u uglu. Sajmon je već bio tu, sedeo je za stolom s bocom piva. Ezmi je izvadila knjigu o Siciliji iz torbe i spustila ju je ispred njega.

– Znaš – kazala je, sedajući – ovo mesto nije najbolji lokal u gradu.

– Šta da kažem? Očigledno ne dolazim kući dovoljno često.

– Zašto si sad došao kući?

Sajmon se nakašljao i otpio veliki gutljaj piva. – Majka mi je na samrti – rekao je.

– O.

– Ta knjiga je za nju. Išla je u Italiju pre nekoliko godina i otad priča kako želi da se odseli tamo. To se sad neće dogoditi, ali može bar da čita o tome.

Ezmi je bilo žao što ga nije bolje poznavala. Što ga nije znala dovoljno da mu dodirne ruku, da iskaže saosećanje. A pošto je osećala da ne može da uradi to, promenila je temu.

– Gde živiš? – pitala je.

– Trenutno u Londonu. Ali često dolazim ovamo, da pomognem.

Ezmi je klimnula glavom. Često je razmišljala da kad odrasteš imaš samo dve mogućnosti: da ostaneš gde si ili se preseliš u London. I Sajmon je otišao u London, kao i Bi. Pitala se da li postoji neki obrazac, način da se odredi gde će neko završiti. Od ljudi koji su ostali, mislila je, ona je verovatno jedina koja i dalje živi s tatom.

Sajmon je gotovo popio svoje pivo, i otišla je do bara i naručila još dva.

– Evo – kazala je, kad se vratila. – Izvinjavam se. Stvarno se ne čini dovoljnim.

– Zašto si to uradila? – pitao je Sajmon.

Ezmi je podigla glavu da ga pogleda u oči, videla je da je ozbiljan. To ga je stvarno zanimalo.

– Nije više važno – rekao je. – Stvarno. Ne moraš da se osećaš loše zbog toga. Samo me zanima. Bilo je tako iznenadno, tako nemilosrdno.

Htela je da se ponovo izvini, ali nije bila sigurna koliko puta može da kaže te reči kad zna da je prekasno da išta promeni. Bila je surova, i nije razmišljala tad kako će to uticati na njega.

– Upravo sam bila izgubila sestru – rekla je Ezmi. – Sve je bilo u haosu. Mama je bila trudna, i nije se dobro nosila s tim, i svi smo živeli u istoj kući a da nismo stvarno komunicirali međusobno. I sećam se samo tog osećanja da nemam nikakvu kontrolu ni nad čim. Samo sam se istresala.

Pogledala je Sajmona. Nežno je klimao glavom, a pogled mu je bio ljubazan.

– Zaboravio sam – kazao je. – Za tvoju sestru. Sad sam se setio.

– Ništa od toga nije opravdanje, ali ima li to nekog smisla?

– Pomalo. Ali evo šta me je oduvek zanimalo. Zašto ja?

Ezmi je oborila glavu i sklonila pramen guste kose iza levog uveta. Nekoliko puta je prekrstila i otkrstila noge i otpila veliki gutljaj svog piva.

– Uvek si izazivao nevolje – rekla je. – Znala sam da će mi svi poverovati ako kažem da ti mene maltretiraš.

– Rekla si to?

Ezmi je razmišljala o nivoima obmane, pomalo zapanjena kako je njen mladi um onda radio.

– Da. Ali samo zato što sam mislila da to želim. Mislila sam da bi neko trebalo da mi se ruga, da govori grozne stvari o onome što se dogodilo Fibi. Rekla sam tati da si me mučio jer sam verovala da bi to trebalo da se događa.

Sajmon ju je dugo gledao, i mada je bilo teško, Ezmi nije skrenula pogled.

– Zašto? – upitao je napokon.

Ezmi je nakrivila glavu, razmišljajući o tom pitanju. Bilo je tako neobično konačno razgovarati o tim stvarima s jednim gotovo neznancem. Ali bilo je i lakše. Na trenutak je zatvorila oči i ponovo je imala sedam godina. Ležala je na krevetu i tiho govorila Fibi. *Žao mi je, žao mi je, žao mi je, žao mi je.*

– Jer sam ja kriva za sestrinu smrt – kazala je.

# 22.

## Petnaesti novembar 2011 – 9.619 dana kasnije

*Fibi, nikad nismo bile ravnopravne. Volim da mislim kako bismo postale, kasnije. Ali ti si bila mlađa i krhka, i stalno su mi govorili da budem pažljiva s tobom. Kad sam te prvi put držala, osećala sam mamu iza sebe kako zadržava dah, spremna da te uhvati. Tata je motrio u blizini. Čak i kao trogodišnjakinja, razumela sam nešto od tog poverenja koje su mi ukazali, i njegova ograničenja.*

*Sela sam na sofu, noge su mi jedva dosezale do ivice, i ispružila sam ruke da te uzmem. Mama mi te je nežno dodala, pokazala mi kako da ti pridržavam glavu. Iznenadila me je tvoja težina; izgledala si tako malo, ali bila si nabijena, čvrsta. Za koji trenutak osetila sam kako mi bol prolazi rukama i poželela sam da ih pomerim, da te se otarasim. Ali bila je tu i toplina. Tvoje telo umotano u ćebence, tvoji ružičasti nožni prsti koji se slobodno mrdaju, izgledala si opušteno i zadovoljno. Podigla sam te malčice i pritisnula usne na tvoju vrelu glavicu.*

*Poželela sam da budem ti, u tom trenutku. Poželela sam da ti budem bliže, u tebi, da gledam svet iz tog brižljivo zamotanog ćebenceta. Topla i bezbedna. Gledala sam kako se tvoje oči polako miču, pokušavala da zamislim šta vidiš, šta razumeš. Kad si me pogledala, osećala sam da znaš sve. Kao da si poslata ovamo, ispunjena eonima mudrosti, da nam pokažeš kako da živimo.*

*Čekaću, obećala sam ti ćutke. Čekaću dok ne budeš na-*
*učila da govoriš i ne budeš spremna da podeliš to što znaš.*
*Pomoći ću im da te odgaje i biću strpljiva i pokazaću ti šta*
*sam naučila, kako bi ti mogla da mi pokažeš sve. To je bilo*
*uverenje kojeg sam se držala, s kojim se rvem još i sad. Da si*
*poslata ovamo da nam pokažeš kako da živimo.*
*Ezmi*

Čim je završila čitanje, Bi je spustila pismo sa strane i ustala, dr-
žeći se za stomak. Suze su joj pekle oči dok je zamišljala sestru kao
dete, Fibi kao bebu. Uzela je telefon i poslala SMS Ezmi.

Nije očekivala brz odgovor. Bilo je malo posle tri po podne, i
Ezmi je sigurno na poslu. Ali manje od minut kasnije, telefon joj je
zazujao.

*Moram da ti ispričam sve. Ovo je jedini način na koji to mogu.*
*Daj mi malo vremena.*

Razočarana, Bi je bacila telefon na krevet, i onda je sela za sto,
pokušavajući da se usredsredi na roman na ekranu. Ali to je bilo
uzaludno. Bilo je stvari koje su čekale na red za njenu pažnju. Htela
je da odgovori Ezmi, da joj kaže kako je imala godine i godine da joj
ispriča tu priču. Sve te godine Biinog samotnog života.

Pomislila je na svoje nerođeno dete. Bi je bila bolno svesna kako
vreme prolazi, a ona još nije rekla Adamu da je trudna, niti je otišla
kod lekara. Da li pokušava da porekne to? Sinoć je sipala sebi čašu
vina, a onda još jednu. Znala je da mora da olabavi sa alkoholom,
ali zar nisu postojale i stvari koje ne bi trebalo da jede? Nije znala.
To je bio nov, nepoznat svet.

U šest sati Bi je zatvorila svoj laptop, znajući da će morati da
sutra radi više kako bi uspela da prevede knjigu u roku. Imala je
stroge rokove, a malo je uradila otkako je pošta stigla i ona uzela pi-
smo. Ako ikada misli da se sve vrati u normalu, odlučila je, mora da
preduzme nešto. Prestaće da zadržava stvari u sebi. Kazaće Adamu,
pustiti ga svojim putem.

Pre nego što je stigla da se predomisli, uzela je jaknu i torbu, ubacila novčanik, telefon i ključeve, i krenula ka vratima. Ako bude čekala da se Džulija vrati kući, onda će sesti i piti čaj i odgovoriće sebe od toga. A ako ga pozove, on će je možda odgovoriti. Ne, to mora biti večeras; to mora biti sad. Dok je išla ka stanici metroa, a ulice postajale sve više i više zakrčene, gledala je te ljude s kojima se tiskala. Svoje vršnjake, koji idu u pab, nehajno zagrljeni. Žena s decom, umornih očiju, sporog koraka. A onda je ušla i krenula niza stepenice, kroz gužvu. I više od svega, poželela je trenutak mira da se oprosti od života koji je vodila. Da se spremi za oproštaj od Adama.

Ali nije bilo mira u Londonu; znala je to. Bilo je to mesto koje je odabrala. Grozničavo, eklektično, beskrajno bučno. Nakratko, dok je izlazila iz voza, zapitala se da li da se preseli kad se beba rodi. I gde će živeti. Da li je povratak kući mogućnost? Može li da ponovo živi tamo, nakon što je toliko dugo odsustvovala?

Ispred Adamovog stana, Bi je pritisnula zvono po treći put. Videla je svoj dah na noćnom vazduhu, i čvršće se umotala u jaknu. Nije razmišljala o ovome. Čučnula je i obrisala lišće s njegovog praga rukom u rukavici, i sela da razmisli o mogućnostima. Bilo je malo posle sedam i znala je da, gde god da je, Adam sigurno ne radi. Ali mogao je biti bilo gde, stvarno. U nekom pabu s prijateljima ili kolegama, na nekom sajmu gramofonskih ploča, kod nekog prijatelja. Mogla je da ode kući, da odloži ovo. Ili da ga pozove telefonom, da pokuša da razgovara s njim ne gubeći živce.

Bi je ustala i prošetala trotoarom, pogledala levo-desno, niz ulicu. Jedna od uličnih svetiljki je treperila, i nije bilo nikog na vidiku. Stresla se, iznenada pomalo uplašena što je tu sama. Počela je da se vraća odakle je došla, žustrim korakom. A onda je iznenada shvatila. Verovatno je u svom lokalu, nekoliko ulica dalje. Sretala se s njim tamo podjednako često kao i u njegovom stanu, a osoblje bara znalo ga je po imenu. Bi je skrenula desno pa onda levo, i požurila do ulaza u pab.

Čim je ušla, toplota ju je zapljusnula i svukla je jaknu. Neka pesma grupe *Kleš* svirala je vrlo glasno. Bi je, u gotovo praznom baru, pogledom potražila Adama. A onda ga je ugledala, i stajala je vrlo mirno i posmatrala ga.

Sedeo je na niskoj stolici za malim okruglim stolom, klateći se napred-nazad na tankim nogama stolice. Bio joj je okrenut leđima. Naspram njega je sedela devojka u ranim dvadesetim, neuredne plave kose i tamno našminkanih očiju. Bi je gledala kako se Adam naginje i obuhvata devojčino lice obema rukama, privlači je sebi i ljubi je u tanke usne. Sa usana joj se oteo tih zvuk, i izgubio se u glasnoj muzici koja je tukla u pozadini.

Bi se okrenula i skliznula kroz vrata paba, natrag na oštar vetar koji joj je podigao i spustio kosu. Srce joj je udaralo vrlo brzo, kao da je trčala ili se pela uza stepenice. Nekoliko trenutaka je stajala oslonjena na vrata paba, moleći srce da uspori. A onda joj je palo na pamet da bi Adam mogao da izađe napolje da popuši cigaretu, i udaljila se, vratila se na stanicu voza, nečujnim brzim koracima.

Nije plakala. Ne dok je bila u vozu ili u metrou ili dok je hodala ka svom stanu. Ali kad je ušla i zatvorila vrata spavaće sobe, dozvolila je sebi da žali nekoliko minuta. To nije trajalo dugo, ali bilo je lepih trenutaka. Dan na plaži u Brajtonu, sa sladoledom i peskom u kosi. Letnji dani koje su provodili u pivnicama okruženi prijateljima i rekama piva. Dva puta ju je zasmejao do suza. I seks. Seks je bio najbolji; ponekad spor i lenj, ponekad žestok.

Šta sad? Ništa se nije promenilo. Očekivala je da veza bude gotova, ali u njenoj verziji bilo je saosećanja, iskrenosti i tužnog opraštanja. Ne neka druga devojka, koja već sedi na Biinom mestu, razmaknutih očiju i blede kože. Bi je zatvorila oči da ne gleda njih dvoje, ali ta slika joj je već bila u glavi. A onda je telefon zazvonio, i to je bio Adam, i pre nego što je shvatila šta radi javila se i rekla *halo*, promuklim glasom.

– Zdravo.

Bi je čula kako Adam udiše dim cigarete, mogla je da ga zamisli kako čkilji zbog dima.

– Hej, šta se događa?

– Ništa posebno. Išao sam na piće s jednim kolegom. Upravo sam se vratio kući.

Bi se zapitala zašto je laže. I ako je kod kuće, da li je ta devojka s njim? Da li je izašao iz sobe da obavi ovaj razgovor? Nije znala da li želi da se raspravlja s njim ili ne, da li želi da mu kaže da zna.

– Nedostaješ mi – rekao je Adam.

Bi je imala utisak da joj je srce potonulo u grudima. Zatvorila je oči, i um joj je bio prazan. Belina i mir.

– Moram da idem – kazala je. – Došla sam da te vidim. Videla sam te, s tom devojkom.

Usledila je tišina. Bi je razmišljala da spusti slušalicu, ali deo nje je želeo da zna šta će on reći, da li će pokušati da smisli neki izgovor ili je obrlati.

– Oh.

Onda se rasplakala. Potrudila se da se ništa ne čuje, da on ne čuje.

– Slušaj, Bi, ne znam šta da kažem. Zabavljali smo se, ali ne želim ozbiljnu vezu. Imam tek dvadeset sedam godina. Nije bilo pošteno, doduše, što sam se viđao s njom tebi iza leđa. Trebalo je da ti kažem.

Bi se pitala šta bi rekao, ili kako bi se osećao kad bi znao ono što ona zna. Nije mislila da bi to išta promenilo.

– Zbogom, Adame.

– Čekaj, Bi. Da li je gotovo?

– A šta bi ti želeo?

Usledila je duga pauza pre nego što je Adam odgovorio. – Ništa.

Nakon što je prekinula vezu, slao joj je poruke. Izvinjenja, objašnjenja, žaljenje. Pročitala ih je nekoliko a onda isključila telefon i otišla na drugi kraj sobe, do svog gramofona. Izvadila je ploču Lenarda Koena iz omota, trudeći se da ne razmišlja kako joj je Adam uvek govorio da bude opreznija s vinilom, da drži ploču za ivice, vrhovima prstiju. Legla je na krevet kad su uvodni taktovi „Suzanne" ispunili sobu, i pokušala je da misli samo o toj priči, o čaju i pomorandžama iz Kine, smeću i cveću. Pokušala je da bude prazna.

Nije se sećala da je zaspala, ali probudila ju je hladnoća, kako leži na svom krevetu odevena. U sobi je bilo mračno i čekala je, gledajući veliki zidni sat, da joj se oči priviknu na tamu. Bilo je oko četiri ujutro. Samotno vreme. Svukla se u donji veš i uvukla se ispod pokrivača, sklupčavši se u loptu. I pre nego što je zaspala, poslednja misao joj je bila kako će postati majka za nekoliko meseci, i kako će biti sama. Posegla je za telefonom, ponovo ga uključila i poslala poruku sestri.

*Ako dođem ovog vikenda, možemo li da razgovaramo?*

# 23.

## Šesnaesti novembar 2011 – 9.620 dana kasnije

Ezmi je čula okretanje ključa u vratima i spustila je knjigu na naslon fotelje. Nije znala zašto, ali te večeri joj je nedostajalo tatino društvo. Tokom godina, oboje su vodili svako svoj život, u izvesnoj meri. Njegove večere s prijateljima i povremeni odlasci u pozorište, njeno trčanje, i neredovni odlasci na venčanja i rođendane. Ezmi je bila majstor samoće, ali te noći nešto je u njoj žudelo za društvom. Ustala je i otišla do kuhinje i uključila kuvalo.

– Ezmi – rekao je Tom, ulazeći u kuhinju. – Drago mi je što si budna.

Ezmi je uzela dve šolje iz kredenca. Okrenula se i osmehnula se tati, a onda se ukočila, videvši tu ženu kako stoji nekoliko koraka iza. Bila je sitna, kratke plave kose i visokih jagodica. Lepa.

– Ovo je Marijana – rekao je Tom, zakoračivši u stranu i otkrivajući je. – Marijana, ovo je moja najstarija ćerka, Ezmi.

Marijana je bila odevena u crno od glave do pete. Vunene pantalone, svilena bluza i lepo skrojen blejzer. Zakoračila je napred, pokušala da se osmehne. I onda je pružila sitnu šaku Ezmi.

– Drago mi je što sam te upoznala.

Bilo je nečeg u njenom glasu, neke naznake stranog naglaska. Ezmi je čekala da ponovo progovori, jedva čekajući da ga identifikuje. Uhvatila je Marijaninu šaku, opipala joj sitne kosti i suvu kožu.

– Jesi li za kafu, Marijana? – pitao je Tom. – Ezmi, uzmi još jednu šolju, molim te.

I tek tako, upoznavanje je završeno i njen otac se ponašao kao da se ovakve stvari dešavaju svaki dan.

Nije bilo nikog od majčine smrti. Makar koliko je Ezmi znala. A onda je, pre nekoliko meseci, otac pomenuo tu ženu, tu Marijanu. Večerao je s njom, išli su do Londona da posećuju umetničke galerije. Ezmi se pitala da li je to romantična veza; čak se ponadala da jeste. Zaslužio je malo sreće, nakon svih tih godina. Ali sad kad je Marijana stajala u kuhinji, Ezmi nije bila tako sigurna, i kad je sipala mleko, setila se. Sitne građe, dečačke frizure, svetle kose i kože, ta žena je bila sušta suprotnost Ezminoj majci.

Kad je skuvala tri kafe, Ezmi ih je spustila na poslužavnik i odnela u dnevnu sobu, gde su tata i Marijana sedeli na sofi, on obgrlivši je jednom rukom, kao u zaštitničkom gestu.

– Kako ste se upoznali? – pitala je Ezmi, spuštajući šolje na sto ispred njih i noseći svoju do fotelje, gde je provela veći deo večeri.

– Išli smo u školu zajedno – rekla je Marijana, gledajući Toma, ne Ezmi.

Da li je Francuskinja? Ezmi je pomislila da čuje naznaku francuskog naglaska. A onda je razmislila o onome što je Marijana rekla. Išli su u školu zajedno? To znači da su se poznavali pre nego što je on upoznao njenu majku.

– Nismo se videli godinama – rekao je Tom. – A proletos sam naleteo na Marijanu u supermarketu. Imala je punu korpu votke i džina.

– Pravila sam zabavu te večeri – kazala je Marijana, nastavljajući priču sasvim prirodno. – Pozvala sam tvog oca, ali nije došao. A onda me je pozvao telefonom, nekoliko dana kasnije, i dogovorili smo se da se vidimo.

Ezmi je pijuckala kafu. Ko je bila ova žena koja je priređivala zabave i oblačila se tako otmeno? Ko je bio njen otac kad je bio s njom? Minut ili dva, njih troje su sedeli ćutke. Ezmi je primetila da očeva ruka lebdi iznad Marijanine kose, i bila je ljuta na njega, ali i zbunjena tim besom. Sigurno nije želela da on bude sâm do kraja života. Njena majka je izvršila samoubistvo pre više od dve decenije, i on je odgajio nju i Bi sâm, nikad se ne žaleći. Sigurno je bilo vreme za njega da malo bude srećan.

Kad su popili kafu, Ezmi je ustala i stavila šolje na poslužavnik, i odnela ih u kuhinju. Stavljala ih je u mašinu za pranje sudova kad je osetila da je neko tu. Okrenula se, nadajući se da je to njen otac, ali znala je da je to Marijana. Stajala je na vratima, ruku prekrštenih na grudima, desnim kukom oslonjena na dovratak.

– Nikad nisam mogla da te zaista zamislim – kazala je. – Tom često priča o tebi. I htela sam da te upoznam još pre mnogo godina, nakon što je Fibi umrla, ali tada...

Marijanin glas je zamro i Ezmi je videla na njenom licu da je shvatila šta je otkrila. Ezmi nije ništa rekla, samo je posmatrala kako Marijana pokušava da se izvuče iz te situacije.

– Popila sam previše vina – rekla je. – Oprosti mi.

Ezmi je sela za kuhinjski sto, i posmatrala kako se Marijana vraća u dnevnu sobu. Dva minuta kasnije, čula je škljocanje brave na ulaznim vratima i čekala je da njen otac dođe.

– Ko je ona? – povikala je Ezmi kad je Tom ušao u kuhinju, pomalo crven u licu.

– Ezmi, smiri se. Ona je stara prijateljica, kao što sam rekao. Nekadašnja devojka, iz škole. Naleteo sam na nju nekoliko puta tokom godina; doselila se ovamo kad si bila mala.

Ezmi je ustala i krenula prema ocu, ne zaustavivši se dok im lica nisu bila jedva stopu udaljena. Vratila se u mislima u to vreme, između gubitka Fibi i rođenja Bi. Njena mama, slomljena, ispunjena takvim bolom da je bilo dana kad je jedva mogla da podnese pogled na Ezmi ili Toma, kad nisu bili ništa drugo nego podsetnici na ono što je izgubila. I sećanja su počela da izranjaju na površinu, kako je često njen tata izgledao smušeno u to vreme. Uvek je pretpostavljala da je to bilo tako zbog Fibi.

– Varao si je!

Nije to bilo pitanje. Nikad ranije nije razmišljala o tome, ali sad je bila sigurna, i fiksirala je pogledom tatu, primoravajući ga da joj kaže istinu.

– Da – rekao je. – Jesam.

Ezmi je osetila suze u grlu. Bile su to suze gneva, suze gubitka. Taj čovek koji je stajao tu pred njom nije bio čovek kakav je mislila da jeste.

– Kako si mogao? – prosiktala je. – Dok je mama tugovala...

– Bilo je to užasno, ali dogodilo se.

Ezmi je pogledala oca kroz suze. Izgledao je umorno i malo starije nego inače. Postojao je mali deo nje koji bi mu odmah sve oprostio, ali obuzdala ga je.

– Nisam savršen, Ezmi. Nikad nisam tvrdio da jesam.

Bilo je gneva koji je Ezmi osećala u sebi skoro čitavog života. Povremeno, dala bi mu na volju, kao u trenucima kad je bila surova prema Sajmonu. Ali uglavnom je ostajao smotan u njoj, kao napeta opruga.

Na kuhinjskom pultu nalazila se boca crnog vina, i Ezmi ju je uzela i bacila o zid, gledala ju je kako se razbija i pada, a tečnost se rasprskava i zaliva zid, vrata, podne pločice.

Tom se nije ni mrdnuo.

– To sve menja – zajecala je Ezmi, dok su joj se ramena tresla. – To te čini nekim sasvim drugim.

– Ne – rekao je. – Ne čini.

Otišao je do sudopere i otvorio ormarić ispod, izvadio hrpu novina. A onda je otišao na drugi kraj prostorije i čučnuo, skupljajući prstima krhotine stakla. Ezmi je htela da mu kaže da bude oprezan, da sedne i dozvoli njoj da to uradi, ali nije. Prošla je kraj njegove pognute prilike i izašla iz kuhinje. Kad je ušla u svoju spavaću sobu, Ezmi je zatvorila vrata glasno, svom snagom.

Trebalo je da preuredi sve svoje uspomene. Za nekoliko dana doći će Bi. Ezmi je mislila da zna sve o prošlosti, kako je Bi jedina koja je bila u mraku. Sad nije znala šta da kaže sestri. Nije znala kako da opiše svoje detinjstvo na način koji bi olakšao Bi da razume.

Ezmi je otišla u kupatilo da umije naduveno lice i opere zube, a onda se svukla i legla u krevet. Bilo je kasno, gotovo ponoć, i nije čula tatu kako dolazi na sprat. Pitala se da li je završio skupljanje slomljenog stakla i da li je pokušao da ukloni vinsku fleku sa žutih kuhinjskih zidova. Zamišljala ga je kako kleči tamo, pokušavajući da rašćisti nered koji je ona napravila. Legla je i zatvorila oči, ali znala je da neće zaspati. Bilo je previše toga o čemu treba razmišlja. Previše toga da se kaže. Nakon pola sata, sasvim budna, sela je i izvadila beležnicu i olovku koje je držala ispod kreveta.

*Draga Fibi,*

*Nikad nisi imala mamu samo za sebe, ne kao ja u onim godinama pre nego što si ti rođena. Ali, oh, kako te je volela. Smešila se celim telom kad si ti bila tu, a način na koji je žalila za tobom nije nalik ničemu što znam. Na tvojoj sahrani nisam mogla da je pogledam. Držala sam nju i tatu za ruku i gledala sam u zemlju, i pretvarala se da je to igra ili san.*

*Deo nje nikad se nije vratio kući tog popodneva. Potajno, tiho, zatvorila se za svaki dalji bol. Kad bi je gledao, nije se primećivalo da nešto nedostaje. I dalje je izgledala celo. Samo smo tata i ja znali. Htela sam da je popravim, da skupim te delove i zašijem ih kako bi ponovo postala stvarna.*

*Nikad je nisam zamolila da mi oprosti. Nisam se usudila, iz straha da neće moći.*

*Uoči našeg prvog Božića bez tebe, preko noći je palo mnogo snega i probudila sam se, pogledala sam kroz prozor i sve je bilo prekriveno debelim belim pokrivačem.*

*Bila sam spremna da zaboravim svu tugu tog jutra, spremna da se ponovo igram i smejem. Otrčala sam do mamine i tatine sobe. Tata je već bio otišao u knjižaru, a mama je ležala na leđima, ignorišući Bi, koja je tiho plakala u kolevci pored kreveta. U šolji na noćnom stočiću bio je čaj koji se ohladio.*

*Protresla sam je, Fibi. Protresla sam je i preklinjala da se obuče i da se igramo, a ona me je samo pogledala tim praznim očima i mahnula mi da odem. Kad sam izašla iz sobe, oči su mi bile pune suza. Nisam razumela. Ako sam ja bila spremna, zašto ona nije bila? Koliko dugo ćemo biti zaključani u tim beskonačnim danima patnje?*

*Pitala sam tatu te večeri. Njemu je bilo lakše prići. Uhvatio me je za ruku i odveo me u dnevnu sobu. Daleko od mame. Da nas ne čuje. No svejedno je šaputao. Rekao mi je da je mama veoma tužna zbog Fibi. Da joj je potrebno mnogo vremena. Htela sam da pitam koliko vremena, ali osetila sam da ne treba. I zato sam samo klimnula glavom, a on mi je rekao da sam dobra devojčica.*

Nisam bila. Bila sam najgora devojčica.

Bilo je trenutaka kad sam bila toliko ljubomorna na tebe da je to teško izraziti rečima. Bili smo izolovana grupa, naša mala porodica... tatini roditelji su provodili penziju u Španiji, a mamina mama je bila daleko, u Lankaširu – nikad je nismo posećivali, a mama joj nikad nije oprostila svoje samotno detinjstvo. Nikog drugog. I navikla sam se da smo tu samo nas troje, naravno da jesam. Ne znajući za drugo, navikla sam se bila na to obilje pažnje i usredsređenosti, na tu koncentraciju ljubavi.

Kad su mi rekli da ćeš se roditi, nisam znala da ću biti ljubomorna zbog toga. Imala sam tri godine, čudila sam se i bila uzbuđena zbog te mogućnosti da upoznam potpuno novu osobu, brata ili sestru s kojima ću provoditi vreme. Nisam znala da ćeš ostati. Da ćeš sve promeniti. Da ćeš doći sa svojom kompletnom ličnošću, i radoznalošću, i voljom.

U tvojim prvim mesecima, obožavala sam te i mrzela u jednakoj meri. Ponekad bih, kad se probudim ujutro, pravila dogovor sa sobom. Ako ustanem onog trenutka kad me mama pozove, perem zube puna tri minuta, koliko bi trebalo, ako za doručkom ne prospem ništa na svoju čistu majicu, ako uspem sve to – ti ćeš nestati. Nisam bila baš načisto kako, ili kuda ćeš otići, niti da li ćeš više uopšte postojati. Obično bih omanula, i ti si ostajala, i nikad nisam mogla da budem sigurna da li bi ti ispunila svoj deo pogodbe ako ja ispunim svoj.

Do tvog prvog rođendana shvatila sam da ostaješ zastalno. A onda sam otišla predaleko na drugu stranu, naravno. Počela sam da zavisim od tebe, da očekujem izvesne stvari od tebe, i nikad nisam ni pomislila da bi mi mogla biti oduzeta. Da jednog dana prosto više nećeš biti tu. Da ćemo doživeti da vidimo tvoje telo bez tebe unutra.

# 24.

## Osamnaesti novembar 2011 – 9.622 dana kasnije

Bi je uzdrmalo što se u tom pismu pominje ona kao beba. Kako leži kraj majčinog kreveta, njen plač se ignoriše. Zatvorila je oči i pokušala da se seti toga, ali znala je da je to uzalud. Tokom godina, zurila je u fotografije svoje mame očajnički pokušavajući da je se seti, ali tih uspomena nije bilo. Bila je suviše mala. Otvorila je oči i pogledala stranicu pred sobom.

*Za tvoj prvi rođendan imali smo zabavu s tortom i igrama i poklonima. Došle su neke komšije, i nekoliko majki s decom koje je mama pokupila za prijateljice. Bila sam bolesna od zavisti kad sam videla te poklone, u svim bojama i poređane na stolu, tačno izvan mog domašaja.*

*Htela sam svima da im kažem kako ti ne znaš, ili ne razumeš. Ne mariš što ti je rođendan. Sviđao ti se sjajni papir za uvijanje i volela si kakav je na dodir i uživala si u zvuku dok ga cepaš, ali pokloni su bili protraćeni na tebe. Nisi tad umela ni da hodaš. Ljudi su oduševljeno klicali dok si ti puzila po podu, posezali za tobom da te podignu, čvrsto te grle i obasipaju poljupcima. Mama je na licu imala izraz koji mi nije bio jasan. Oči su joj bile suzne, usne stisnute. Mogu to da vidim i sad kad zatvorim oči. Umem to da prepoznam sad. To je ponos, i ljubav, i sreća toliko čista da je gotovo bolna. Dobro sam to upoznala tokom godina kad smo te imali, i nikad to više nisam videla nakon tvoje smrti.*

Kad su svi otišli kući, a nas četvoro ostali sami, kuća je bila neobično tiha. Prazna. Tata je ugasio muziku i počeo da odnosi posude sa čipsom i keksom. Sećam se da sam sedela na sofi u dnevnoj sobi, dok su se mama i tata muvali oko mene. Zamolila sam mamu da uključi televizor, a ona je rekla ne, da je gotovo vreme za kupanje i odlazak u krevet. Pojela sam previše šećera i bila sam vrlo budna. Kukala sam i cvilela dok tata nije kleknuo ispred mene i rekao mi, strogim glasom, da ne kvarim taj dan.

Gledala sam te kako puziš po podu, usredsređenog lica, a šake i kolena su ti se pomerali savršeno usklađeno. Išla si ka meni. A kad si stigla do mene, sela si na pete i podigla visoko ruke. Znala sam taj znak. Htela si da te podignem i držim, da te stavim na sofu kraj sebe.

Rekla sam ne i lice ti si stužilo. Pustila si ruke da ti padnu kraj tela, onda ih trenutak kasnije ponovo podigla, u nadi da sam se predomislila. Ponovila sam ti, malo glasnije.

Mama i tata su bili u kuhinji i čula sam vodu koja teče iz slavine. Gledala sam kako si briznula u plač i osetila toplinu iznutra. Osetila sam zadovoljštinu, sreću, toplinu. Plakala si tu na podu dok te mama nije čula i ušla. Mrko me je pogledala i podigla te, i milovala te je po kosi dok se ponovo nisi smirila i ućutala. Te noći sam poželela, prvi put nakon dugo vremena, da si mrtva. Da nisi deo našeg života, naše porodice.

Bilo je to delimično zbog tih poklona koje sam želela, znam, iako su bili manje privlačni kad je papir skinut i kad sam videla da su bebeći. Bilo je to delimično zbog toga. Ali bilo je to najviše zbog mame. Zbog tog pogleda. Zbog te ljubavi koju sam sad morala da delim.

Godinama nakon što smo te izgubili, želela sam da se vratiš. Ležala sam u krevetu svake noći s glavom ispod jastuka, stiskajući Bibi u jednoj šaci, zatvarajući oči i prazneći glavu od misli. I kad bi se jednom našla tu, jasno i mirno, razgovarala sam s tobom u sebi. Pričala sam ti kako sam provela dan i o mami i tati, o Bi. Preklinjala sam te da se vratiš. Sećala bih

*se – ali trudeći se da se ne sećam – svih trenutaka kad sam*
*bila surova, svih trenutaka kad sam uradila pogrešnu stvar, a*
*trebalo je da ti budem starija sestra.*

*I bila sam tako prazna bez tebe da nisam mogla čak ni*
*da plačem. To je ono što nisam mogla da zamislim, u prvim*
*danima i mesecima tvog života, kad sam želela da te nema.*
*Da ćeš se uplesti u sve tako duboko da će tvoja smrt ostaviti*
*prazninu koju nikada nećemo ispuniti.*

*Ezmi*

Bi je upravo završila čitanje pisma kad je pozvano njeno ime.
Savila je pismo i ubacila ga nazad u koverat, a onda je duboko udah-
nula i otišla hodnikom do ordinacije.

– Kako mogu da vam pomognem? – upitala je doktorka.

Bila je nekoliko godina starija od Bi. Bi je pokušala da se seti da
li je ranije bila kod ove doktorke, ali dolazila je toliko neredovno,
i menjala je ordinacije tokom svog boravka u Londonu. Na trenu-
tak je čeznula za lekarom kod kojeg ju je tata uvek vodio kad je
bila mala. Bio je to ljubazan muškarac s boricama oko očiju kad se
smeje, i znao je Biinu medicinsku istoriju, i da je alergična na neke
antibiotike, i da se boji igala.

– Trudna sam – rekla je Bi. – Makar je test bio pozitivan.

– Shvatam. Beatris, sedite, molim vas.

– Zovu me Bi.

Sela je na zelenu plastičnu stolicu, skinula jaknu i spustila je u
krilo.

– Da li ste odlučili želite li da zadržite bebu? – pitala je nežno
doktorka.

– Da – kazala je Bi. – Da, zadržaću bebu.

– Jeste li u vezi s njenim ocem?

– Nisam.

Adam joj je i dalje slao poruke, ali nije bila sigurna zašto. Nije
izgledalo kako očajnički želi da njih dvoje budu ponovo zajedno, a
nije se trudio ni da porekne da ju je varao. Često je govorio da mu
ona nedostaje i osećala bi kako popušta i razmišlja da ga pozove.

Ali onda bi se setila da se sve promenilo, i rekla sebi da nema mesta u životu za nekog takvog. Sad je bila sama, samo ona i njena beba.

– Dobro – kazala je doktorka – ne moramo da radimo nikakve testove, jer su današnji kućni testovi vrlo pouzdani. Daću vam neke brošure da ih pročitate i kontakt bolnice gde će vam voditi trudnoću.

Bi je klimnula glavom dok je doktorka nastavljala da priča o šteti koju nanose alkohol i nikotin, nabrojala namirnice koje bi trebalo da izbegava. Pokušala je da je sluša, ali uhvatila je sebe kako joj misli lutaju. Prvi put je to da će dobiti bebu postala stvarnost, i nije bila sigurna da je to izvodljivo. Kako će izdržavati oboje? Gde će živeti? Kako će se snaći sa svim tim?

– Jeste li dobro? Sigurna sam da je sve to pomalo zastrašujuće.

Bi je pogledala doktorku i zapitala se šta ju je odalo. A onda je postala svesna suza koje su joj tekle niz obraze, kapale joj niz bradu.

– Ne znam šta radim, jebote – rekla je. – To nije bilo planirano. Imala sam momka, ali onda sam saznala da me je prevario. Imam slabo plaćen posao, i neću moći da ga radim kad se porodim...

Jednom kad je počela da nabraja probleme, Bi je shvatila da im nema kraja. Htela je da nastavi da ih ređa, da prestanu da joj zatrpavaju mozak i da ih izbaci u prostor te sobe, ali doktorka se osmehnula i prekinula je.

– Pokušajte da se ne brinete – kazala je. – Postoji pomoć na raspolaganju. Mogu da vam dam neke kontakte. Ali...

– Šta? – Bi je znala šta će ta žena reći, i gledala ju je netremice, gotovo je čikajući da kaže to.

– Mislim da bi trebalo dobro da razmislite o tome da li je rađenje ove bebe zaista prava odluka za vas.

I Bi je pomislila kako će krenuti u tiradu o tome kako je ona svoju odluku donela i da se to doktorke nimalo ne tiče, ali na kraju nije to uradila. Samo se pokunjila i klimnula glavom.


Kasnije, u vozu do Sauthemptona Bi je ponovo razmišljala o mogućnostima. Znala je devojke koje su prekinule trudnoću; prijateljice koje su bile trudne u pogrešno vreme, s pogrešnim muškarcem.

Nije bila protiv toga. Verovala je u pravo žene da bira. A opet, sad kad se radilo o njoj, i to se njoj dogodilo, znala je da ne bi mogla da podnese pomisao da se prijavi u jednu od tih klinika i izađe iz nje bez bebe. Znala je da to nije za nju.

Videla je tatu čim je izašla na peron. Stajao je pored svojih kola, obgrlivši se rukama da se zagreje, i tražio ju je pogledom. Nekoliko trenutaka pre nego što ju je uočio, Bi je uživala gledajući ga. Uvek ju je smirivalo njegovo prisustvo, tog čoveka koji je bio jedini roditelj koga je ikada imala. Uprkos usamljenosti koju je osećala kao dete, uprkos osećaju da su tata i Ezmi deo neke grupe kojoj ona nije pripadala, žestoko ga je volela. Sad kad je bila odrasla, razumela je šta je sve morao da žrtvuje kako bi sâm odgajio svoju decu. I nikako nije mogla da shvati da je dozvolila da joj prođe godinu dana a da ga nije videla. Uvek je bila tvrdoglava, a to je bilo pogrešno, sad je shvatila. Kad su im se pogledi sreli, Bi je ubrzala korak do trka, i uletela pravo u njegovo naručje. A kad mu je naslonila glavu na grudi, osetila je kako mu srce lupa, i setila se svih trenutaka kad je bila tako sklupčana uz njega. Na bezbednom i toplom.

Pomerio ju je malo od sebe i videla mu je suze u očima.

– Tata – rekla je. – Tako mi je žao. Tako mi je žao.

– Nema veze. Sad si ovde.

Malo su razgovarali u kolima. Vožnja od stanice do kuće trajala je deset minuta i Bi je jedva čekala da stigne tamo nakon tako dugog odsustva.

– Spremio sam pileći paprikaš – rekao je Tom kad se parkirao ispred kuće. – Jesi li gladna?

– Trenutno sam stalno gladna – kazala je Bi. Tom se okrenuo ka njoj i osmehnuo se. Nijedno od njih nije krenulo da se uhvati za kvaku.

– Nedostajala si mi – rekao je Tom. – Mnogo. I Ezmi. Drago nam je što si se vratila kući.

Bi je osetila kako joj se obrazi žare, i pogledala je u pod. Šta su joj tata i sestra tako zgrešili da zasluže godinu dana njene ćutnje? Samo su je voleli toliko mnogo da je osećala kako se guši, to je sve. I nikad joj nisu pričali o njenoj izgubljenoj sestri, i to ju je bolelo, jer je znala da oni imaju nešto iz čega je ona isključena. Ali kad god su tokom te godine pokušali da dopru do nje, ona ih je isključivala. Bila je postiđena. Jer što je više čitala o Fibi, to je više osećala kako bi morala da razume njihov prejak zaštitnički instinkt.

– Hajde da uđemo – kazala je.

Kad je ušla u poznato predsoblje i osetila miris piletine iz rerne, Bi je prožeo osećaj pripadanja. Ezmi je izašla iz dnevne sobe da je pozdravi, i pomalo nespretno su se zagrlile.

– Žao mi je – šapnula je Bi u sestrinu kosu. Kad se odmakla, Ezmi je izgledala pomalo iznenađeno, i Bi je shvatila da se nije baš često izvinjavala tokom godina.


Za vreme večere Bi je pokušala da otkrije šta se događa između Ezmi i tate. Bilo je neke vidljive napetosti, i Bi se pitala šta ju je izazvalo. Sebično, bila je ljuta. Mislila je da će, kad dođe kući i izvini se što je izbivala tako dugo, sve biti u redu. Nijednom joj nije palo na pamet da bi moglo da dođe do sasvim novog raskola u porodici.

I gotovo odmah nakon jela, i šolje kafe, Tom je rekao da ide u krevet.

– Poneću šolje, a onda idem gore – kazao je. – Izvini, Bi. Imao sam naporan dan. Ali divno je što si kod kuće.

Bi je ustala i poljubila ga u obraz, uzela je šolje za kafu iz njegovih ruku i rekla mu da ide u krevet ako je umoran. Da je ona savršeno sposobna da sve pospremi. Odnela je šolje do kuhinje, znajući da će Ezmi poći za njom.

– Šta se događa s vas dvoje? – pitala je, okrećući se čim je čula Ezmine korake.

Ezmi je odmahnula glavom. – Komplikovano je. Želiš li još jednu kafu?

– Ne, ne bi trebalo. Previše kofeina je loše za bebu, navodno.

Ezmi se osmehnula, izvukla jednu stolicu ispod kuhinjskog stola i sela. – Ne mogu da poverujem – kazala je.

– Ni ja.

Ćutale su dok je Bi stavljala sudove u mašinu, a Bi je razmišljala o pitanjima koja mora da joj postavi, pomalo se bojeći odgovora.

– Pričaj mi – rekla je napokon, sedajući naspram sestre. – O Fibi. Ezmi je zatvorila oči, kao da pokušava da se priseti. – Bila je tako smešna – rekla je, nakon pauze. – Jedva da je ličila na devojčicu. Imala je običaj da me oponaša, ali uvek preterano i veoma dramatično. Uvek je bila u centru zbivanja.

Bi je poželela da zamoli Ezmi da to objasni, želela je da pita šta to znači, ali ćutala je, nadajući se da će sestra nastaviti.

– Mama ju je obožavala. Bilo je tako očigledno da joj je Fibi miljenica, i meni nije smetalo, uglavnom. Tata i ja smo uvek bili bliski. I čak i kao mala, mogla sam da vidim da je to jače od mame, to što obožava Fibi. Morao si da je voliš.

– Da li tata zna da si mi rekla? – pitala je Bi.

Ezmi je sklonila kosu s lica i skupila je u punđu, vezavši gumicom. – Ne – rekla je.

– Zašto ste uradili to, šta misliš? Zašto ste čitav njen život pretvorili u tajnu?

Ezmi je jedva čujno uzdahnula. – Ne znam, Bi. Možda je tata mislio da ćeš uspeti da pobegneš od svega toga ako nikad stvarno ne saznaš.

– Da uteknem od bola? – Bi je osetila kako je u grlu steže i progutala je suze.

– Od bola, od sve te užasne patnje. Bili smo toliko slomljeni posle toga. A onda si se ti rodila, i možda je pomislio da je to nov početak.

– Šta se dogodilo, Ez? Kako je umrla?

Bi je pažljivo gledala Ezmi, videla kako njena sestra odmahuje glavom kao da želi da odnekud izbaci neko sećanje. Koliko god želela da zna, shvatila je, u tom trenutku, da Ezmi to ne može da kaže naglas.

– Reći ćeš mi, zar ne? – nije odustajala. – U pismu?

Ezmi je klimnula glavom.

Bi je ustala i otišla do kuhinjskih vrata, i zatvorila ih. Iza njih, na zidu, još su se nalazili tragovi olovke koji označavaju njenu i Ezminu visinu u različitim trenucima. Bi se sagnula, gledajući tatin uredan rukopis. *Ezmi, septembar 1987. Bi, april 1995. Ezmi, jun 1989.*

*Bi, septembar 1998.* Čučnula je i videla oznake kad su bile znatno manje. *Ezmi, mart 1979. Ezmi, maj 1980.* Rukopis je bio drugačiji. Bi je dodirnula zid.

– Da li je mama napravila neke? – pitala je.

Ezmi je ustala i čučnula kraj Bi, gledajući zid. – Jeste – rekla je. – Uvek nas je ona merila.

– Gde su Fibine mere?

Ezmi je ponovo ustala, ali Bi je ostala na mestu, opčinjena majčinim rukopisom. Zašto to nije ranije primetila?

– Obrisala ih je. Nakon što je Fibi umrla, bilo je kao da ju je mama obrisala. Sklonila je sve njene slike, ispraznila njenu sobu.

Bi se zagledala u zid, pokušavajući da vidi gde su se Fibine oznake nekada nalazile. Ali nije ih bilo. I mada joj je glava bila puna pitanja, Bi je shvatila koliko je umorna.

– Idem u krevet – kazala je.

– I ja.

I tako, prvi put od ko zna kad, Bi je krenula za starijom sestrom uza stepenice, i onda su jedna za drugom išle u kupatilo. Kad su obe legle, Bi je zatvorila oči i pokušala da isprazni um. A onda je čula to. Tiho, s druge strane hodnika.

– Laku noć, Bi.

I osmehnula se kad se setila kako joj je sestra tako govorila svake noći kad su bile deca. Bilo je to nešto zbog čega se osećala bezbedno, nešto što joj je u početku nedostajalo kad je napustila kuću. *Sve će biti u redu*, mislila je. *Sve će biti u redu.*

# 25.

## Dvadeseti novembar 2011 – 9.624 dana kasnije

Ezmi je ležala budna dugo nakon što je poželela Bi laku noć. Razmišljala je o onim oznakama na kuhinjskom zidu, sećajući se maminog slatkog daha na licu dok je povlačila te linije, čela nabranog od koncentracije. Svaki put, Ezmi bi se zaprepastila koliko je porasla. Svaki put, Fibi je bila razočarana što nije mogla da dostigne svoju stariju sestru. Ezmi se setila kako ju je Fibi uhvatila za ruku i kazala mami: *Jednog dana ću biti velika kao Ez.* Prsti su joj bili lepljivi. Izraz lica stoički. Njena ljubav čista.

A onda onog dana u septembru, nakon Fibine smrti, kad je Ezmi zatražila od tate da je izmeri. Prestala je da traži od mame bilo šta. Bila je negde drugde, znala je Ezmi. Više nije bila s njima. U očima je imala izgubljen pogled koji je plašio Ezmi. I dalje je verovala da će joj se mama vratiti. Ostavljala joj je prostor i vreme koji su joj potrebni, kako bi mogla da se vrati kući. Tog septembarskog popodneva, čim je odvela tatu u kuhinju, prema fioci gde su se nalazile olovke, Ezmi je videla. Njene oznake su bile nedirnute. Fibine su nestale. Ezmi je zamislila svoju mamu, naoružanu gumicom, tokom jedne od onih noći kad je tumarala okolo, ne mogavši da spava. Zamislila je mamu na kolenima, kako uklanja Fibino ime i datume, i mrzela ju je.

Te noći Ezmi je nemirno spavala, snovi su joj bili nepovezani i teški. U zoru je ustala i tiho se obukla, izašla iz kuće i otišla na trčanje. Ulice su bile puste, svetlo prigušeno. Većina kuća bila je u mraku, ali iza nekih prozora na spratu bilo je upaljeno svetlo. Ezmi je volela taj osećaj da je gotovo, mada ne sasvim, sama na svetu. Dok su joj se mišići opuštali, mislila je na prethodno veče, kako je izgledalo grliti Bi i udisati njen poznati miris, na bolni ubod koji je osetila kad je videla obožavanje u tatinim očima. Lakše je voleti nekoga ko je uglavnom odsutan, pomislila je Ezmi. Da li su zato svi obožavali Fibi?

Dok je trčala, udaljavajući se od kuće, kilometar po kilometar, Ezmi je pokušala da isprazni um. Pokušala je da se usredsredi na zvuk svojih stopala na asfaltu, na prijatan bol u butinama. Ali Bi se probila, i Ezmi se konačno umorila od pokušaja da je isključi. Kad bi Fibi zahtevala njenu pažnju, Ezmi bi se dodatno pomučila da odagna te misli, ali bila je iscrpljena od toga, spremna da odustane i dozvoli svojim mislima da krenu kud god žele.

Kad je Bi bila beba, Ezmi je ponekad gledala u kolevku napola zatvorenim očima i pretvarala se da je to Fibi. Pitala se da li su mama i tata ikad radili isto – da li su ikad videli Bi kao zamenu, drugu priliku da stvari ispadnu kako treba. Kad je Bi progovorila, postalo je nemoguće pretvarati se. Bila je jedinstvena, i nimalo nalik Fibi. Bila je sva od tvrdoglave ćutnje i tihe zamišljenosti, sušta suprotnost Fibinom zahtevnom cmizdrenju i bezgraničnoj naklonosti. Naravno, dotad njihove majke više nije bilo, tako da ona nije mogla da napravi to poređenje. Šta li joj je prolazilo kroz glavu dok je gutala te pilule, uz bocu votke? To je bilo pitanje koje joj se stalno vraćalo, u svoj svojoj jalovosti. I svaki put bi pronašla neki odgovor, uvek različit, i imao je veze s Fibi i nesavladivim bolom i sa Bi, ali nikad sa Ezmi.

Ezmi je nastavila da trči i kad je sunce izašlo, ujednačenom brzinom, dugim korakom. Svesna da ne može da pretekne svoje misli. Disala je teško ali mirno, i pokušala je da zamisli odraslu Bi kraj majke. Pričale bi na francuskom, pomislila je Ezmi, i smejale bi se tim raskošnim smehom koji im je bio zajednički. Smehom na koji je Ezmi potpuno zaboravila dok ga jednom nije čula od Bi, jednog letnjeg dana kad je Bi imala petnaestak godina i pomislila, na jedan sladak trenutak, da je to majka iza nje.

Dok se grad budio, Ezmi je trčala pored dečjeg igrališta. Primetila je da se jedna ljuljaška sporo pomera na vetru i da se svetlosmeđa, zaboravljena vunena kapa nalazi na klupi. Pokušala je da zamisli Bi na tom mestu, s detetom kraj sebe. Ali to je bilo previše čudno, previše rano. Biina trudnoća je još bila nevidljiva. Malo kasnije, pored Ezmi su prošla kola hitne pomoći, uz sirenu koja je zavijala. Taj zvuk je bio sumoran i preglasan za mir ranog jutra, i Ezmi je pokušala da se ne pita kuda ide. Pokušala je da ne misli o činjenici da je negde neka porodica u krizi. Bila je blizu kuće, i mada je nameravala da još jednom pretrči isti krug koji je upravo napravila, odlučila je da skrati trčanje. Ispred ulaznih vrata se malo istezala, a onda je ušla u kuću, pitajući se da li je neko budan.

Kuća je bila tiha, i otišla je na sprat da se istušira. Godinama je mrzela da koristi to kupatilo. Koristila je toalet u prizemlju i izbegavala je da pere zube kad god je mogla. Ali pre pet ili šest godina, predložila je da ga sruše i naprave novo, i tata je pristao, srećom, kao da je samo čekao da ona to predloži. Sad je bilo gotovo neprepoznatljivo: klozetska šolja i umivaonik nalazili su se na mestu nekadašnje kade, a nova, velika tuš-kabina bila je u uglu. Ezmi je svukla odeću mokru od znoja i ušla u kabinu, pustivši najpre hladnu vodom, a onda joj podižući temperaturu sve više i više, dogod je mogla da izdrži vrelinu. Za Bi je ta prostorija uvek bila samo prostorija. Imala je sreće, na neki način.

Kad se vratila u svoju sobu, Ezmi je čula pištanje telefona i podigla ga je. Bio je to Sajmon. Poslao joj je nekoliko poruka i imejlova otkako su bili na piću. Ne govoreći zašto, počeo je da je obaveštava o stvarima koje se događaju u njegovom životu, da je pita za njen život. Ezmi je shvatila da joj je to lepo. Lepo je biti osoba kojoj se neko obrati kad želi da podeli nešto što joj se dogodilo.

*Dolazim sutra kući. Možemo li da se vidimo?*

Ezmi je sela na ivicu kreveta, i bilo joj je hladno samo u peškiru. Brzo je napisala odgovor, pre nego što se predomisli.

*Da, sutra uveče?*

A onda, neko je pokucao na vrata i Bi je promolila glavu.

– Zaboravila sam da ponesem šampon – rekla je. – Smem li da uzmem tvoj?

– Slobodno. U kupatilu je.

Ezmin telefon je ponovo zazujao i obe sestre su ga pogledale.

*Savršeno.*

Ezmi se osmehnula, a Bi je izašla iz sobe. Dok se Ezmi oblačila i sušila kosu, čula je Bi kako peva u kupatilu, jasno i glasno, i nakon dugo vremena bila je srećna.

Tog popodneva, Tom je ispekao jagnjetinu. Odbio je Ezmine i Biine ponude da mu pomognu, i Bi je predložila da ga ona i Ezmi ostave i odu u šetnju. Krenule su ka parku. Bio je hladan bistar dan, i gole grane drveća izgledale su divno pod suncem koje se sijalo kroz njih, praveći šare na travi.

– Kako to izgleda? – pitala je Ezmi. – Biti trudna, hoću reći.

Bi je na tren ćutala, i Ezmi ju je pogledala i shvatila da razmišlja kako da odgovori.

– Prve nedelje sam bila stvarno sjebana. Nisam mogla da mislim ni o čemu drugom. I nisam mogla da poverujem kako to nije očigledno svima oko mene, i kako se svi ponašaju kao da je sve kao pre. A sad ponekad zaboravim, na nekoliko minuta, a kad se setim, izgleda mi smešno, besmisleno. Uvek sam gladna i iznenada budem strašno umorna. Dobar je osećaj, nekako. Ne bih menjala to.

Ezmi nije bila sigurna da li da postavi naredno pitanje, ali znala je da će morati u nekom trenutku, i zato ga je postavila, nadajući se da Bi neće zaćutati, ili se naljutiti, ili rastužiti.

– Ko je otac?

– Zove se Adam.

Ezmi nije ništa rekla, uverena da će Bi nastaviti ako je ne pritiska.

– Više nismo zajedno, a on ne zna za bebu – rekla je Bi nakon duge ćutnje. – Bili smo zajedno neko vreme, i bilo je dobro, ali nismo planirali ovo. Uradiću to sama.

Ezmi se divila Biinoj hrabrosti i uverenosti. Nije bila sigurna da bi ona bila tako hrabra u toj situaciji. Pitala se kakav je taj Adam, i nadala se da nije povredio Bi, ili joj dao razloga za brigu.

– Tata je to uradio sâm – kazala je konačno Ezmi.

– Da, i vidi kakve smo ispale.

Biin ton je bio ravan, i Ezmi nije bila sigurna šta je pod tim mislila. Zamotala je šal čvršće oko vrata i nastavila dalje ćutke.

Kad je Bi spakovala stvari da krene sledećeg popodneva, Ezmi je bilo žao. Mislila je na veče sa Sajmonom, i devojački deo nje je poželeo da ispriča mlađoj sestri sve o tome, želela je da Bi bude tu, da je zapitkuje kad se vrati kući. Nije to rekla Bi. Samo ju je čvrsto zagrlila i zamolila je da uskoro ponovo dođe.

– Hoću – kazala je Bi. – Obećavam.

Tom je trebalo da odveze Bi na stanicu, i već je prošao između njih i otišao napolje da upali kola.

– Hoće li biti još pisama? – upitala je Bi. Govorila je tiho, iako su u kući bile samo njih dve.

– Ako želiš da ih čitaš – kazala je Ezmi.

– Molim te.

Ezmi je klimnula glavom, a onda se Bi osmehnula i Ezmi je videla delić svoje majke, prvi put nakon mnogo godina.

– Dođi, Bi – kazao je Tom, iznenada se pojavivši na vratima kuće. – Zakasnićeš na voz.

A onda je otišla, i bilo je skoro kao da je nikada nije ni bilo tu.


Ezmi i Sajmon su se sastali u istom pabu kao poslednji put. Stigla je prva i sela za sto u uglu, uz čašu vina, gledajući vrata. Dok je čekala, korila je sebe. Da li je stvarno pomislila da će ovo biti ta dugo čekana romansa? Nisu živeli u istom gradu, i provela je celu godinu maltretirajući ga kad su bili deca. Možda kaže da joj je oprostio, ali može li se tako nešto zaista ostaviti za sobom? Ne, mislila je. Ne može. Spalila je mostove prema tom muškarcu kad je imala sedam godina.

Kad je stigao, Sajmon je stao nasred paba gledajući oko sebe. Ezmi je htela da mu mahne, da mu privuče pažnju, ali zastala je napola podignute ruke, uživajući što ga gleda tako nesigurnog. Kad ju je video, licem mu se razlio opušten osmeh. Prišao je i sagnuo se da je poljubi u obraz.

– Drago mi je što te vidim – rekao je. Pokazao je na njenu vinsku čašu. – Da nam donesem bocu?

Ezmi je klimnula glavom. Bilo je ljubaznosti na njegovom licu, shvatila je, koja ga je činila privlačnim. Gledala ga je dok je stajao za šankom, čekajući da bude uslužen. Radovala se njegovom povratku.

– Pričaj mi o sebi – rekla je kad se vratio. – Šta se dogodilo otkad smo imali jedanaest godina?

Sajmon je sipao sebi vino i dopunio njenu čašu. – Pa, završio sam školu, otišao na fakultet, zaposlio se, oženio se, razveo se...

Ezmi je trgla glavu. – Nisam znala da si bio oženjen – kazala je.

– Jesam. Bila je to katastrofa. Mada, nikad me nije ugrizla.

Ezmi se osmehnula. Kako to da je ona toliko zaostala? Dok je ona ostala kod kuće, živela i radila s tatom, ostali njeni vršnjaci su otišli i pronašli prave poslove, imali prave veze. Imali su neuspehe, prekršili su neke zavete, i radili pogrešne stvari, ali makar su nešto radili. Makar su pokušali.

Dok su pili vino, Sajmon je otvoreno govorio o svom braku i kasnijem razvodu. Ezmi je videla da je to i dalje bolno, iako su prošle dve godine, i pazila je šta će da ga pita, a šta će prosto da pusti. Razgovarali su o njegovom životu, o Londonu, majčinoj bolesti.

U deset sati je Ezmi rekla da treba da pođe kući. Ustali su i dok su prolazili pabom, spustio joj je ruku na krsta. Napolju, pokazala mu je kuda ide, a on je sagnuo glavu i rekao da ide u suprotnom smeru.

– Dobro onda – kazala je. – Videćemo se uskoro.

Bilo je hladno, i osetila se glupavo i nesigurno.

Sajmon je krenuo napred i pomislila je da će je zagrliti, i bila je spremna za to, telo joj je žudelo za malo utehe. Ali nije bila spremna za to da je poljubi, mada nije to želela, sprečila ga je u tome.

– Žao mi je – kazala je.

Očekivala je da on skrene pogled, ali nije. Gledao je pravo u nju, čikao ju je da skrene pogled.

– To nije bila tvoja krivica – rekao je. – A i da jeste, ne moraš to da plaćaš svojim životom. Ako išta, trebalo bi da živiš život punim plućima, zato što ona ne može.

Držao ju je za ruku, a ona to nije shvatila dok je nije pustio, i dala bi gotovo sve da je on ponovo dodirne. Za dodir nekoga ko je znao čitavu istinu i ipak hteo da ostane.

Ezmi se okrenula, očiju punih suza. Nije se pozdravila s njim. Bila je to još jedna stvar koju će dodati na spisak pogrešnih stvari koje je rekla ili uradila. Još jedna situacija koju je pogrešno procenila. Koje će se sećati sa žaljenjem.

Kad se vratila kući, nije mogla da zaspi. Da bi sprečila sebe da neprestano prolazi kroz taj susret, iznova i iznova, upalila je svetlo i izvadila beležnicu, i započela još jedno pismo za Fibi.

*Draga Fibi,*

*Bila sam tu kad si napravila prve korake. Durila sam se. Bilo je to jednog nedeljnog popodneva, i čitavog vikenda mama je obećavala da ćemo ići u park, ali imalo je štošta da se uradi nedeljom ujutru. I dok je sunce prodiralo kroz prozore i obasjavalo tepih u dnevnoj sobi, brisala je prašinu, a mi smo joj pomagali da sredi kuću. Kad je došlo vreme ručka, naoblačilo se i počela je kiša. Mama, ti i ja smo bile u dnevnoj sobi, nesigurne šta da radimo, i čekale smo neku rupu u oblacima, kad si se ti uhvatila za stočić bucmastim prstima i uspravila se. Radila si to već neko vreme, i nisam razumela zašto se mama svaki put uzbuđuje i osuševljeno viče. Pogledala sam, crtež koji sam bojila bio je na trenutak zaboravljen, i nekoliko sekundi smo se gledale u oči. A onda si skrenula pogled, pogledala pravo napred, i pustila si sto obema rukama i napravila nesiguran korak, a onda još jedan, nešto malo samouverenije, a onda i treći.*

*Mama je pozvala tatu i čarolija je razbijena, pala si unazad, na guzicu, i ponovo si me pogledala. Uputila si mi taj pogled koji sam tako dobro poznavala, onaj koji si imala kad nisi bila sigurna da li da zaplačeš. Kao da si ćutke tražila moju dozvolu. Odmahnula sam glavom i vratila se bojenju. Ali krajičkom oka, videla sam kako mama na kolenima dolazi do tebe, kao da je zaboravila kako da hoda, kao da uči kao ti. Podigla te je u naručje i zasula te poljupcima. Gledala sam, potajno, dok su dizali graju oko tebe i postavljali te na noge, iznova i iznova, ohrabrujući te da ponoviš to. I osetila sam se nekako hladno, i izostavljeno, i nisam razumela zašto ništa što ja radim ne izaziva toliko uzbuđenje, i pomislila sam da te možda mrzim.*

*Nismo išli u park tog popodneva, i bila sam ljuta. Nisam marila za tvoje veliko dostignuće, nisam shvatila šta će ono značiti za mene. Nisam shvatila da će se naš odnos promeniti, sad kad možeš da hodaš kraj mene. Ne sećam se ničeg drugog iz tog procesa učenja nakon tih prvih koraka tog kišnog nedeljnog popodneva. Činilo mi se da si od tog dana pa nadalje, ili bila kraj mene, ili trčala tik iza mene, prateći me.*

*Nisam shvatila da sam bila usamljena dok nismo počele da se igramo zajedno. Nisam shvatila da sam te čekala. Da će to što si prohodala imati mnogo veći uticaj na mene nego na mamu i tatu, uprkos njihovom uzbuđenju. Bio je to dan kad si stvarno postala moja sestra.*

# 26.

## Dvadeset treći novembar 2011 – 9.627 dana kasnije

*Sledećeg leta proveli smo nedelju dana u kućici kraj mora.*
*Ne znam gde je, ili kako je izgledala, ali sećam se da sam tr-*
*čala s tobom po pesku, bosonoga, a sunce nam je obasjavalo*
*gola leđa. Mama i tata su bili daleko iza nas i zaboravljeni.*
*Izbegavala sam druge porodice, provlačila se između raširenih*
*peškira i peščanih zamkova, a ti si me pratila, slepo, verujući*
*da te neću voditi prebrzo ni predaleko. Čula sam te kako cičiš*
*od radosti, osećala sam slan morski vazduh, i htela sam da*
*trčim zauvek, da se nikad ne vratim mami i tati, u našu kuću,*
*u svoju školu. Htela sam da ostanem na toj plaži, na suncu, i*
*trčim s tobom dok se ne srušim.*

*Čula sam kako nas tata doziva da se vratimo. Otišle smo*
*predaleko. Obećale smo mu da ćemo ostati blizu, da nećemo*
*ići blizu mora i da ćemo se igrati samo na našem delu plaže,*
*gde može da motri na nas. Naglo sam se zaustavila, teško*
*dišući, a ti si se zaustavila trenutak kasnije, gotovo se sudara-*
*jući sa mnom na mekom pesku. Pogledala sam tatu, videla da*
*stoji i pokazuje nam da se vratimo do mesta na kojem su on i*
*mama postavili naše stvari. I pogledala sam tebe, posmatrala*
*kako ti vetar diže nežnu kosu i videla sam tvoj upitni pogled,*
*dok si čekala da ti kažem šta dalje. I ne razmišljajući o posle-*
*dicama, ponovo sam potrčala, dalje od naših roditelja, i ti si*
*me, bez oklevanja, pratila.*

*Znala sam da će tata pojuriti za nama. Znala sam da će*
*nas uskoro sustići, da će nas uhvatiti za nekoliko sekundi.*

Srce mi je glasno tuklo dok sam trčala, previše uplašena da se potajno osvrnem, nesigurna u sve osim u svoju potrebu da nastavim da trčim napred, pored tebe. Tata je bio besan kad nas je sustigao. Prošao je kraj tebe i uhvatio me za ruku, stežući je dovoljno čvrsto da mi ostavi crveni trag. Znajući, kao što sam ja znala, da je mene trebalo zaustaviti, da si ti samo pratila mene, da ne bi pošla sama.

Pogledala sam te dok je čučao ispred mene, lica iskrivljenog od gneva, držeći me za ruku kao da je mislio da ću se, čak i tad, izmigoljiti i pobeći. Imala si taj izraz lica kao uvek pre nego što zaplačeš, i bilo mi je žao dok sam gledala kako ti se lice krivi, a ja sam bila kriva zbog toga.

Ima tako mnogo takvih uspomena, mene kako vodim nas dve ka mogućoj opasnosti, u nevolju. I sad, naravno, razumem taj strah s kojim su živeli naši roditelji – strah s kojim žive svi roditelji. Ali tad, jedino što sam znala bilo je da je kazna koju smo dobile nevažna. Pobegla bih ponovo, i povela tebe sa sobom, jer sve što bi moglo da se dogodi kasnije bilo je nevažno u poređenju s tom čistom srećom trčanja, s tobom, po pesku.

Retko sam se loše ponašala s Bi. Nisam se usuđivala. Naučila sam, dotad, da su užasne stvari o kojima nam roditelji govore stvarne. Da je život krhak, da ga ne treba shvatati olako. I tako, kad sam dobila novu sestru, bila sam pažljiva s njom, i trudila sam se da bude blizu mene i bezbedna. Ali rastuživalo me je što Bi i ja nikad nismo trčale jedna kraj druge, nekud daleko od roditelja, zarad čiste radosti trčanja. I to nas je mnogo koštalo.

Ezmi

Bi se vratila na početak pisma – Fibino ime, napisano Ezminim rukopisom. Bilo je teško znati gde se ona uklapala. Bilo joj je potrebno neko vreme da shvati da plače. Suze su joj tekle niz lice, padale su joj s brade na pismo u ruci. Zatvorila je oči i zamišljala sebe i Ezmi kako trče preko zamišljene peščane plaže na suncu. Zamislila je, prvi put, još jednu devojčicu kako trči između njih. Devojčicu koja je ličila na njih, koja je postojala u sedmogodišnjem razmaku između njih dve. Devojčicu po imenu Fibi.

Radila je vredno tog dana, a pismo je spustila na gomilu papira na desnoj strani stola. Izazivalo ju je, kao neka nagrada. Nije dozvolila sebi da ga otvori dok nije uradila dovoljno. U poslednje vreme je bilo previše dana kad je završavala rano, ili odlazila na spavanje posle ručka. Ali tog dana se setila zašto je uglavnom volela to što radi. Um joj je bio živ, mozak joj je radio onoliko brzo koliko su prsti mogli da kucaju, i unela se u priču, srce joj je tuklo malo brže svaki put kad bi junakinja bila u opasnosti. Naredne nedelje će završiti tu knjigu, pročitati je još jednom i poslati prevod na lekturu. Ponovo je poštovala rokove.

I to joj je prijalo, jer to je bila stvar koju je mogla da kontroliše. Ta pisma od Ezmi, ta tajna prošlost, to je bilo van njenog domašaja. I život koji je rastao u njoj – bio je nezaustavljiv i zastrašujući. Bi je popila vodu i otišla do slavine da dopuni čašu. Podigla se i sela na kuhinjski pult, udarajući nežno petama po vratima ormarića od borovine.

– Zdravo – kazala je Džulija kad je ušla u kuhinju.

Bi je poskočila. Nije čula kad je Džulija ušla. – Zdravo – kazala je.

Stvari su bile pomalo napete među njima. Bi je znala da bi trebalo da se iseli kad se beba rodi. Nije znala kuda će otići, ali znala je da mora da ode nekud. Džulija se nije prijavila za besane noći i brigu o detetu. I mada nisu razgovarale o tome, Bi je znala da i Džulija misli o toj promeni. Osećala je da joj, na neki prikriven, ćutljiv način, Džulija zamera. Nije bilo mnogo smeha u stanu od onog dana u kupatilu, s testom za trudnoću. Nije bilo mnogo bliskosti.

– Da ti napravim nešto za večeru? – upitala je Bi.

Otvorila je frižider, videla da ima dovoljno povrća za prženje.

– Zar ne bi trebalo ja tebi da se nudim da uradim nešto za tebe? – pitala je Džulija.

– Kasnije – kazala je Bi. – Kad budem previše debela da ustanem iz kreveta bez pomoći i ne budem mogla da vidim stopala.

Džulija se osmehnula i pružila ruku preko Biinog ramena da uzme bocu piva iz frižidera. – Plaši li te sve to?

Bi je spustila klice pasulja, pečurke i paprike na radnu površinu, i potražila dasku za sečenje u donjem kredencu. Da li je to plaši? Uvek je bila mršava, bez obzira na to šta je jela, i sa zanimanjem je gledala kako su neke žene oprezne s hranom. Džulija je bila jedna od tih žena. Ako nekoliko nedelja ne bi išla u teratanu, ili bi raskinula s dečkom i pila više nego inače, ugojila bi se na struku i butinama.

– Ne stvarno – kazala je, držeći pečurku i seckajući je na tanko. – Mislim, to je samo moje telo. Mogu probati da ga promenim, kasnije.

– Mislim da bih bila užasnuta – rekla je Džulija, lupkajući staklenom pivskom bocom o zube.

Bi je videla to kao priliku da joj kaže istinu, da bude iskrena s najboljom prijateljicom o tome kako se oseća. Ali bilo je teško. Duboko je udahnula, ubacila iseckane pečurke u tiganj, i poprskala ih uljem.

– Užasnuta sam. Ne zbog toga, nego zbog svega. Mislim, kako znaš da li ćeš biti dobra mama?

Bi je potajno pogledala Džuliju, i videla da njena prijateljica izgleda kao da joj je neprijatno. Da li je to zato što to nije bila normalna zabrinutost, već samotna teritorija onih koji su propatili od ruke sopstvenih majki? Ili je to bilo zato što nije znala odgovor? Otkad se poznaju, Bi i Džulija su delile slične probleme. Opterećenost stresom na univerzitetu, nezaposlenost i jadni izgledi za posao kasnije. Neprikladni momci, svađe s prijateljima i rođacima. Ali sad se Bi suočavala s nečim Džuliji potpuno nepoznatim, i osećala je kako se tkanje njihovog prijateljstva rasteže do pucanja, i to ju je takođe užasavalo.

– Mama mi je jednom rekla da je uvek imala osećaj kako sve smišlja usput – kazala je napokon Džulija.

Bi je nastavila da gleda tiganj, puštajući da povrće cvrči i isparava. Želela je da Džulija nastavi, i osećala da idu opasnom stazom.

– Sa mnom više nego s mojom braćom. Jer ja sam bila najstarija. I rekla je kako se uvek bojala da ću biti povređena, oteta ili se izgubiti. Nije znala da li se drugačije osećala s dečacima jer su dečaci, ili zato što se prosto navikla na to do trenutka kad je imala i njih.

– Kad ti je to rekla? – upitala je Bi. Isključila je šporet i pogledala Džuliju, polako, oprezno.

– Ne sećam se – rekla je Džulija.

Nešto na njenom licu se zatvorilo, i Bi je znala da je razgovor završen.

Malo kasnije, kad su završile jelo i Džulija prala sudove, brzo i aljkavo, Biin telefon je zazvonio. Bio je to njen otac. Izvukla se iz kuhinje i otišla u svoju spavaću sobu pre nego što se javila.

– Halo?

– Bi – rekao je, glasom ispunjenim olakšanjem.

– Šta se desilo? Nešto nije u redu?

– Nema razloga za brigu. Samo mi je drago što ti čujem glas.

Bi je sela na krevet, a onda legla, kosa se raširila oko nje.

– Kako si? Kako je Ezmi?

Bi je čula kako tata glasno uzdiše i pomislila je na napetost koju je primetila kad je bila kod kuće. Uznemirilo ju je to, da zna da među njima postoji neki problem. Bilo je to nešto neviđeno. Ako se išta moglo reći za njih, to je da su bili previše bliski, i Bi se osećala isključeno.

– Šta nije u redu? – upitala je. – Da li se ne slažete?

– Zaljubio sam se u nekog.

Bi je osetila radost kad je čula njegove reči. Tokom detinjstva, nadala se da će on upoznati nekog. Gledala je naokolo, u majke svojih prijatelja, žene u prodavnicama, primećivala je svakoga ko je s naklonošću gledao njenog oca. Nije mogla da razume zašto je sâm. Ali kako su godine prolazile, i on ostao sâm, Bi je digla ruke od toga. A sad, iznenada, kaže joj kako je upoznao nekog. Da je zaljubljen. Bile su to divne vesti.

– Bi, ima nekih stvari koje ne znaš. Bila si tako mlada, a o nekim stvarima je teško pričati deci...

Bi se zapitala o čemu on to priča, da li misli na Fibi.

– U redu je, tata. Drago mi je zbog tebe. Ezmi nije?

Ponovo je uzdahnuo, i Bi je osetila kako se ljuti na sestru. Zašto mu kvari ovo? Koji bi razlog mogla da ima? Da li je to zato što se boji promena?

– Moram da ti kažem nešto, i teško mi je. Možda ćeš drugačije misliti o meni.

– Ne – kazala je Bi. – Neću. Ne mogu.

Bila je sigurna. Sela je, stisnula kosu pesnicom i onda ju je pustila, uživajući u težini na ramenima.

– Imao sam ljubavnicu, Bi. Kad si ti bila beba.

Bi nije ništa rekla. Slušala je dok joj je pričao o tome da je bio s Marijanom u školi, kako ju je video godinama kasnije. Pitala se da li će pomenuti Fibi, upotrebiti njenu smrt kao izgovor. Ali nije. Dok je govorio, nakratko je pomislila na Adama, na to što ga je videla s tom drugom devojkom kad joj je bio najpotrebniji. Pomislila je da viče, da mu kaže kako ih je izneverio, ali nije imala želju to da uradi. Bi nije poznavala svoju mamu, i nije mogla da natera sebe da se ljuti u njeno ime. I uprkos svemu, bilo joj je drago zbog njega. Drago što je pronašao nekog koga će voleti.

– Želim da se useli kod mene – rekao je. – Ali ne znam šta će Ezmi reći. Ne želim da se oseća isključeno.

Usledila je pauza, tišina, i onda je ponovo progovorio.

– Šta ti misliš, Bi?

– Samo joj reci, tata. Dugo si bio sâm. Zaslužuješ ovo.

A onda je čula zvuk koji je možda bio jecaj, i potisnula je suze.

– Sve se menja – kazala je. – Ja ću dobiti bebu, ti si se zaljubio. To je dobro.

– Hvala ti.

Nakon što su se pozdravili i ona je prekinula vezu, Bi je pokušala da zamisli kako to izgleda Ezmi. Uvek je bila sama, a ipak nije izgledala posebno usamljeno. Možda je to bilo zbog toga što su ona i tata uvek imali jedno drugo, za druženje. Imalo je smisla što se Ezmi oseća isključeno zbog te nove veze. Izdano, zbog preljube koja se dogodila pre mnogo godina. Ezmi je bila starija. Sećala se tog vremena. Bi se zapitala hoće li njih dve ikad razgovarati o tome. To joj je nekako izgledalo malo verovatno. Ali stvari se menjaju u njihovoj porodici. Tajne su se otkrile; vodili su se neki teški razgovori. Stvari se poboljšavaju.

# 27.

## Dvadeset šesti novembar 2011 – 9.630 dana kasnije

Ezmi je stigla u restoran pet minuta ranije, a mršav konobar napaćenog izgleda odveo ju je do malog okruglog stola u uglu. Pogledala je oko sebe. Prošla je pored tog mesta bezbroj puta, ali nikad nije ušla. Sajmon ga je predložio, rekao je da mu je jedno od omiljenih, i to je nateralo Ezmi da pomisli kako je retko jela van kuće. Koliko je retko, tokom svi tih godina, izašla s nekim da jede.

Bilo je rano, još nije bilo ni pola osam, a restoran je bio ispunjen razgovorom i smehom. Na zidovima su bile šarene, upadljive slike, a velika ogledala visila su posvuda. Dok je gledala svoje okruženje, Ezmi je iznova i iznova susretala svoj odraz, i nije mogla da pobegne od činjenice da izgleda uplašeno.

Nije videla Sajmona od one noći kad je pokušao da je poljubi. Nekoliko dana joj se nije javljao, ali kad su se vratili uobičajenom slanju poruka i imejlova, potisnula je stid. Ali videti ga ponovo je nešto drugo. Ezmi je zatvorila oči na tren, zamišljala ga je kako ide kroz restoran prema njoj, i molila se da joj se obrazi ne zarumene. A kad je otvorila oči, stajao je kraj stola, i Ezmi se trgla.

– Malo si dremala? – pitao je, osmehujući se.

– Samo sam... – Ezmi nije znala kako da završi tu rečenicu. U tišini koja je usledila, Sajmon je seo, oslonio laktove na sto i spustio bradu na šake.

– Nedostajala si mi – kazao je. – Eto, rekao sam. Kazao sam sebi da neću. Ali zašto da ne? To je istina.

Ezmi je oborila glavu i malo se osmehnula, i ništa nije rekla.

– Sad kad sam to rekao, da popijemo malo vina?

Kad su završili glavno jelo, Sajmon se nagnuo preko stola i uhvatio Ezminu ruku. Dodir mu je bio nežan, topao. Ezmi je bila zahvalna zbog toga.

– Nešto nije u redu – kazao je.

To nije bilo pitanje.

– Izvini – rekla je. – Nešto nisam u dobrim odnosima s tatom. Sad ima devojku, i priča kako će se ona useliti kod nas. Osećam se kao da se sve iznenada menja.

Sajmon je klimnuo glavom. – Dali su mojoj mami dva meseca – rekao je, nakon pauze.

Ezmi je prinela ruku ustima i kad ju je spustila na sto, nije mogla da navede sebe da ga dodirne.

– Tako mi je žao – rekla je.

Bila je sebična, to joj je govorio. Njen tata je zdrav, a ona drami oko njegove veze, koja je se nimalo ne tiče. Zagledala se u Sajmona, čikajući ga da je pogleda u oči. Izgledao je kao da će zaplakati. Kad je konobarica donela kartu poslastica, Ezmi je odmahnula rukom. Napunila je Sajmonovu vinsku čašu i on ju je podigao, okrećući tamnocrvenu tečnost.

– Uradi pravu stvar – kazao je konačno. – To je moj savet. Nisam uvek bio najbolji sin na svetu. Nisam uvek dolazio kući za rođendane i proslave. Protraćio sam mnogo vremena.

Ezmi je klimnula glavom i ujela se za usnu. I iznenada, zapitala se da li ta dijagnoza znači da će on ostati u Londonu, umesto da se vrati kući kako je nameravao. A onda se ponovo osetila grozno, što je razmišljala šta ta situacija znači za nju. Jedna žena umire. Najvažnija žena u Sajmonovom životu umire. Ezmi se iznenada prisetila svoje majke i Sajmonove majke na kapiji osnovne škole. Njena majka je bila ljuta i optuživala je. Sajmonova majka je bila ogorčena i glasna. Obe žene su izgledale ogromno. Obe su bile jake i nezaustavljive. A za nekoliko meseci, obe će biti mrtve. Ezmi i Sajmon su sad odrasli. Sad je njihov red da budu hrabri i jaki.

– Sećam je se. Tvoje mame – kazala je Ezmi.

– Sećam se tvoje. Mislio sam da je lepa.

Ezmi je otvorila dlan, okrenula šaku iznad belog stolnjaka, pružila je malo, dok nije dodirnula Sajmonove dugačke prste. Pre nego što je stigla da se predomisli, dodirnula ih je, uhvatila Sajmona za šaku. I sedeli su tako, sasvim mirno, nekoliko minuta, dok su buka i smeh eksplodirali oko njih.

– Hajde – rekla je Ezmi. – Da platimo račun i odemo u šetnju.

Sajmon je izgledao zbunjeno, ali ustao je i pratio je Ezmi do šanka, gde je ona insistirala da plati večeru.

Napolju je bilo hladno, ali vrlo tiho. Navukli su jakne i stavili šalove, a oči su im se navikavale na iznenadnu promenu svetla.

– Kuda idemo? – pitao je.

– Nisam sigurna. Samo sam morala da budem napolju.

Za Ezmi, hladnoća i tama su se baš uklapali. Jedna ulična svetiljka levo od njih se povremeno gasila i palila, i Ezmi se okrenula u tom smeru i krenula, znajući da će je Sajmon pratiti.

– Pokaži mi svoj Sauthempton – kazao je, kad ju je sustigao.

– Kako to misliš?

– Pa, ceo život si ovde. Mora da postoje stvari koje te drže ovde. Želim da vidim grad iz tvoje perspektive.

Ezmi se zamislila. – Mnogo stvari koje volim nisu u centru grada. Volim park, tamo trčim. Volim ulicu u kojoj živim. Ali daj mi malo vremena, i sigurno ću smisliti nešto.

Hodali su, ćutke, a njena ruka u rukavici bila je na nekoliko centimetara od njegove bez rukavice. Pitala se da li bi bila hladna na dodir, ako bi posegnula za njom. Skrenula je desno, dalje od mirisa i zvukova glavne ulice i prema moru. I tamo ju je čekalo sećanje.

– Mama je dovodila ovamo mene i Fibi – kazala je. – Fibi je bila u kolicima. Ja sam hodala. Dozvoljavala mi je da stojim na ogradi i gledam more. Fibi je uvek plakala jer je bila nedovoljno velika da vidi bogzna šta. Uveče bi nas tata pitao šta smo radile tog dana i kad god bih mu rekla da smo bile da gledamo more, smislio bi na licu mesta neku priču o morskom čudovištu po imenu Luiđi.

Sajmon se nasmejao, grleno i duboko. – Šta još?

Hodali su nekoliko minuta, a onda je Ezmi nekoliko puta brzo skrenula i stajali su ispred kapije malog parka.

– Bi i njene prijateljice su provodile ovde slobodno vreme kad je imala četrnaest godina. Tata se bojao da uzimaju heroin ili imaju seks, i slao me je ovamo da ih špijuniram. Morala sam da hodam od knjižare dovde bar triput svake subote, a onda se približim dovoljno da bih videla šta Bi radi, a da me ona ne primeti.

– I?

Ezmi se okrenula ka Sajmonu, i iznenadila se kad je videla da su im lica vrlo blizu.

– I šta?

– Šta je Bi radila?

Ezmi je slegnula ramenima. – Ništa posebno. Bilo je to samo mesto na kojem su se družile. Prilično je grozno biti tinejdžer. Zar ne?

Sajmon je klimnuo glavom, ali nije ništa rekao. I Ezmi je znala da će ponovo pokušati da je poljubi, i bila je rešena da ga ne odgurne. Stajali su, licem u lice, a miran noćni vazduh bio je težak između njih, i primetila je da ima sive tačkice u plavim očima i da su mu usne pomalo suve. I videla je da ima uzan, srebrnkast ožiljak iznad usne, i to je bilo poslednje što je videla, jer ju je poljubio, i ona je zatvorila oči i prestala je da razmišlja.

Kad se odmakao, Ezmi je osetila vrtoglavicu. I dalje je mogla da oseti pritisak njegovih usana na svojim, toplinu njegovog jezika. Šake su mu bile u njenoj kosi, a njene na njegovim leđima, i okrenula je glavu na stranu i oslonila ju je, na tren, na njegove grudi. Čula je otkucaje njegovog srca, brze i stabilne, i više od svega je želela da ga odvede kući, da ga odvede u krevet. I poželela je da ima svoj stan, malo privatnosti.

– Hladno ti je – rekao je, napokon. – Mislim da je vreme da idemo kući.

Glas mu je malo zadrhtao, ali onda se nakašljao i to je nestalo. Ezmi ga je pogledala, pokušala da sazna šta on misli. Nije videla na njegovom licu ništa zabrinjavajuće. Dok su hodali prema taksi stanici, sad se držeći za ruke, Ezmi je pomislila da ga pozove da dođe kod nje, ili da ga zamoli da je odvede kod sebe. Ali ne, odlučila je, radije će sačekati dok ne budu sami kako treba, a ne da se šunjaju po roditeljskim kućama kao tinejdžeri.

– Laku noć – kazala je Ezmi.

Na stanici je bila kolona taksija i stali su na čelo, pomalo drhteći. Nije bilo nikog u blizini.

– Znaš, kao da si imala dva detinjstva – rekao je Sajmon.

– Kako to misliš?

– Imala si jedno s Fibi i roditeljima, a onda drugo s tatom i Bi. A to drugo je uronjeno u tugu, ali čini se kao da je imalo i neke sjajne trenutke.

Ezmi se osmehnula. – Bilo je otprilike tako.

– Zanimljivo je što je tvoj tata jedina konstanta u oba. Ne odbacuj ga.

Ezmi se propela na prste i spustila šake na Sajmonov vrat. Nagnula se i poljubila ga je u usne.

– Hvala ti – kazala je.

Kad se vratila kući, nije joj smetalo što je Marijana bila u dnevnoj sobi s tatom. Kratko im je mahnula i otišla pravo u svoju sobu, ali kad je čula zatvaranje ulaznih vrata nekoliko minuta kasnije, ponovo je sišla i promolila glavu kroz vrata dnevne sobe.

– Da li je voliš? – pitala je.

Tata je uplašeno pogledao. – Volim je – odgovorio je.

– Želiš li da mi pričaš o njoj?

Bilo je teško izgovoriti te reči, ali bilo joj je drago što jeste. Videla je kako se tatino lice opustilo.

– Šta da kažem? Ona mi je bila prva ljubav. A onda smo se ponovo sreli, u vreme nakon Fibine smrti. A sve se rušilo oko mene. Tvoja mama nije ustajala iz kreveta. Nisam znao šta da radim.

– Da li je mama znala? – pitala je Ezmi.

– Da. Na kraju je znala.

Ezmi je klimnula glavom i zastala. Pokušala je da pronađe prave reči za naredno pitanje. A onda ga je ipak postavila. Nije bilo vreme za oprez.

– Da li misliš da je ona zato...

Tata je prekinuo to pitanje, znajući da ne bi bila u stanju da ga završi, i bila mu je zahvalna. – Ne bih rekao. Ne stvarno. Na neki način, tvoja mama je bila mrtva otkako je Fibi umrla. Nikad nakon toga više nije bila naša.

Ezmi je prepoznala istinu u tom odgovoru. Nije bilo važno šta su ona i tata radili u tim mesecima... dobro ili loše. Već su je bili izgubili.

– Postoji još nešto – rekao je, nakon duge ćutnje.

Još nešto? Ovo nije bilo dovoljno značajno? Ezmi je poželela da ga ućutka, da ga preklinje da ne nastavlja. Ali bila je radoznala.

– Ta noć kad se Marijana vratila u moj život, to je bila noć...

Zaćutao je i Ezmi je čekala da nastavi priču. A kad nije, pogledala ga je, i videla da plače. Pritisnuo je stisnute pesnice na usta, kao da može da natera reči, i istinu, da se vrate unutra.

– Bila je to noć kad sam zakasnio kući, noć kad te je mama ostavila nasamo s Fibi.

– Noć kad je umrla? – Ezmi je zastenjala.

– Zato sam toliko zakasnio. Ništa se nije dogodilo. Došla je u knjižaru i razgovarao sam s njom dok sam zatvarao. I...

Ezmi nije otišla do njega, niti je pokušala da ga dodirne, niti ga je ohrabrujuće pogledala.

– I pre nego što je otišla, zapisala je svoj telefonski broj i dala mi ga, i poljubio sam je u obraz. Uvek sam se pitao da li je Fibi umrla pre ili posle tog poljupca. Uvek sam se pitao.

Za Ezmi, to je bio poslednji komad slagalice. Provela je godine kriveći sebe za Fibinu smrt, i znala je da je njena mama krivila sebe. Ali sad je videla da postoji i treća strana. Da su sve troje nosili deo odgovornosti. To nije nimalo olakšalo stvari. Samo se rastužila pomislivši na njih troje koji žive pod istim krovom sa svojim tajnama i krivicom. Svako od njih sâm sa svojim samookrivljavanjem.

Ezmi je gledala kako tata ustaje i hoda preko sobe, ne želeći da ga ona vidi tako ranjivog. Umesto da ostane gde je i skrene pogled dok je prolazio, ona je ustala, zbog čega se on zaustavio. I obgrlila ga je rukama, i držala ga dok je plakao. Osetila je njegove suze na svom vratu, u svojoj kosi. Mislila je na sve stvari koje je taj čovek uradio za svoju porodicu. Kako ništa od toga nije bilo lako. Kako ih je ipak uradio. I nije se pomerila, niti je išta rekla, niti ga je pustila, sve dok suze nisu presušile.

Kad je konačno otišla u krevet, bila je iscrpljena. Ali uzela je beležnicu i olovku, jer joj je glava bila puna onog što je Sajmon opisao kao prvo detinjstvo. Bila je spremna da podeli još malo toga.

*Draga Fibi,*

*Vreme brzo prolazi. Makar mi sad tako izgleda. Ponekad, kunem se, vidim kako si se promenila od jutra do večeri. Uvek ima nečeg novog. Naučila si da se osmehuješ, da se hvataš za stopala, da se prevrćeš, da puziš. Pre spavanja, dok sam četkala kosu, zagledala sam se u svoj odraz u ogledalu, pitajući se zašto se ja ne menjam tako brzo. Izgledalo mi je da ne rastem, da se ne menjam, da ne učim nove stvari.*

*Kad sam pitala mamu o tome, kazala je da se i ja menjam svakog dana, ali da je kod beba to očiglednije. Kazala je da me gotovo svakog dana čuje kako koristim neku novu reč, da mi kosa postaje svetlija na suncu i da ću uskoro umeti da napišem svoje ime. Rekla mi je da je nešto od tvoje odeće nekad bilo moje, i zažmurila sam i pokušala da zamislim sebe, malu kao što si ti, nesposobnu da govorim, hodam ili bilo šta radim sama.*

*Nikad nisi prestala da rasteš i menjaš se, Fibi. Nikad nisi usporila. Naučila si da hodaš gledajući mene. Trudila si se da oponašaš zvukove koji izlaze iz mojih usta. Uvek sam znala da želiš da budeš kao ja, i pitala sam se zašto. Svi su te mnogo voleli. Tvoj osmeh je dopirao do grudi neznanaca i vukao njihova srca prema tebi. Bila si ljudski magnet. Nisam imala tvoju moć. Da, umela sam da čitam i napišem svoje ime i vežem pertle. Ali koga je to zanimalo?*

*Ponekad sam se pitala da li će mama roditi još jednu bebu. Pitala sam se koliko može da rastegne svoju ljubav, kad sam već ja osećala njen nedostatak. Ponekad je govorila kako želi da razgovara sa mnom, a ja sam gledala njen stomak, tražeći znakove još jednog novog života. A onda bi mi ispričala nešto nevažno i usputno, i ja bih se nervozno nasmejala, osetivši privremeno olakšanje. Ali uvek sam čekala da čujem to, na nekom nivou, i uvek sam bila kao na iglama u iščekivanju te vesti koju tako očajnički nisam želela da čujem.*

*Bila sam napeto dete, nikad mirna. Uvek sam trčala naokolo na ovim mršavim nogama, tražeći nešto što će me okupirati kud god da odem. Mama je rekla da nisam mogla da sedim dovoljno dugo da bi me ošišali, tako da mi je kosa izrasla duga i neukrotiva. Rasplitala sam pletenice koje mi je mama vezivala svakog jutra i puštala sam da mi kosa pada pozadi, prekriva ramena i leđa kao plašt. A tu si bila ti, uvek samo korak iza, bez obzira ne to koliko sam brzo ili daleko išla. U većini slučajeva nisam se osvrtala.*

*Mislila sam da ćemo te uvek imati. Naravno da jesam. Nisam shvatila da će svaka zlobna stvar koju sam uradila – zatvaranje vrata pred tvojim nosom ili varanje ili bežanje od tebe – ostati u mojim mislima toliko godina kasnije. I to samo zato što te sad nemamo. Samo zato što bismo dali sve da otvorimo vrata i vidimo te tamo, kako čekaš, sa druge strane.*

# 28.

## Dvadeset deveti novembar 2011 – 9.633 dana kasnije

Bi je plakala, ali je stalno brisala suze i nastavljala da čita, jer je morala da sazna šta se dogodilo. Ezmi je zapisala svoje najskrivenije misli i uspomene, svoja najbolnija sećanja, i poverila ih je Bi. Ako je njena sestra mogla to da zapiše, dugovala joj je da to pročita.

*Obraćam se tebi, Fibi. Govorim ti stvari koje krijem od svih ostalih. Smišljam tvoje odgovore. Postoji neka praznina u meni, zjapeća rupa. Rupa u obliku sestre.*

*Sanjala sam te sinoć. Bio je tvoj četvrti rođendan, prvi od svih rođendana koje nisi imala. Mama i tata nisu bili tu; bili smo samo ti i ja. I bila sam odrasla, a ti si bila moja. Ispekla sam ti tortu i pljeskala sam ti dok si duvala svećice, naduvanih obraza i zatvorenih očiju, zamišljajući želju.*

*Kako su godine prolazile, ti snovi su postali najbolja i najgora stvar. U to vreme, nakon što se to dogodilo, stalno sam se budila uplašena i osećala sam te toliko jako, da bih zbacila prekrivač i odlazila u tvoju sobu, iskreno verujući da ćeš biti tamo, ušuškana i usnula. Nikad to nisam rekla mami i tati. Tih noći, vraćala sam se u krevet i zatvarala oči i pokušavala da se setim kako je izgledalo kad si još bila s nama.*

*Tokom kasnijih godina, nakratko sam te viđala u snovima, i jurila sam te, pokušavajući da te vratim u život. Ponekad si bila mokra i zadihana. I ja bih se probudila, bez daha i uplašena, i morala bih da navučem nekoliko slojeva na sebe da mi ne bude hladno. Ti si imala različita obličja, bila si*

*različitih uzrasta, a lice nije uvek bilo tvoje. A opet, znala sam*
*da si to ti. Ponekad, kad bih pružila ruku i dodirnula te, koža*
*ti je bila hladna.*

*O, ali bilo je i srećnih snova. Onih u kojima si bila živahna*
*i pričljiva, detinjasta i lepa. Jednom, kad sam imala šesnaest*
*godina, sreli smo se u mojoj podsvesti, i obe smo imale sedam*
*ili osam godina. Bile smo na plaži, kosu nam je nosio vetar, a*
*pesak nam se lepio za bosa stopala. Mama i tata su ležali na*
*peškirima, zatvorenih očiju, sa otvorenim knjigama na grudi-*
*ma. Trčale smo po pesku, sunce nam je grejalo leđa i umovi*
*su nam bili blaženo prazni, sve dok nismo stigle do mora. A*
*onda smo prskale jedna drugu vodom i puštale da nam talasi*
*zapljuskuju noge. Prvi put te nisam jurila. Stajale smo jedna*
*kraj druge.*

*Ove godine sam imala još jedan takav san. Bila si beba,*
*bacakala si se i plakala u krevecu, a ja sam bila dete. Bile smo*
*same u kući i samo sam ja mogla da te utešim. Pružila sam*
*ruke, podigla sam te i privila uz grudi. I bila si teška i topla,*
*i opirala si se nekoliko trenutaka, gurala si mi lice ručicama*
*i gutala jecaje. Ljuljala sam te, milovala sam ti nežnu kosu*
*i šaputala ti umirujuće reči. Za minut ili dva si se umirila, i*
*gledala sam kako ti se kapci sklapaju. Nije bilo zvuka, i pre-*
*stala sam da se pomeram i samo sam te držala, udišući miris*
*sna i praška za veš. I onda sam se probudila, a ruke su mi bile*
*prazne.*
*Ezmi*

Bi je spustila pismo i uzela telefon koji je zvonio. Bio je to Adam. Zvao ju je, povremeno, a ona mu se nikad nije javljala. Iz nekog hira, prihvatila je poziv, i prinela telefon uvu. Ali nije ništa rekla.

– Bi, jesi li tu? – Usledila je pauza, i Bi ga je slušala kako diše. Čula se neka buka u pozadini, i zamišljala ga je kako sedi u nekom baru, odlučivši da je pozove posle nekoliko pića.

– Bi, Adam je. Želim da te vidim. Nedostaješ mi, jebiga.

Tragala je za zvucima pijanstva u njegovom glasu, ali zvučao je samo umorno. Usamljeno.

– Jesi li tu, Bi?

– Ovde sam.

Bi nije imala nameru da govori, i te reči su je iznenadile. Adam je uzdahnuo, dugo i glasno.

– Tako mi je drago što ti čujem glas.

– Šta želiš, Adame?

– Rekao sam ti. Želim da te vidim.

Bi je ustala i počela da šeta po svojoj maloj sobi. Pomislila je da ode kod njega, da mu dozvoli da je poljubi i dodirne. I on je njoj nedostajao. Nedostajala joj je čvrstina njegovog tela, i vrelina, i način na koji je držao ruku ispod glave dok spava i ne pomera se do jutra.

– Gde si? – pitala je.

– U nekom pabu. Jel' dolaziš? Ako dolaziš, idem kući.

– Vidimo se u tvom stanu – kazala je.

Pre nego što je Adam stigao da odgovori, Bi je prekinula vezu. I onda je bacila telefon na krevet, besna na sebe. Nije bilo prekasno da ga pozove, da otkaže. Ali nije želela. Stajala je mirno nasred svoje sobe, zagledana u reči istetovirane na koži svog ručnog zgloba. *Carpe diem.* Kad je odabrala te reči, bila je tako sigurna u sebe, tako uverena. Ali šta je to stvarno značilo? I šta je kao tinejdžerka znala o situacijama u kojima će se naći, i kako će u njima reagovati?

Bi se brzo istuširala i obukla. Pogledala se u ogledalu iz svakog ugla, pokušavajući da odredi da li joj se trudnoća vidi. Bilo je suviše rano, naravno, ali činilo joj se da se malo ugojila, kao da se malo popunila u struku. Za pripremu. Ali nije to bilo nešto što će Adam primetiti, zaključila je. Bilo je jedva vidljivo.

U metrou je sedela mirno, bez knjige, ućutkujući sumnje kako su se pojavljivale. Bilo je to kao igranje jedne od onih igara na vašaru, gde stvari iskaču a ti ih udaraš čekićem. I otkrila je da je dobra u tome.

Naspram Bi sedeo je jedan mlad par. Najviše devetnaest ili dvadeset godina. Prsti su mi bili prepleteni a lica bleda, i nisu razgovarali. Povremeno bi on podigao ruku i pomilovao je po kosi, a ona se ne bi osmehnula, ali nagnula bi glavu ka njemu prihvatajući taj utešni gest. Bi je pokušala da pogodi šta im se dogodilo. Bila je to igra koju je volela da igra. Jedno ili oboje su dobili loše vesti, zaključila je, ali nije bilo jasno da li je te vesti saopštilo ono drugo ili neko spolja. Iznenada raznežena, Bi se ponadala da nijedno od to dvoje mladih ljubavnika nije izneverilo ono drugo. Ponadala se da je tragedija došla spolja – bolest nekog člana porodice, ili razočaranje u školi ili na poslu, izdaja prijatelja. Kad je voz stigao do Biine stanice, ustala je i pogledala taj par poslednji put, istovetnu tugu u njihovim očima, i ponadala se da će se izvući iz toga.

Šetnja do Adamovog stana bila je kratka, i Bi je bila zahvalna na tome jer je vetar bio hladan, a ulice veoma mračne, uz nekoliko uličnih svetiljki koje su se naizmenično palile i gasile ili nisu uopšte radile. Bi je osluškivala korača li neko iza, ali nije bilo ničeg. Svi su bili unutra, bezbedni iza svojih prozora, s navučenim zavesama. Pomislila je na Adama, golog, u njenoj spavaćoj sobi, kako viri iza zavesa, pokušavajući da vidi kakvo je vreme. Bi ga je gledala s kreveta, diveći se pravilnim linijama i oštrim uglovima njegovog tela, upitajajući kontrast između svetle kože i crnog mastila koje je prekrivalo njen veliki deo. Osetila je bila, u tom trenutku, da se zaljubljuje u njega. I prošla su dva meseca otada, i sve se promenilo. Ali ipak, išla je kod njega, približavala se tom njegovom poznatom telu.

Pred ulaznim vratima je zastala da se pribere. Duboko je udahnula i prošla prstima kroz kosu. A onda, pre nego što je pritisnula zvono za Adamov stan na drugom spratu, vrata su se otvorila i on je stajao pred njom. Mora da je gledao kroz prozor, mora da ju je posmatrao dok je prilazila ulicom.

– Bi – kazao je.

Bilo je nečeg krhkog u njegovom glasu. Zakoračio je napred, izašavši na trotoar bosonog, i zagrlio je. A Bi se usredsredila na disanje, na udisanje njegovog mirisa, na to kako joj je prijalo da bude zagrljena. Kad ju je poljubio, nije se opirala, a kad ju je uvukao unutra, krenula je za njim. Pratila ga je uz dva niza stepenica, brzo dišući, i do njegove spavaće sobe, gde ju je nežno pribio uz vrata kad ih je zatvorio i žestoko poljubio.

– Želim te – kazala je Bi.

Imala je svoje sumnje, ali ih je ignorisala. Želela je da dozvoli sebi da veruje, na otprilike sat vremena, da je sve u redu. Taj muškarac bio je otac bebe koju je nosila, i svlačio ju je u svojoj sobi, i sve je bilo kako treba. Kad je Bi bila gola, Adam ju je spustio na uski krevet i ona se nalaktila dok ju je gledao. Nije se stidela svog tela, i volela je da je on gleda. Stojeći pored kreveta, Adam je svukao majicu preko glave, raskopčao farmerke i pustio ih da padnu na pod. I onda je legao kraj nje i ponovo ju je zagrlio.

Ljubili su se, žestoko, i ruke su im bile posvuda, i na kraju je ušao u nju i Bi je uzdahnula, dugo i glasno. Deo nje poželeo je da ga ugrize, da ga povredi, jer je znala da je ovo poslednji put, i htela je da bude sigurna da je osetio nešto, da će je zapamtiti. Umesto toga, zarila je nokte u njegova leđa kad je svršio, a kad je zaječao okrenula je glavu na stranu i osmehnula se.

Zaspali su na sat vremena, isprepletenih udova. Kad se Bi probudila, glava joj je bila oslonjena na Adamovu savijenu ruku, ali više joj nije bilo udobno. Vrat joj je bio iskrivljen, ukočen i bolan. Sela je, i njen pokret ga je probudio. Malo se promeškoljio, spustio je ruke ispod glave i osmehnuo joj se.

– Jesi li dobro? – pitao je.

– Treba da idem.

Bi je već ustala, saginjala se da pokupi svoju odeću s neuredne hrpe na podu.

– Ostani – rekao je Adam.

Ustao je i zagrlio ju je otpozadi, povukao natrag na krevet. Pali su nezgrapno, on na leđa, a ona na njega, i zavrpoljila se u malo udobniji položaj kraj njega, ali nije odmah ponovo ustala. Pogledala je po sobi. Uvek je volela Adamov stan, ali sad, u polumraku, soba mu je izgledala prljavo i ofucano. Tepih je bio gotovo ćelav, a sav nameštaj je bio nezgrapan i preveliki i rasparen. Uz jedan zid se nalazila njegova dragocena muzička zbirka. Kutije i kutije starih gramofonskih ploča. A tu i tamo neuredne hrpe knjiga. Bi je iznenada poželela da ode kući. Ne u svoj stan, nego u očevu kuću, gde je sve bilo čisto i uredno. To je bio neočekivan, iznenadan nagon, ali vrlo jak. Bila je umorna od toga da bude po ovakvim sobama. Bila je spremna da nešto promeni.

– Adame – kazala je. – Idem kući.

– Zašto? – Seo je, uzeo pakovanje cigareta s noćnog stočića i ponudio jednu Bi, pre nego što je zapalio svoju.

– Ništa se nije promenilo – kazala je. – Nije trebalo da dođem.

– Htela si da dođeš, ja sam hteo da dođeš. U čemu je problem?

Tad je Bi shvatila da mora da mu kaže. To je bila njegova beba, na kraju krajeva. Ali ideja da on bude otac bila je smešna. Nije bio spreman, zapravo, ni da bude nečiji momak.

– Trudna sam – kazala je. – Gotovo deset nedelja. Beba je tvoja. Odlučila sam da je zadržim. Ali...

Adam ju je pogledao, vidno zaprepašćen. Bi se gotovo nasmejala. Bio je kao dete, pomislila je. Išao je po gradu, imao seks kad god i s kim god poželi, retko koristeći kontracepciju. A opet se zaprepastio kad je saznao za posledice toga.

– Ali ne očekujem ništa od tebe – završila je. – Ne očekujem da budeš tata.

– Ne mogu – kazao je. – Ne mogu da budem tata. Nisam prosto spreman.

Adam se sagnuo, ugasio cigaretu u staklenoj pepeljari na podu kraj kreveta. A onda je ustao, navukao bokserice i otišao do prozora. Prekrstio je ruke na grudima, a onda je podigao roletne i otvorio prozor. Bi je osetila hladnoću gotovo trenutno i navukla je pokrivač. Iznenada, osetila se izloženo i glupo. Premestila se na ivicu kreveta, i dalje umotana u jorgan, i posegnula za svojim donjim vešom.

– Slušaj – rekao je Adam. – Jesi li sigurna?

– Jesam li sigurna u šta? – pitala je, sada ljutito.

– U sve to. Da si trudna, da sam ja otac, da želiš da ga zadržiš?

Bi se brzo obukla, leđima okrenuta ka njemu. – Ne znam šta li sam očekivala – rekla je. – Nikad ti nisam tražila da budeš deo ovoga.

– Došla si ovamo – kazao je. – Pozvao sam te da dođeš i došla si.

Bi je osetila kako joj naviru suze i naterala je sebe da napusti taj stan pre nego što poteku.

– Jebi se – rekla je. Izašla je iz sobe i zalupila vrata, uradivši isto prilikom izlaska iz stana. Preskakala je po dva stepenika, a suze su joj potekle zamućujući joj vid. Na sledećem odmorištu se gotovo saplela, i zajecala je kad se ispravila i preskočila poslednjih nekoliko stepenika. Napolju je udahnula duboko, iznenada svesna smrada ustajalog dima, koji je izašao iz stana za njom. A onda je uhvatila korak prema vozu, puštajući da joj suze slobodno teku i ne mareći ko je gleda. Poželela je ponovo da ode kući, u Sauthempton, svojoj porodici.

# 29.

## Drugi decembar 2011 – 9.636 dana kasnije

– Ezmi, moram da razgovaram s tobom – rekao je Tom.

Ezmi ga je pogledala. Sedela je za kuhinjskim stolom sa šoljom kafe i novinama. Čitavog dana bili su zajedno u knjižari i radili su i ćaskali kao obično. A sad, kad su bili kod kuće manje od sat vremena, tata joj je prišao sa zabrinutim izrazom na licu. Kršio je šake. Gledala ga je dok je prilazio prozoru, okrenuo se, i vratio se do stola i spustio ruke na stolicu naspram nje.

– Šta je bilo, tata?

Ezmi je osetila hladan nalet straha. Da li je bolestan? Kad je bila dete, nakon što je izgubila majku, Ezmi se uvek brinula da će se tata razboleti i umreti, da će ona i Bi ostati sasvim same. Nekoliko godina nije pomišljala na to. Ali on je stario, naravno. Imao je gotovo šezdeset. Zar nisu rak i srčani problemi češći u tim godinama? Zar ne čitaš stalno o takvim stvarima? Ezmi se nakratko setila Sajmonove mame, sličnih godina, koja je umirala od raka. Naravno, Ezmi je znala da ljudi mogu da umru u bilo kojim godinama. Ako ju je život ičemu naučio, to je bilo to.

– Tata, plašiš me – rekla je. – Molim te, reci mi.

Namrštio se i seo. – Plašim? – pitao je. A onda je izgleda shvatio. – O, izvini. Sve je u redu, stvarno.

Ezmi je duboko uzdahnula i nesigurno se osmehnula. Bilo joj je nezamislivo da ga izgubi. A opet će jednog dana morati da se suoči s tim. Ezmi je odgurnula tu misao što je dalje mogla i nakrivila glavu u stranu, spremna da čuje to što otac ima da kaže.

– U poslednje vreme sam razmišljao... – kazao je tiho.

Ezmi je morala da se nagne kako bi čula njegove reči, ali nije mu rekla da govori glasnije.

– O tebi i meni, o Marijani, i Bi i njenoj bebi i knjižari. Pokušavao sam da pronađem najbolje rešenje za sve. I mislim da ga još nisam pronašao. Ali jednu stvar sam odlučio. Spreman sam da se penzionišem.

Ezmi je bila iznenađena, ali sakrila je to najbolje što je mogla. Čitavog njenog života otac je voleo tu knjižaru. Voleo je činjenicu da mu je davala slobodu, značila je da ne mora da radi ni za koga, da može da bude svoj šef i određuje svoje radno vreme. Koristio ju je da pobegne od teškoća, da se skriva u njoj. Ezmi je naučila da radi to isto. Tamo je nalazila sklonište, utehu, sigurnost. Nikad nije razmišljala da bi taj dan mogao da dođe.

– Ne želim da se brineš – kazao je Tom. – Znam koliko voliš to mesto. Biću srećan ako nastaviš da ga vodiš, ako tako želiš. A s vremenom, možeš da ga otkupiš od mene, da ga učiniš stvarno svojim.

Ezmi je razmišljala o tome. Nastaviće da stoji iza tog pulta, ali s jednom velikom razlikom. Ona će biti glavna. To će biti njena knjižara, njene odluke, njene knjige. Bilo je to izazovno. Ali znala je i da prodaja opada, da onlajn trgovina ubija slične knjižare svakoga dana. Računovodstvom se uvek bavio njen tata, ali ona je znala dovoljno.

– Dozvoli mi da razmislim o tome – rekla je.

– Jesi li ljuta? Zbog toga što odustajem? – Tom ju je molećivo pogledao u oči.

– Naravno da nisam – rekla je. – Vredno si radio. Vreme je da se odmoriš.

Ezmi se vratila svom prvobitnom strahu, za njegovo zdravlje. Nijedno od njih nije znalo koliko mu je života ostalo, naravno, a poslednje što je Ezmi želela jeste da on radi i radi sve dok ne bude star i slab. Na kraju će raditi u knjižari sama, ili će otići i raditi nešto drugo. A ona nikad nije radila ništa drugo. Nije znala šta bi drugo mogla da radi. Oprezno se uzdržala od pitanja i zabrinutosti, i pružila je ruke preko stola i uhvatila očeve.

– Hvala, Ez – rekao je. – Nikad nisam želeo da te uznemirim. Znaš to, zar ne?

Ezmi je klimnula glavom. Znala je to. Iznenada se setila onog dana kad je zatekla majčino telo. Često je razmišljala o tome, i prestala je da se bori protiv toga. Otac ju je poneo uza stepenice, a ona se sećala kako je bila utonula svom težinom uz njegovo telo, sa osećajem da nikada više neće moći da nosi vlastitu težinu. Pogledala je preko njegovog ramena dok je hodao stepenicama, oprezno i polako. Kroz otvorena vrata dnevne sobe i dalje je videla majčine blede, bose noge na cvetnoj sofi. I znala je da je to poslednje što vidi od nje. I znala je, takođe, da će tata raditi sve što je u njegovoj moći, do kraja njihovih života, da je usreći. Jer ona je izgubila sve druge, i ostao joj je bio samo on. On i beba Bi.

Drhteći, Ezmi je odagnala tu uspomenu i ustala.

– Hvala ti što si mi rekao, tata – kazala je. – Sve je u redu, stvarno. Samo idem gore da telefoniram, a onda bih mogla da nam spremim večeru. Špageti bolonjeze?

Bilo je to jedno od tatinih omiljenih jela, i nisu ga jeli neko vreme. Ezmi mu se osmehnula, želeći da on klimne glavom i kaže da. Htela je da on bude srećan, shvatila je. To je sve što je ikad želela za njega. Baš kao što je to sve što je on ikada želeo za nju. I tako su se zaglavili zajedno, kod kuće i na poslu, očajnički se trudeći da olakšaju stvari onom drugom.

– Divno – rekao je. – Pomoći ću ti.

Ezmi je otišla do svoje sobe i zatvorila vrata pre nego što je okrenula Sajmonov broj. Kad se javio, osmehnula se na zvuk njegovoga glasa, i setila se poljupca od prethodnog vikenda. I poželela je da je on tu, lično, a ne na drugoj strani veze. Ali zapravo, bilo joj je drago što je uopšte bio tu.

– Kako ti je mama? – pitala je.

Sajmon je uzdahnuo i jedan dug minut nije ništa rekao.

– Izgleda da joj je ugodno – rekao je napokon. – I uzbuđena je što je stigao decembar. Želi da doživi i Božić. Vratiću se kući narednog vikenda. Možda biste vas dve mogle da se vidite?

Ezmi je morala da sakrije iznenađenje po drugi put. – Ja? – upitala je glupavo.

– Da, ti. Dobro je za nju da vidi nova lica, to joj pomaže. Seća te se, naravno. Pomenuo sam te poslednji put.

– Da li si joj rekao za... ono što se dogodilo? – pitala je.

Sajmon je ponovo ćutao, a kad je progovorio, zvučao je zbunjeno. – Za poljubac? – upitao je.

– Ne! Za ono iz detinjstva.

– O! Naravno da nisam.

– Dobro – rekla je Ezmi. – Rado ću doći.

A onda je ispričala Sajmonu o razgovoru sa ocem. O mogućnosti da proda knjižaru, a ona da traži posao.

– Iskreno, mislim da je to sjajna prilika – kazao je Sajmon kad mu je sve objasnila. – mislim da si radila tamo samo zato što nisi želela da on bude sâm. Sad si slobodna da radiš šta god želiš. Šta si želela da radiš, kad si bila mlađa?

Ezmi se zamislila, pokušala je da dočara sebe iz detinjstva. Ali videla je samo dve slike – ona kako grize Sajmona za vrat, i oca koji je nosi uza stepenice nakon majčine smrti.

– Ne znam.

– Pa, počni da razmišljaš. Možeš da odeš na neku obuku, ili da se doškoluješ. Možeš da uradiš bilo šta.

Ezmi je razmišljala o tome. Dok je studirala, poigravala se idejom da postane nastavnica engleskog. Ljubav prema knjigama bila joj je u krvi, i mislila je kako bi bilo divno da može to da podeli s mladima, kao što su neki od njenih omiljenih nastavnika to podelili s njom. A kasnije, kako je pričala o svojim problemima s raznim psihijatrima, razmišljala je da ode na obuku za terapeuta. Da nauči kako da pomogne ljudima poput sebe, koji su skrhani. Da nekako tu svoju skrhanost iskoristi za nešto dobro.

– Hvala, Sajmone – rekla je. – Moram sad da idem.

– Dobro, zvaću te sutra.

Nije bila sigurna kad su počeli da razgovaraju svakog dana, ali sviđalo joj se to. Sviđalo joj se da zna da će, šta god da se dogodi, on uveče hteti da je sasluša. Ezmi je pogledala na sat i videla da je tek malo posle šest. Večera može da sačeka još malo, odlučila je. Prvo će napisati još jedno pismo za Bi.

*Draga Fibi,*

*Tog leta, tvog poslednjeg, proveli smo odmor u jednom bungalovu u Velsu. Putovanje kolima kao da je trajalo danima, a* tvoji koščati laktovi boli su mi rebra i kiša se slivala niz pro-zore. Mama je vozila, nagnuta napred da bi se usredsredila, a tata je sedeo glave okrenute ka nama, s pričama na usnama.

Rekao nam je da zamislimo nebo puno zvezda, levo i de-sno, gore i dole. Toliko mnogo zvezda da kad bi počeo da ih brojiš tog dana, ne bi to završio ni za sto godina. Gledala si ga začuđeno. Ali ja sam čula tu priču i pre. Bila sam razočarana kad ju je počeo, nadajući se nečem novom, ali bilo je još bolje gledati tebe kako je slušaš prvi put.

Rekao nam je da svake noći zvezde idu na posao; da je njihovo zaduženje da osvetljavaju mračno nebo. Jedne noći, jedna zvezdica nije želela da sija. Bila je mlada i želela je da radi nešto drugo, nešto zabavnije. I zato je otišla da se igra i nije uopšte sijala te noći. Ali sutradan ujutro, kad su sve zve-zde prestale da sijaju i spremile se da pođu kući, glavna zve-zda je pozvala sve i održala ozbiljan govor. Glavna zvezda je rekla da jedna od zvezda nije uopšte sijala te noći, i zbog toga je jedan dečak u Švedskoj imao noćne mòre. Rekla je da iako ponekad izgleda da niko to neće primetiti, svaka zvezda sija da bi zaštitila san nekog malog dečaka ili neke male devojčice negde u svetu. Zvezdica nije znala to. Rasplakala se i priznala da ona nije sijala. I otad je ozbiljno shvatala svoj posao, tako da taj dečak iz Švedske nikad više nije imao noćne mòre.

Zakikotala si se, a tata te je pomilovao po kosi. Gleda-la sam te kako se odmičeš od njegovog dodira, osmehujući se. Kad je tata zaćutao, mama je skrenula pogled s puta, na trenutak, da ga pogleda. Nisam to tad prepoznala, ali i sada mogu sebi da dočaram taj pogled. Bila je to sreća. Bila je to ljubav.

Pitala si ga kako da znaš koja je zvezda tvoja, a tata je rekao da ne možeš biti sigurna, ali ako se dobro zagledaš, tvoja zvezda bi mogla da ti namigne. Mama se nasmejala, i nekoliko minuta kasnije, stala je ispred bungalova i ušli smo unutra, držeći torbe iznad glave, da ne pokisnemo.

# 30.

## Sedmi decembar 2011 – 9.641 dan kasnije

*Kiša je padala čitave nedelje. Pljuskali smo po lokvama u gumenim čizmama kad god izađemo, ali uglavnom smo ostajali unutra, igrajući karte i izmišljene igre. Mama i tata su čitali knjige dok smo mi igrale beskonačne partije tača, jer si bila suviše mala da bi razumela druge igre koje sam ja znala. Kad bi nam bilo dosadno, vukle smo tatu za rukav dok ne bi zastenjao, zatvorio knjigu i pristao da nam priča priču, ili nam donese sok i keks.*

*Ako bih morala da odaberem neko vreme kad smo bili najsrećniji, mislim da bih odabrala taj godišnji odmor. Sećam se trenutaka, zaleđenih u vremenu kao fotografije. Mama kako ti plete kosu pored prozora naše spavaće sobe. Tata kako izlazi da kupi nešto za ručak, oborene glave da bi se zaštitio od pljuska. Ti kako sediš prekrštenih nogu ispred malog televizora, dok ti šareni likovi iz crtaća promiču pred očima. Mama kako se presamitila od smeha, držeći se za stomak, kao da trpi bolove. Ne sećam se šta ga je izazvalo. Samo tog zvuka. Njegovog radosnog zvona. Neobuzdane sreće. Mislim da je to bilo zbog tebe. Ti si to izazvala.*
*Ezmi*

Bi je hodala po sobi, prisećajući se godišnjih odmora. Bilo je čudno početkom decembra misliti o suncu. Dve nedelje na suncu na jugu Francuske, povremeno nedelja u Devonu i Kornvolu. Ona i Ezmi, i njihov tata. Kofice i lopatice i peškiri za plažu bačeni da ih oslobode od peska. Šećerna vuna i klubovi za decu, crtanje prstima i žarenje meduza zbog kojeg je plakala od bola. Uživala je u tome, zar ne? Zar nije bila srećna što je daleko od kuće i pliva u moru s porodicom? Jeste. I nikad nije imala osećaj da joj je nešto nedostajalo na tim putovanjima, sve dosad.

Bi je zatvorila laptop, odlučivši da posao može da sačeka. Otišla je u kuhinju, uključila kuvalo. A onda je osetila to. Oštar, jak bol u donjem stomaku. Instinktivno se nagnula napred i obavila ruke oko stomaka. A onda opet, ovog puta oštrije. Polako se vratila u spavaću sobu i legla na krevet, na levi bok, sklupčanog tela, gotovo kao fetus. Zatvorila je oči. Ako zaspi, mislila je, to se neće dogoditi. Neće izgubiti bebu.

Sat je prošao i Bi se nije pomerala. Bila je prilično sigurna da krvari, ali bila je suviše uplašena da ode u kupatilo i proveri. Pomislila je na svog oca i Ezmi, na to kakvi će im biti izrazi lica kad im saopšti vesti. Da više nema bebe. Njen tata će se trgnuti kao da ga nešto boli, znala je. A Ezmino lice će se kratko trznuti, blesak tuge, pre nego što povrati kontrolu. Ova beba je bila prva dobra stvar koja se dogodila njihovoj porodici nakon dugo vremena, shvatila je. Ako je ne bude, šta će se dogoditi s njima?

Neko vreme Bi je lebdela na ivici sna. Sanjala je brze, vrlo jasne snove, o Adamu, o sebi kao majci, o bolnicama s belim zidovima i bučnim odeljenjima, o Fibi. A onda se probudila, a san o Fibi ju je i dalje vukao iz nekog kutka mozga, zahtevajući njenu pažnju. Nekako je, u jednom trenutku, njen mozak pobrkao stvari, pomešao bebu koju je nosila sa sestrom koju nije upoznala. *Ako ova beba preživi*, odlučila je u sebi, *i ako bude devojčica, zvaće se Fibi.*

Nije bila sigurna koliko je prošlo dok nije ustala, pomalo nesigurno, i otišla do kupatila. Bilo je malo krvi na donjem vešu, ali manje nego što je strahovala. Iznenada osećajući hladnoću, sela je na pod pored radijatora i izvadila telefon iz džepa. Ako pozove Džuliju, ona će se bez sumnje vratiti kući i pobrinuti se za nju. Ako pozove tatu ili Ezmi, oni će sesti u voz, ako ih zamoli. A šta je sa Adamom? Da li će se on javiti? Ako se javi, hoće li imati saosećanja? Nešto ju je mučilo, i dok je razmišljala o Adamu shvatila je šta je to. Postojala je mogućnost da ljudi kažu kako je ovo dobro, zapravo. Kako je to sreća u nesreći.

Bi je ustala i vratila se u spavaću sobu. Odlučno je pregledala papire na svom stolu, pisma od Ezmi i neotvorene izvode iz banke, sve dok nije pronašla spisak telefona koje joj je doktorka dala. Na vrhu spiska, podebljanim ciframa, bio je ispisan broj koji zoveš ako želiš da popričaš s babicom. Bi ga je unela u svoj telefon i sela, laktovima oslonjena na sto, dok je čekala da se neko javi.

– Opštinska babica, izvolite?

– Dobar dan – rekla je Bi. – Zovem se Bi Sedler. U jedanaestoj sam nedelji trudnoće. Imam bolove i malo krvarim, i ne znam šta da radim.

Bi se iznenadila koliko je smireno zvučala. Kao da je govorila o nekom drugom, ili nečem beznačajnom. Duboko je udahnula, nesigurno izdahnula, i slušala umirujući babičin glas.

– Bi, ja sam Džesika. Pokušajte da se ne brinete. Možete li mi opisati kakav je bol?

– Kao grčevi od menstruacije, ali malo oštriji.

– Dobro, da li ima mnogo krvi ili samo nekoliko tačkica?

Bi je zažmurila. – Ne mnogo, ali malo više od tačkica.

– Dobro, evo šta ćete uraditi. Pozovite svog lekara i zatražite hitan pregled. Lekar će vas pregledati i postaviti neka pitanja, a ako bude potrebno, poslaće vas u najbližu bolnicu, na odeljenje za vođenje trudnoće. E sad, da li je neko s vama?

– Nije.

– U redu. Mislite li da možete sami da odete kod lekara?

– Da, nije daleko.

Bi je osetila kako joj se jedna suza sliva niz levi obraz. – Mislite li da ću izgubiti bebu? – pitala je.

Usledila je pauza, i na trenutak je pomislila da je Džesika otišla, i htela je da povuče pitanje koje je postavila i vrati se na ta jasna, jednostavna pitanja i uputstva.

– Ne mogu da vam odgovorim na to, Bi. Ali najverovatnije nema razloga za brigu. Samo moramo da budemo sigurni.

Bi je bespomoćno klimnula glavom, a onda je prekinula vezu. Kasnije, kad je pozvala lekara i krenula tamo, shvatila je da joj se nije zahvalila. I bilo joj je žao, jer je žena bila ljubazna, i strpljiva, upravo ono što joj je bilo potrebno.

Lekar uopšte nije bio takav. – To verovatno nije ništa – kazao je, slegnuvši ramenima. – Hajde da pogledamo. Možete li da odete iza zavese, svučete farmerke i donji veš i navučete ogrtač?

Bi je slabašno klimnula glavom i pokušala da ponavlja njegove reči u glavi, jer se brinula da će zaboraviti nešto što joj je rekao. Bilo je malo hladno u ordinaciji, i podrhtavala je dok je svlačila farmerke. Zatvorila je oči kad je legla na tvrd sto, pokušavajući da misli o drugim stvarima dok ju je doktor pregledao, i odgovarala je jednosložnim rečima na njegova pitanja.

– Dobro – rekao je, malo kasnije. – Možete da se obučete. A onda ćemo porazgovarati.

Izašao je iz ordinacije i Bi je navukla odeću koju je nemarno bacila na plavu plastičnu stolicu pored. Da nije ništa, pomislila je, rekao bi joj to. Osetila se umorno, iznenada, previše umorno da priča o načinima na koje bi telo moglo da je izneveri i stvarima koje bi mogle da krenu loše s bebom, koje bi vodile samouništenju. Kad se lekar vratio u ordinaciju, sedela je kraj njegovog stola, stisnutih šaka, spremna da čuje najgore. Prvi put ga je pažljivo pogledala. Imao je oko četrdeset pet godina, pretpostavljala je, prosede kose i punačak. Pitala se koliko mu je žena došlo ovako, skrhano. Pitala se koliko je puta morao da kaže te reči.

– Dobro – kazao je, pomerajući stolicu na točkićima i sedajući. – Jeste li zakazali ultrazvuk?

– Sledeći petak – rekla je Bi.

– Odlično. Dobro, stvarno mislim da nema razloga za brigu. Malo krvarenja nije neuobičajeno, a često ne znamo uzrok. Naravno, to može biti rani znak pobačaja, ali u tom slučaju ništa ne možemo da uradimo. Predlažem vam da odete kući, opustite se i čekate ultrazvuk. A pošto je sve normalno, videćete da je sve u redu.

Bi se osećala kao da je ispod vode. Nije baš mogla da razazna šta on govori, niti da ga razume.

– Možda ne izgubim bebu?

Doktor je nakrivio glavu. – Nema garancija, ali mislim da neće doći do toga. Ali pozovite hirurga ili svoju babicu ako se krvarenje pojača, ili ako je krv svetlija.

– A šta je s grčevima?

Slegnuo je ramenima, a Bi je videla perut na ramenima njegovog teget džempera. Htela je da ga protrese, da mu kaže kako je to najvažnija vest u njenom životu. Kako on mora makar da se pretvara da mari. – Ponavljam, pratite situaciju. Obavestite nas ako se stvari pogoršaju. Uzmite dva paracetamola i možda će bol prestati.

Kad se vratila kući, Bi je obukla flanelsku pidžamu i ponela termofor u krevet. Setila se dana kad je uradila test na trudnoću, na to kako se osećala nesigurno. Prošlo je mesec dana, ali izgledalo je kao godina. Za to vreme prihvatila je činjenicu da će roditi bebu, da je izgubila Adama, a tog jutra je bila uverena da je sve gotovo. Bilo je nemoguće verovati da je tog dana, dok je sedela na ivici kade, želela da test bude negativan. A sad je pomisao na gubitak bebe bila dovoljna da je razori.

Uzela je telefon pored kreveta, pozvala tatin i Ezmin kućni broj.

– Halo? – Ezmin glas je bio tih, pomalo oprezan.

– Bi je. – Bi je osetila da će se rasplakati, a nije bila sigurna zašto. Samo je znala kako joj je drago što čuje sestrin glas preko telefona.

– Zdravo, Bi, šta ima?

Bi je razmotrila da ispriča Ezmi o svom danu. Nameravala je da uradi to kad je uzela telefon, ali sad nije bila tako sigurna. Još je postojala šansa, napokon, da će se sve raspasti. Lekar je rekao da bi mogla da pobaci. Nije mislio da hoće, ali postojala je mogućnost.

– Htela sam da te zamolim za uslugu – rekla je, ne razmišljajući pre nego što je izgovorila te reči. – Sledećeg petka imam ultrazvuk nakon dvanaest nedelja. Hoćeš li da pođeš sa mnom?

– Naravno – rekla je Ezmi. – Bi, ne moraš to da radiš sama, u redu? Samo mi kaži kad i gde, i doći ću.

Bi se malo podigla na jastucima i zatvorila oči prepune vrelih suza. – Hvala ti – kazala je, gutajući knedlu.

I kao da je znala da je Bi teško da govori, Ezmi je nastavila razgovor, upoznajući Bi s tatinim planovima za penziju i svojim razmišljanjima o vođenju knjižare ili promeni karijere. Pričala je o tome koliko želi da nekako pomaže ljudima. I Bi je držala telefon kraj uveta, samo napola slušajući, ali zato ništa manje zahvalna na utešnom zvuku sestrinog glasa.

# 31.

## Dvanaesti decembar 2011 – 9.646 dana kasnije

Bio je ponedeljak popodne, i Ezmi je bila sama u knjižari. Tog jutra, kad ju je tata pitao da li bi imala nešto protiv da on uzme slobodan dan, bila je pomalo iznervirana, ali kako je dan odmicao, postala je zahvalna na samoći. Kupci su stalno ulazili, uglavnom tražeći božićne poklone, a između njih razmišljala je o svojim planovima za budućnost.

Provela je veći deo vikenda sa Sajmonom, i tokom duge šetnje po parku, dozvolio joj je da priča o stvarima koje bi mogla da uradi. Nakon što je sve ispričala, i pitala ga šta misli, uhvatio ju je za ruku i poljubio i rekao joj kako misli da ona već zna šta želi, duboko u sebi. Te noći, u krevetu, pitala se na šta je mislio, pomalo ozlojeđena što se nedovoljno uključio. Ali kad se probudila u ponedeljak ujutro, sve je izgledalo malo jasnije, a do popodneva je bila sigurna.

Ezmi je izvadila telefon iz džepa i poslala Sajmonu poruku.

*Biću terapeut. I pronaći ću svoj stan.*

Nekoliko minuta kasnije, telefon je zazujao od njegovog odgovora.

*Znam.*

Sad kad je odlučila, jedva je čekala da počne. Potražila je na internetu kurseve za terepaute u okolini. Većina njih je počinjala tek za nekoliko meseci, ali čitala je o stvarima koje može da radi u međuvremenu, da bi imala više stavki u prijavi. Dobrovoljni rad na telefonskim linijama za pomoć ljudima u nevolji – žrtvama porodičnog nasilja, ljudima koji tuguju, onima koji razmatraju samoubistvo. Ezmi je skrenula pogled s kompjutera, pogledala redove knjiga i pomislila na svoju majku. Kako je njoj bila potrebna pomoć, a niko to nije znao.

A onda se oglasilo zvono iznad vrata i Ezmi je videla tatu kako ulazi u knjižaru. Imao je na sebi svoj debeli kaput i pružio je ruke izvan knjižare da istrese mokar kišobran. Ezmi je primetila da mu šal izgleda staro i ofucano, i podsetila je sebe da mu kupi nov. Prišao je do pulta, spustio ruke na ivicu. Bile su crvene od hladnoće i vetra.

– Da li se nešto dogodilo? – pitao je.

– Bilo je prilično mirno – kazala je Ezmi. – To je zbog vremena.

– Hajde da zatvorimo.

Ezmi ga je iznenađeno pogledala. Tokom godina, bilo je perioda s manjom ili većom prodajom, vremena kad je izgledalo da svi samo razgledaju, vremena kad zvono nije zvonilo satima. Ali bili su strpljivi, Ezmi i tata. Sređivali su police, smišljali zanimljive postavke u izlogu, pozivali pisce da čitaju i potpisuju primerke svojih knjiga. Vadili su knjige s polica i čitali ih, sedeći za pultom ili u pomoćnoj prostoriji. Nisu zatvarali. Ali ako se sve ovo bliži kraju, mislila je Ezmi, zašto da ne? Ako će knjižara biti prodata, kakve veze ima jedno popodne?

Kad su zaključali i seli u kola, Tom nije upalio motor. Ezmi ga je pogledala, znajući kako pokušava da nađe najbolji način da kaže nešto. Nije ga požurivala. Krupne kišne kapi padale su na vetrobransko staklo, a Ezmi je čekala.

– Želim da te odvedem nekud – rekao je napokon.

– U redu.

Vozio je gledajući put, bezizraznog lica. Ezmi je gledala kroz prozor ulice koje je poznavala i jedva ih primećivala. A onda su izašli iz centra grada, i ulice su bile manje poznate, i Ezmi je osetila kako joj se želudac grči, a nije znala zašto.

Ali naravno da je znala. Bilo je očigledno, zar ne? Čim se tata zaustavio ispred krematorijuma, Ezmi je ponovo imala sedam godina. Na sebi je imala crnu haljinu koja ju je grebala i debeo džemper koji više nikad nije videla. Bila je sa oba roditelja, i bilo joj je više žao nego što je ijedno od njih znalo. Glasno je uzdahnula.

– Nikad nisam bio ovde nakon tog dana – rekao je tata. – A ti?

Ezmi je odmahnula glavom, ne mareći što plače.

– Vreme je – rekao je.

Otvorio je vrata i izašao iz kola, na pljusak. Ezmi je uradila isto. Imala je kišobran u torbi, ali nije ga izvadila i otvorila. Samo je pustila da kiša pada na nju dok je hodala sa strane kola da se sastane s tatom ispred njih. Pružio joj je ruku, dozvolila mu je da je uhvati, iznenađena toplotom njegove kože. Zajedno su hodali do zadnjeg dela zgrade, do malog urednog rozarijuma pozadi. Ezmi je osetila kako je otac vuče za ruku idući napred. Iznenadila se što je otišao pravo do Fibine kasete, nakon toliko godina. Istovremeno, nije bila začuđena. Tražio je svoju ćerku. Naravno da je znao gde će je naći.

– Bi zna – kazala je Ezmi. – Za Fibi. Rekla sam joj sve. Stvarno mislim da je to ispravno.

Tata nije ništa rekao, samo se zaustavio i pogledao pravo preda se. Ezmi je pratila njegov pogled. Neke kasete bile su ukrašene svežim cvećem. Fibina kaseta bila je gola, samo s belim krstom i ispisanim imenom i datumima rođenja i smrti. Ezmi se zagledala u te datume, s razmakom od nepune četiri godine. Zamišljala je ostale ljude koji dolaze da posete svoje rođake, kako pokazuju na tragediju male devojčice koja je umrla s tri godine. Neko vreme, možda minut ili sat, Ezmi i tata stajali su jedno kraj drugog na kiši. Kad je on zajecao, uhvatila ga je za ruke svojim hladnim rukama.

– Idemo – kazala je.

To je bilo dovoljno. To je bilo previše. Kad su se vratili kući, svako je otišao na svoju stranu. Ezmi u svoju sobu, tata u svoju. Svukla je mokru odeću i obukla staru pidžamu, sela za sto. I ubrzo je počela da piše. Pisala je stvari koje je odlagala, stvari o kojima je ćutala dvadeset šest godina. Poslednji deo slagalice.

*Draga Fibi,*
*Čula sam da ima spokojstva u utapanju, ako se ne bacakaš i ne opireš, kad ti voda jednom ispuni pluća. Ali ne mogu da znam da li si se i ti tako osećala.*

Volela sam te i mrzela podjednako. A sada se sva ta mržnja okrenula prema meni, i ne znam šta da radim s njom. A ljubav? Otišla je s tobom, pretpostavljam. Odrekli smo je se i spalili je tog sparnog letnjeg dana.

Noć uoči tvoje sahrane nisam mogla da spavam. Ležala sam zatvorenih očiju, trljajući Bibi, pitajući se kako bih mogla da te vratim. Šta ako bih ja bila ta koju bi sahranili? Da li bi mogli da te vrate ako bi se odrekli mene? Nisam znala kako to funkcioniše, nisam znala kakva su pravila, i postoji li način da se zaobiđu. Nisam znala koga da pitam.

Razgovarala sam s tobom svakog dana otkako se to dogodilo. Tata je rekao da si mrtva i da te više nikad neću videti, ali nije rekao ništa o razgovoru. Počela sam da zaboravljam zvuk tvoga glasa i stvari koje si govorila. I tako sam pričala, u svojoj glavi, nekako shvatajući da mama i tata ne bi to odobrili. Govorila sam ti sve što sam mogla da smislim: šta smo radili i koliko mi je žao i da nam nedostaješ. Uprkos onom što je tata rekao, zamolila sam te da se vratiš, ako možeš.

Ja sam bila kriva za tvoju smrt i znala sam da me ništa neće iskupiti ako ne uspem da te vratim. I obećavala sam ti svašta – svoje stvari, svoje vreme. Obećala sam ti sve, i čekala pomalo nestrpljivo na tvoj odgovor.

Sad kad ti govorim ove istine, moram da ih kažem sve. Fibi, postojao je mali, grozan deo mene kome je bilo drago. Pokušala sam da mu ne dajem prostora, uplašena da će se ukoreniti i porasti, ali bio je tu. Mrzela sam ga, taj ružni deo mene koji je pomislio da ću sad ponovo imati majku za sebe. Koji je verovao, naivno, da će mi se ona vratiti.

Te noći bilo je već kasno, a san mi nije dolazio. Pokušala sam da pogodim koliko vremena je prošlo otkako sam otišla na sprat. Izgledalo mi je kao da su prošli sati. Previše da ih izbrojim. A opet, kad sam ustala iz kreveta i pomerila zavese, nije bilo ni traga svitanju. I onda sam čula to. Pokrete i glasove u prizemlju. Usred noći. Mama i tata su bili budni.

Znala sam da je sutrašnji dan važan, čula sam reč „sahrana" u bezbroj ozbiljnih razgovora, ali nisam znala šta to znači i nisam se usudila da pitam. Tiho sam sišla u prizemlje i sela na donji stepenik, naslonivši glavu na zid. Vrata dnevne sobe bila su otvorena, i s tog mesta nisam mogla da ih vidim, niti su oni mogli da vide mene, ali ako se napregnem, mogla sam da čujem šta govore.

Pričali su o sahrani. Mama je mislila da ne treba da idem; tata je insistirao da idem. Mislio je da će možda kasnije zažaliti zbog toga, ako me ostave kod kuće. Da je to faza žaljenja kroz koju moraš da prođeš. Ali mama je stalno ponavljala da imam sedam godina, da ne razumem.

Mora da sam zaspala na stepenicama, jer kad sam se probudila ujutro, bila sam u svom krevetu, uredno pokrivena. I pokušala sam da se setim kad su me odneli na sprat, mislila sam da mogu. Tatine jake ruke i njegov dah u mom uvu. Ali nemoguće je znati da li je to bilo pravo sećanje ili ono koje sam stvorila, sastavila od svih onih prilika kad me je dizao i nosio. Pokušala sam da pronađem utehu u činjenici da me nisu ostavili tamo, prekoračili preko mene i otišli na sprat. Pokušala sam da pronađem utehu u načinu na koji me je neko stavio u krevet i pokrio.

Za doručkom smo ćutali. Želela sam da znam ko je pobedio, i proklinjala sam sebe što sam zaspala. Da li će me ostaviti kod kuće ili ću ići s njima? Nisam znala šta me je više plašilo.

Mama i tata su jedva pipnuli hranu, i osetila sam krivicu što sam gladna. Dok su oni nevoljno grickali tost, pokušala sam da jedem tiho. I odgurnula sam činiju u kojoj je ostalo nekoliko pahuljica i malo mleka, da pokažem kako to utiče i na mene.

Tata je pitao da li razumem da je danas Fibina sahrana. Malo sam poskočila kad sam mu čula glas. A onda sam klimnula glavom. Mama je izašla iz kuhinje i čula sam je kako se penje uza stepenice. Znala sam, na osnovu toga, da je tata isterao svoje. Ići ću s njima. Pitala sam se šta to znači. Objasnio mi je da idemo da se oprostimo od nje, i da će biti vrlo tužno. Progutala sam tada više suza i bola i krivice nego što bi ikada trebalo da bude u telu jedne sedmogodišnjakinje.

# 32.

## Šesnaesti decembar 2011 – 9.650 dana kasnije

Na zadnjem sedištu kola, sedela sam između mame i tate, a nijedno me nije dodirnulo, i nisu dodirnuli jedno drugo. Želela sam da ih uhvatim za ruke, ali nisam mogla. Kako da pokušam da ih utešim kad je to bila moja krivica? Ostali smo zatvoreni svako sa svojom tugom, i pokušala sam da ne gledam kola ispred, u kojima je ležao tvoj mali mrtvački sanduk.

Nisam mogla da nateram sebe da poverujem da si unutra. Htela sam da znam šta imaš na sebi, i da li ti je neko očetkao kosu. Jer samo je mama mogla da te četka bez plakanja, kad je bila sva zamršena od igranja napolju. Prostor je bio premali, suviše mračan sa zatvorenim poklopcem. Htela sam da ih zamolim da zaustave kola, da podignu poklopac kako bih mogla da te vidim, da ti pomognem da izađeš. A onda je iskrslo to sećanje, i mada sam se borila protiv njega, odvijalo se iza mojih spuštenih kapaka.

Fibi, imala si tri godine. Ja šest. Mama nam je rekla da se igramo na spratu dok ona spremi večeru, i otvorile smo kutiju s kostimima, vadile haljine i perike i probavale mamine stare cipele. Postojala je jedna svetlucava plava haljina koju smo obe htele da obučemo, a ti si mi je otrgla iz ruku. I osetila sam kako se cepa, i pobesnela sam na tebe.

Rekla sam ti da te mrzim. Rekla sam to polako i promišljeno. Rasplakala si se, glasnim jecajima koji su zaostali iz vremena kad si bila beba, i mama je viknula pitajući šta se dogodilo. Povikala sam da se igramo, mrko sam te pogledala, stavljajući ti do znanja da ćeš mi platiti ako mi budeš proti-vrečila. Ćutala si.

Uzela sam gomilu odeće iz starog drvenog sanduka, i bacala sam je po podu dok ga nisam ispraznila. Naredila sam ti da uđeš tamo.

Odmahnula si glavom, tamna kosa ti se pomerala oko lica a suze su ti još kapale s brade na tepih.

Uzela sam klovnovsku masku sa hrpe na podu, i stavila sam je. Glas mi je zvučao duboko i preteći, i rekla sam ti da uđeš.

Ovog puta si me poslušala. Ušla si, i znala sam koliko si uplašena, srce ti je udaralo kao ludo, i osećala sam se moćno. I to mi se sviđalo.

Gledala sam ti lice dok sam zatvarala poklopac, polako. Nijedna od nas nije ništa rekla, ali ti nisi zatvorila oči. Gledala si me, pobrinula si se da znam koliko sam surova, videla si koliko sam uživala. Izbrojala sam do deset pre nego što sam te pustila, i kad sam uradila to, projurila si kraj mene i strčala dole kod mame. I čekala sam da me pozove i da me kazni, ali to se nikad nije dogodilo. Fibi, čak i kad sam bila grozna, ti si mi bila odana.

Nikad neću saznati koliko si se uplašila tog dana. Da li sam te nekako oštetila. Ili zašto sam se osećala tako divno što sam te uplašila, što sam te kontrolisala. Tog dana, na tvojoj sahrani, prošla sam kroz ceo taj događaj i zaključila da sam sigurno kvarna. Kao ona jaja koja mama baci bez razmišljanja kad nešto mesi.

A sad? I dalje ponekad verujem u to. I dalje verujem da je to trebalo ja da budem, da ležim zarobljena u tom sanduku, a ti da sediš između mame i tate, dajući im razlog da nastave.

Prostorija je bila puna ljudi, i imala sam taj lepljivi osećaj koji imaš kad svi uđu sa kiše i počne sve da se zagreva. Kišobrani su kapali i kaputi su otresani. Svi su gledali u nas kad smo ušli. Oči su im bile tužne zbog onog što nam se dogodilo, ali kad bi mene pogledali, oči su im govorile da i oni znaju.

Njihove oči su mi potvrdile ono što sam već znala. Da je trebalo to ja da budem.

Sveštenik je pričao o tebi kao da te je poznavao, i zbunjeno sam pogledala tatu. Nikad nisam videla tog čoveka. Kako te je poznavao? Ali tata me nije gledao. Sedeo je vrlo mirno i čvrsto mi je stezao ruku. Previše čvrsto. Malo me je bolelo, ali nedovoljno. Stolica mi je bila neudobna i bilo mi je pretoplo u debelom džemperu, ali odsedela sam mirno čitavu službu. Bilo je to najmanje što sam mogla da uradim.

A onda je, kao čarolijom, tvoj mrtvački sanduk nestao i niko nije bio iznenađen osim mene. Kuda si otišla? Zar nije bilo dovoljno loše što više nismo mogli da te vidimo? Da li ćeš nas stvarno stalno napuštati, iznova i iznova?

Tada je zasvirala neka muzika, i zapitala sam se zašto ne puštaju pesme koje si volela. One uz koje si pevala kad god bi ih čula na radiju ili u kolima. Glas ti je bio piskav i mio i jasan, i nisam mogla da poverujem – nisam – da ga više nikad neću čuti. To mi je izgledalo nemoguće. Mislila sam da je dobiti sestru kao nekakvo obećanje, da ćeš zauvek imati sestru. Da nije ispravno, niti moguće, da ponovo budem sama. I sad znam da sam bila u pravu. Zauvek sam imala sestru.

Nisam shvatila da se sve završilo, niti da plačem, sve dok me tata nije podigao i privio me na grudi i osetila sam kako mi suze kvase njegovu tamnu košulju. Pogledala sam tad u mamu, preko njegovog ramena, i bila je gotovo neprepoznatljiva. Ukočena, bleda, slomljena. Jedva da je bila mama.

Fibi, otišli smo u neki hotel i tamo je bilo hrane i ljudi su pili i pričali o tebi, želela sam u svakom trenutku da si tu sa mnom. Svi su želeli da razgovaraju s mamom i tatom, i sa mnom, a ja sam samo želela da te uhvatim za ruku i odvedem te u neki skrovit ćošak, da smislim nešto da se igramo da nam prođe vreme. Želela sam da uzmemo te trouglaste sendviče i podelimo ih – bez ribe za tebe, bez krastavca za mene – i uzmemo pune šake čipsa i kikirikija i pojedemo ih ispod stola, kad niko ne gleda. Ali naravno, da smo mogle to da uradimo, da si bila živa, ne bismo uopšte bili tamo.

*Kasnije, kad smo se vratili kući, mama je sela na sofu i pla-*
*kala kao da nikad neće prestati. Ranije, kad god sam plakala*
*ljubila bi mi vrh nosa ili me milovala po kosi toplom rukom i*
*uvek bih se osetila bolje. Ali znala sam da ja ne mogu tako da je*
*oraspoložim. Ne sad. Bila sam ukaljana. Zašto me nisu kaznili?*
*Mislila sam da će možda, ako to urade, bol početi da popušta.*
*Ezmi*

Bi je pročitala pismo u autobusu na putu do bolnice. Kad je za-
vršila, ponovo ga je pročitala. Pokušala je da složi stvari koje je zna-
la. Fibi se utopila, i oboje roditelja i Ezmi krivili su nekako sebe zbog
toga. Nije znala kako ni zašto. Ali išla je da se nađe sa Ezmi, i ako
se oseti doraslom tome, i sve bude u redu s njenom bebom, pitaće
sestru o tome.

Bi se probudila tog jutra osećajući se jače, pozitivnije. Svakog
dana od onih grčeva i krvarenja i odlaska kod lekara budila se s
ledenim užasom koji joj pritiska grudi. Ali više nije bilo znakova
da nešto nije u redu, nije bilo krvarenja, i tog jutra kad se alarm
oglasio, sela je i spustila ruku na stomak i zaželela nešto. Konačno
je stigao taj dan, kada će saznati šta se događa. Videće svoju bebu
na ekranu, a onaj ko gleda ultrazvuk moći će da joj kaže da li njeno
malo srce i dalje kuca.

Kad je videla ogromnu bolnicu iz daljine, Bi je pritisnula zvono
i otišla do prednjih vrata autobusa. Zahvalila se vozaču preko ra-
mena dok je silazila na trotoar. Kao što je dogovoreno, Ezmi ju je
čekala u malom kafeu uz recepciju. Bi je pogledala na sat. Imale su
pola sata. Gledala je sestru nekoliko trenutaka sa ulaza kafea, koji
je bio ukrašen jeftinim šljokicama. Ezmi je držala laktove na stolu,
oslanjala bradu na šake. Šolja s kafom nalazila se ispred nje, ali nije
je uzela. Izgledala je drugačije, pomislila je Bi. Zadovoljno. A onda
joj je prišla, i Ezmi ju je videla i ustala i zagrlila ju je.

– Želiš li nešto? – upitala je Ezmi.

Bi je odmahnula glavom. – Hvala ti što si došla. Da li se tata
naljutio?

Ezmi je nakrivila glavu. – Naravno da nije. Bi, da li je sve u redu?

– Samo sam nervozna. Ovo je krupna stvar.

Deo nje je želeo da kaže Ezmi sve. Da se boji onog što će se dogoditi u narednih sat vremena. Da ne želi da na ekranu vidi svoju bebu kako umire ili je umrla. Kako ne bi mogla da podnese da osluškuje da čuje otkucaje srca kojih nema. Želela je da je imala stariju sestru koja je prošla sve to, koja bi mogla da je ohrabri i kaže joj šta da očekuje i da se ne brine. Ali to je bilo nepošteno, jer je Ezmi doputovala ovamo da bude kraj nje, i davala je sve od sebe.

– Hajde da pričamo o nečem drugom – kazala je Bi. – Kako stoje stvari kod kuće?

Ezmi se osmehnula, široko i iskreno, i Bi se setila zadovoljnog izraza koji je videla na sestrinom licu pre nekoliko minuta, i znala je da se nešto promenilo.

– Donela sam nekoliko odluka – kazala je Ezmi. – Iseliću se, konačno, i obučavaću se za terapeuta. I upoznala sam nekog.

Bi je podigla obrve. – Opa, to je mnogo stvari. Da li je sve u redu između tebe i tate?

– Dobro je. Bolje je, u stvari. Čini mi se da znam, prvi put posle mnogo godina znam šta želim. Čini mi se kao da su se oblaci razišli. – Ezmi je otpila malo kafe, sipala još malo mleka. Pokreti su joj bili precizni i sigurni. Izgledala je kao neko kome je pao kamen sa srca. I Bi je bila iskreno zadovoljna zbog nje. Videla je, sada, da je Ezmi provela godine u nekoj vrsti čistilišta. Pitala se koliko je velika uloga otkrivanja istine o Fibi u tom Ezminom preobražaju.

Prvi put tog dana Bi se osmehnula, široko i opušteno. – Drago mi je.

– I meni – rekla je Ezmi, ispijajući kafu. – A sad je verovatno vreme da krenemo. Idemo.

Obe su ustale istovremeno, i Bi je pustila da je Ezmi uhvati za ruku, da preuzme kontrolu. Pratile su natpise do Odeljenja za ranu trudnoću i prijavile se sestri na recepciji. Bi je morala da ode da joj izvade krv, a kad se vratila, sela je na plastičnu stolicu pored Ezmi, u čekaonici. Dva minuta nakon što je sela, prozvali su njeno ime, i hodale su praznim hodnikom, i Bi je osetila slabost u nogama. Ali nastavila je da hoda, bez obzira na to, sa sestrom pored sebe.

– Sve izgleda dobro – kazao je čovek sa ultrazvuka. – Snažni otkucaji srca. Slušajte.

Bi je zadržala dah dok je čekala. A onda je taj zvuk ispunio prostoriju, glasan, brz i jak. Zvučalo je kao konjski galop. I osetila je kako je Ezmi hvata za ruku i imala je osmeh na licu, suze u očima. I nakon toga, nije čula više ništa od onoga što je tumač ultrazvuka govorio. Ležala je tamo, napola slušajući o riziku od Daunovog sindroma i bebinim dimenzijama. Kad je došlo vreme da ustane s kreveta, Ezmi joj je dodala malo papirnih ubrusa i obrisala je lepljivu tečnost sa stomaka, zakopčavajući farmerke.

– Zadivljujuće, zar ne? – kazala je Ezmi, sa širokim osmehom na licu. Vratile su se do recepcije, čekale su da zakažu sledeći pregled i plate za snimke koje je Bi držala.

– Osećam se kao da poznajem tu bebu – kazala je Bi tiho. – To je čudno. Ne znam da li je dečak ili devojčica. Ali volim je. Osećam se toliko zaštitnički. Jebote, da li to ima smisla?

Ezmi je pomilovala Bi po kosi. Bio je to nežan, brižan dodir, i majčinski. Bi je poželela, nakratko, da su odnosi među njima uvek bili takvi. Kad su izašle, na svež vazduh, Bi je duboko udahnula.

– Da li se odmah vraćaš ili imaš malo vremena? – pitala je.

– Ne žurim. Da se malo prošetamo?

Bi je klimnula glavom i krenule su. Nije dobro poznavala tu četvrt, a ulice su bile prometne, kola su prolazila kraj njih, brzo i glasno. Možda je tako bolje, zaključila je Bi, zbog onog što će pitati. Možda ćutnja neće biti previše teška.

– Pročitala sam jutros tvoje pismo – kazala je.

Ezmi je hodala ispred sestre, a onda se okrenula, nakrivivši glavu u stranu. – Molim? Nisam te čula.

Bi je uhvatila Ezmi za ruku, naterala je da se zaustavi na tren. – Rekoh, pročitala sam tvoje pismo o Fibinoj sahrani.

– O.

– Bilo je grozno čitati o tome da si želela da to budeš ti – kazala je Bi. – Da li i dalje misliš tako?

Ezmi se namrštila, odmahnula glavom nekoliko puta, samo da ne bi gledala sestru u oči. – Trudim se da ne mislim – napokon je rekla.

Bi nije znala kako da odgovori na to, ali i dalje je držala sestru za ruku kad su nastavile da hodaju.

# 33.

## Sedamnaesti decembar 2011 – 9.651 dan kasnije

– To je bilo neverovatno – rekla je Ezmi, sva ozarena. Sajmon ju je upitno pogledao. *Nikad me nije video ovako srećnu*, pomislila je. Nije mogla da izbaci jučerašnje događaje iz glave. To što je videla sestrinu bebu na ekranu učinilo je sve konačno tako stvarnim, tako neposrednim. Ezmi je shvatila da nije baš sasvim verovala u Biinu trudnoću dok nije videla dokaz svojim očima. Nije mislila da Bi laže. Samo joj je to nekako izgledalo nestvarno. A sad je bilo konkretno i istinito, i čudesno.

– Misliš li da ćeš ikad imati decu? – upitao je Sajmon. – Mislim, da li bi volela?

– Ne znam. Nikad nisam mislila da hoću, ali sad ne znam.

Sajmon se ukočeno osmehnuo i uhvatio ju je za ruku. – Mislim da je ovo to mesto – rekao je.

Gledali su stanove. Ovo je bio četvrti, i Ezmi je već počela da ih meša. Bilo je nečeg istog na svakom od tih mesta u koje su ušli. Uredne, četvrtaste kutije sa zidovima neutralnih boja i jednostavnim nameštajem. Sajmon je stalno insistirao da će izgledati prijatnije kad ih bude ispunila svojim stvarima – knjigama na policama i slikama na zidovima. Ali Ezmi je znala da je njena neodlučnost nešto više. Živela je u istoj kući čitav svoj život. Tamo je bila s majkom, i s Fibi.

Ali tamo su i obe umrle. Ezmi je pogledala kuću ispred sebe. Ostali stanovi bili su u stambenim zgradama, ali ovaj je bio u adaptiranoj kući. Bio je blizu centra, i imao je dvorište.

Agentkinja za nekretnine, Dženi, stigla je nekoliko minuta kasnije i pustila ih da uđu. Ezmi je bilo muka od brbljanja prodavaca, ali ova žena ih je pustila da uđu, i stajala je u hodniku dok su oni razgledali sobe.

– Ovaj je najbolji, mislim – rekao je Sajmon.

Stajali su u malom dvorištu, ispod drveta koje je očigledno posađeno da obezbedi privatnost. Prethodno je padala kiša, i dok su stajali tamo poneka kapljica bi pala s golih grana na njihova ramena i glave. Ezmi je zatvorila oči i pomislila na stan. Bio je savršen. Male, udobne sobe sa živopisnim zidovima i zavesama. Kuhinjica obojena u žuto, baš kao kuhinja kod kuće, i Ezmi je odlučila čim je videla to. To joj je izgledalo kao znak.

– Iznajmiću ga – šapnula je, dozvoljavajući da joj se osmeh ušunja u glas. – Sviđa mi se.

– To je sjajno! – Sajmon je pružio ruke i Ezmi je sklopila svoje oko njega, zarivajući mu lice u grudi. Mirisao je na prirodu i na čisto. Na sigurnost. Želela je da je ovo nešto što rade zajedno, da su pronašli mesto gde će živeti. Bilo je dovoljno veliko, s dve velike spavaće sobe i malom trećom, s kojom nije odlučila šta će da radi. Ali ne, suviše je rano za to. I Sajmon živi u Londonu, trenutno. Bilo je dovoljno što su imali mesto na kojem mogu da budu zajedno kad je on ovde.

Ezmi je rekla agentkinji za nekretnine kako će iznajmiti stan, i razgovarale su o dokumentima koje treba da potpiše i davanju lične karte, i onda je Dženi otišla do kola, ne osvrćući se, a Ezmi i Sajmon su ostali ukopani u mestu, ispred Ezminog novog stana.

– Slušaj – rekao je Sajmon – samo smo nekoliko minuta od moje mame. Da li bi došla na šolju čaja?

Sajmon je nekoliko puta pomenuo da će upoznati Ezmi sa svojom majkom, ali nekako se to nije dogodilo. Ezmi se malo uznemirila oko toga, ali sad je bila dovedena pred svršen čin i nije mogla da smisli dobar razlog da odbije.

– Zašto da ne? – kazala je.

Sajmon se osmehnuo, i videla je da joj je zahvalan što je pristala, a onda se osetila loše što se nije ranije potrudila oko toga. Otišli su do njegovih kola držeći se za ruke, Ezmina glava i dalje je bila ispunjena stanom i ultrazvukom, i kako je sve ispalo dobro. Vožnja je trajala manje od pet minuta, i na radiju je i dalje trajala ista pesma koja je svirala kad je Sajmon upalio motor i kola oživela. Ezmi je izašla iz kola i pogledala oko sebe. Trčala je ovuda, bila je sigurna, ali protrčala je gotovo svakom ulicom u ovom delu grada, za sve ove godine. Kuće su bile dupleksi izgrađeni tridesetih godina dvadesetog veka, jednolične i neprivlačne.

– Dakle, ovde si odrastao – rekla je.

Sajmon je zaključao kola i pridružio joj se na trotoaru, gledajući kuću pred njima. – Tako je – kazao je. – Ovde sam proveo sve te sate plačući zbog onog što ćeš mi uraditi narednog dana.

Ezmi se okrenula da ga pogleda, i videla je da se osmehuje.

– Idemo – rekao je.

Sajmonova mama je bila sitnija nego što je se Ezmi sećala, i pitala se da li se zbog bolesti, ili prosto zbog godina, tako skupila. Dok su bili u školi, Ezmi je se sećala kako se nadvija nad svima njima, čak i među ostalim mamama. Bila je od onih žena koje se previše šminkaju i uvek izgledaju kao da su predugo sređivale kosu. Sad je ležala u krevetu koji je prenet u nekadašnju trpezariju. Lice joj je bilo neugledno, bledo, a kosa kratka i izgledala je beživotno i bez sjaja.

– Mama – kazao je Sajmon – ovo je Ezmi.

Ezmi se učinilo da je čula kako mu je glas zadrhtao, ali nije bila sigurna. Koliko je grozno, mislila je, videti jednog svog roditelja kako propada, malo-pomalo, ovako. Prvi put u životu osetila je zahvalnost što joj je majka samo umrla, kad je bila mlada i lepa. Što nije morala da preživi tako potpun preobražaj poput ovog.

– Dobar dan – kazala je Ezmi. – Drago mi je što vas ponovo vidim.

Osetila se kao dete, nesigurno u sebe.

– Ezmi – rekla je Elen Tredvel, pružajući mršavu ruku i privlačeći Ezmi nekoliko centimetara bliže krevetu. – Uvek si mu bila draga.

Ezmi je osetila kako joj se obrazi rumene, a kad je pogledala Sajmona, videla je da i on izgleda pomalo smeteno.

– Idem da pristavim čaj – rekao je.

Kad je izašao iz sobe, Ezmi se premestila s noge na nogu, ne znajući šta da kaže.

– Sedi – rekla je Elen.

Pogledala je po sobi. Bračni krevet je zauzimao najveći deo prostora, a nije bilo stolica. Htela je da klekne na pod kad se Elenina ruka ponovo pojavila i uhvatila njenu, i privukla je prema krevetu, dok joj nije preostalo samo da sedne na njega. Ezmi se osećala neugodno, i shvatila je da je to zato što je smrt lebdela u toj sobi. Bilo je jasno da Sajmonova mama neće još dugo, i bilo je nešto u vazduhu, nekakav miris propadanja ili praznine, koji Ezmi godinama nije osetila. Od Fibi, od svoje majke.

– Voli te – rekla je Elen.

Ezmi je oborila glavu. Bilo je to previše intimno, previše lično.

– On je dobar čovek, i voli te. Ne zaboravi to.


Oko sat vremena kasnije, Ezmi se izvinila i otišla. Sajmon ju je poljubio na vratima i osetila je kako joj se stomak steže kao da je prvi put.

– Moraš li da ideš? – pitao je.

– Žao mi je, moram. Imam sastanak.

– U subotu?

Ezmi je slegnula ramenima ne rekavši ništa.

– Pa, šta radiš večeras? Mogu li da te vidim? Možemo da proslavimo to što si našla stan.

Ezmi je htela da pristane, ali nešto ju je sprečilo, osetila se neprijatno. Bilo je vreme.

– Izvini, ne mogu večeras. Moram da uradim nešto za Bi.

Otišla je do ordinacije doktorke Armstrong, a veliki deo nje poželeo je da je rekla Sajmonu kako ide kod psihijatra. Bila je prilično sigurna da je ne bi osuđivao, da to neće promeniti stvari među njima. Pa opet, nije bila spremna za to. A ipak, bila je prilično uverena da će uskoro biti.

– Kako stoje stvari između tebe i sestre? – pitala je doktorka Armstrong. Nagnula se napred na stolici, gledajući Ezmi pravo u oči.

– Dobro. Pisala sam joj pisma, kao što ste predložili, rekla sam joj šta se dogodilo s Fibi.

– I?

– I, to je gotovo završeno. Treba da napišem još samo jedno. Da joj kažem kako se to zapravo dogodilo, kako je Fibi umrla.

– I brinete se šta će kasnije misliti o vama posle toga? – pitala je doktorka Armstrong.

– Brinula sam se kad sam počela. Brinula sam se da će me kriviti, kao što me je mama krivila. Ali sad sam prilično sigurna da neće. Osećam se spremno.

Bilo je to nešto o čemu je često razgovarala s novim psihijatrom. Svi su se vraćali na to. Majčinska ljubav koja se pretvorila u optuživanje. I da li joj se to pričinilo? Psihijatri su mislili da jeste, videla je to. Uprkos svim tužnim pričama koje su čuli, nisu mogli zaista da poveruju da je majka potpuno digla ruke od Ezmi. I nije bilo važno koliko im je priča ispričala, o hladnim pogledima i oštrim rečima koje joj je majka upućivala posle Fibine smrti. Mislili su da je to umislila, ili preuveličala. Ali Ezme je bolje znala, jer čak i sad, kad ima preko trideset godina, i dalje može da zatvori oči i oseti onaj majčin šamar onog dana kad je raščistila Fibine stvari. Taj šamar je rekao sve. Taj šamar je rekao Ezmi da je njena majka želela da je to bila ona.

Ali Ezmi je bila odlučna da ide do kraja. I tako, čim je istekao termin kod doktorke Armstrong, krenula autobusom kući i otišla na sprat da ispiše reči koje je izbegavala od svoje sedme godine.

*Draga Fibi,*

*Nije bilo naznaka tog jutra, kad smo se probudile. Kasnije sam tragala za nekim stvarima koje su mi možda promakle. Zapisala sam sve u plavu beležnicu koju sam skrivala ispod dušeka, pisala sam svakog dana, ništa nisam odbacivala, pokušavala sam da se setim naizgled nevažnih pojedinosti. Ali bio je to dan kao i svaki drugi.*

*Za doručkom, ti si pronašla igračku u kutiji pahuljica. Bio je to plastični pas na skejtbordu, i gurnula si ga preko stola* ka meni, ustala i sagnula se da ga ponovo uzmeš, mada ja nisam ni pokušala da ga dohvatim. Uradila si to ponovo. I ponovo. Nakon trećeg pokušaja, šutnula sam te ispod stola i zaustavila si se, izgledajući pomalo uvređeno, ali onda si zadenula kosu iza ušiju i ponovo počela. Nakon petog puta, tata ti je uzeo igračku kad je došla do njegovog tanjira s tostom. Nije ništa rekao, samo ju je stavio u džep i nastavio da jede. Osmehnula sam se, a ti si videla to. Mlako si me šljepnula po ruci, a ja sam tebe ponovo šutnula, malo jače.

Na podmetaču nasred stola ostala je barica soka od pomorandže. Mama je na sebi imala svetložutu haljinu sa smeđim kaišem. Tatine cipele je trebalo očistiti. Toga se sećam.

Tata me je ostavio kod škole, na putu do knjižare. Ne znam šta ste ti i mama radile kad sam otišla. Možda ste išle na piknik u park ili išle do prodavnica ili se igrale u dvorištu. Dan je bio divan, i nadam se da ste bile napolju. Nadam se da si nacrtala nešto ili čitala priču ili smislila neku igru.

Da sam znala, ostale bismo skupa kod kuće tog dana. Učinili bismo ga jednim od naših najboljih, poput onih dana kad smo trčale plažom, ili onog dana kad nas je čuvala jedna od maminih koleginica s posla i pustila nas da gledamo crtane i jedemo slatkiše ceo dan. Dala bih ti nešto. Ne znam šta. Dala bih ti sve što zatražiš. Pustila bih te da guraš tu igračku preko stola koliko god puta hoćeš.

Ali da smo znali, naravno, to znanje bi visilo iznad nas, i ne bismo mogli da provedemo takav dan. Više bi ličio na dane kad nas je čuvala gospođa Vilson, kad smo sedele u njenoj zagušljivoj kući s debelim slojem prašine, i slušale decu napolju kako se igraju. Da smo znali, nisam sigurna kako bismo se ponašali, kako bismo radili bilo šta što treba.

Mama je spremala večeru kad je telefon zazvonio. Tata je trebalo da stigne kući za deset minuta i gledale smo kroz prozor dnevne sobe da li će naići. Nismo čule šta mama govori. Ti si mi pričala priču koju si čula, o nekoj devojčici koja je zatvorila oči i vreme je poteklo unazad, ali to nije imalo *nikakvog smisla, i kad sam te pitala šta to pričaš, ljutito si lupila nogom u pod.*

*Mama se pojavila na vratima, bledog lica. Potrčala je do prozora, pridružila nam se u potrazi za tatinim crvenim kolima. Htela sam da joj kažem da si me iznervirala, ali znala sam, nekako, da nije pravo vreme. Da se dogodilo nešto zbog čega ovaj dan neće biti običan, da smo zagazile na opasnu teritoriju.*

*Kazala je da je gospodin Vilson iz susedne kuće pao, da ide tamo. Pogledala sam je i klimnula glavom. Mislila sam da ćemo ići s njom. To je ono što smo radile. Mama je kleknula ispred mene, zgrabivši me za ruke. Kazala mi je da čuvam Fibi. Tata će doći kući svakog trenutka. Dotad sam ja glavna.*

*Ponovo sam klimnula glavom, a ti si se zakikotala. – Čuvaj Fibi, čuvaj Fibi, čuvaj Fibi – kazala si.*

*Čula sam kako su se vrata zalupila i ostala sam pored prozora, očekujući tatu. Kad si odlutala, samo sam te pustila. Nisam sigurna ni da sam primetila.*

*Ima mnogo trenutaka u kojima su stvari mogle da krenu drugim tokom. Ovo je bio prvi, pretpostavljam. Ti si odlutala. Ja se nisam okrenula da vidim kuda ideš, toliko sam nestrpljivo čekala tatu. Čuvaj Fibi. To je bio prvi put da je to zatraženo od mene. Prvi put da si mi poverena, i dogodila se najgora stvar.*

# 34.

## Dvadeset prvi decembar 2011 – 9.655 dana kasnije

*Kad si se vratila, čula sam ti korake i okrenula se. Kad sam se okrenula, videla sam da ti je lice crveno i srce mi je na tren zastalo. Zaustavilo se. Sećam se da mi je prva pomisao bila kako ću upasti u nevolju ako se povrediš dok je trebalo ja da te čuvam, a druga pomisao mi je bila da jesi povređena, da izgledaš kao da krvariš. A onda sam videla ruž za usne u tvojoj ruci, videla da su tragovi na tvom licu i rukama suviše jarke boje da bi bili krv. Zamahnula si ružem ka meni, ostavljajući debelu liniju na mojoj nadlanici, i smejala si se.*

*Uzela sam ruž iz tvoje bucmaste šake i odvukla te u toalet u prizemlju. Ali nije htelo da se ispere vodom. Samo se razmrljalo i izbledelo i zamastilo mi ruke kako sam te držala.*

*Pogledala sam te, pomislivši šta će mama reći. Ostavila sam te tamo, kraj umivaonika, i poslednji put pogledala kroz prozor da vidim da li je tata stigao, ali nije ga bilo. „Moraćeš da se okupaš“, kazala sam, jureći te kroz sobu i po stepeništu, dok si ti cičala od radosti. Koliko puta sam videla kako mama radi to isto, kad bi se isprljala u dvorištu ili parku? Radila sam ono što sam naučila. A ti si bila dobro, i dalje ti. Ali na odmorištu sam zastala, zaprepašćeno. Talasast crveni trag protezao se duž zida, vrišteći na svetlosmeđoj boji ispod. Tad sam znala da je stvarno loše. Prizvala sam u sećanje mamu i tatu kako stoje na vrhu stepeništa, mama s valjkom za krečenje, prekriva zid brzim, neumornim pokretima, a tata pažljivo farba ćoškove i ivice.*

Dok smo hodale tuda, protrljala sam crvenu liniju prstima, gledajući s nevericom kako se razmrljava i širi. Pogledala sam te, da vidim da li znaš šta si uradila, i videla sam suzu kako ti curi niz obraz.

Bilo je neobično da nas ti uvučeš u nevolju. Nisam razmišljala o svim onim trenucima kada sam te vodila sa sobom znajući da ćemo biti kažnjene zbog toga što smo uradile. Bila sam besna. Sećam se kako se bes spuštao, prekrivao me, dok nisam obnevidela. Oterala sam te u kupatilo, stavila čep u kadu i pustila vodu iz obe slavine na najjače. Naredila sam ti da se svučeš, ignorišući suze koje su sad obilno tekle. Čučnula sam, gledajući te u oči dok si podizala jednu po jednu nogu da svučeš čarape.

Rekla sam ti da si bila bezobrazna, da će te mama i tata ubiti. Ali čak i tako besna, proverila sam temperaturu vode pre nego što sam te podigla preko ivice kade. Niko nije pitao za to, jer nije bilo važno, ali pobrinula sam se da te voda ne opeče.

A onda sam te ostavila, da jecaš u kadi, naredivši ti da opereš sav taj ruž, i otišla ne osvrnuvši se. Mama i tata će te ubiti. Bilo je to poslednje što sam ti rekla. Nikad to nikome nisam ispričala.

Strčala sam niza stepenice do kuhinje i uzela kuhinjsku krpu koja je visila sa slavine. A onda sam je odnela na sprat, mokru, i počela da brišem crvene mrlje koje si ostavila. Sećam se da sam te čula kako plačeš. Ne sećam se kad si prestala.

Nedugo zatim, čula sam ključ u vratima. Nadala sam se da je to tata, bila sam sigurna da će mamin bes biti gori. I ja sam dotad plakala, očekujući kaznu koju ćemo dobiti. Čula sam korake na stepenicama i nisam se okrenula. Samo sam nastavila da brišem mrlje od ruža, očajnički želeći da pokažem da, iako sam dozvolila da se to dogodi, makar pokušavam da popravim stvar.

Mama je sigurno videla šta radim, ali glas joj je bio smiren kad je progovorila, i nije pomenula mrlje na svom sveže obojenom zidu. Samo je pitala gde je Fibi.

*Lice mi je bilo suzno, a ramena obešena. Rekla sam da je u kadi, da se sva umazala ružem.*

*Mama je prošla pored mene, i tek tad sam primetila tišinu i zapitala sam se zašto si tako tiha. Na trenutak sam mislila da si izašla iz kade i uradila nešto drugo, podjednako užasno, za šta ću ja biti okrivljena.*

*I tako sam ustala, ostavivši umrljanu krpu na podu, i pratila mamu do kupatila. Ali nisam nikad stigla tamo, jer je ona, kad je došla do vrata, ispustila životinjski krik kakav nisam čula ni pre ni posle, i tačno sam znala šta se dogodilo. I znala sam, istog trenutka, da su ti minuti kad smo bile ostavljene same sve promenili, i da je to bila moja krivica.*

*Ezmi*

Kad je završila sa čitanjem, Bi je ustala i zatvorila prozor u spavaćoj sobi. Bilo joj je užasno hladno. *Dakle, to je to*, pomislila je. *To je sve to.* Poželela je da se vrati kroz vreme, da spreči da se to desi, ili makar da uteši tu mladu Ezmi. Bilo je mučno misliti da je njena sestra bila nepopravljivo oštećena tog dana, i ona ništa nije mogla da učini u vezi sa tim. Da ona, kad je bila najviše potrebna svojoj sestri, nije bila ni rođena. Bi je shvatila da plače, za sestrom koju nikad neće upoznati, i za sestrom koja je ostala.

Prvi put je sagledala svoju majku kao pravu osobu, mogla je da se sažali na nju. Dočarala ju je sebi, trudnu i bolesnu od tuge. Jedna ćerka ju je vukla, stalno tražeći nešto. Druge više nije bilo. Treća ćerka je rasla u njoj, neželjena. Bi nije primećivala taj zid gneva koji je narastao u njenim grudima, sve dok nije počeo da se ruši, ciglu po ciglu. A kada je nestao, ili je nestajao, osetila je da može malo lakše da diše.

Napokon je razumela svačiju krivicu. Njenu preveliku težinu i taj neizdrživ bol. Njena mama, koja je ostavila dve devojčice zajedno; njen tata, koji nije stigao kući na vreme. Njena sestra, koja nije znala da je Fibi premala da bi bila ostavljena sama u kadi. Svi u njenoj porodici napravili su male, razumljive greške tog dana, i te greške su se skupile da izazovu nešto užasno, nešto što nijedno od njih nije prebolelo.

Bi je sedela nepomično, s pismom u ruci, poigravajući se u glavi različitim scenarijima, zamišljajući je kako su stvari mogle da izgledaju da je Fibi preživela. Da je majka preživela. Da je imala dve starije sestre umesto jedne, i da nijedna od njih nije zarobljena pod težinom krivice i tuge. Mogli su da budu obična porodica. Mogli su da budu srećna porodica.

Bi je otišla do prozora i pogledala napolje u sumorno decembarsko popodne. Dobro bi joj došlo da je mogla da otvori prozor ka sunčanom letnjem danu. Bilo je dovoljno tame u tim pismima koja je pročitala da joj potraje čitav život. A to su ona i bila. Život ispunjen tamom. Ne Fibinom, čiji je život, mada kratak, bio srećan. Ezminom tamom. Bi se zapitala, sedeći na krevetu sa sestrinim rečima razbacanim oko sebe, može li ona biti ta koja će je rasterati.

Naglo je ustala, umotala se u jaknu i šal, i izašla je iz stana. Bilo joj je potrebno da udahne vazduh, da sagleda stvari. Bila je sredina dana, i trebalo je da radi, ali stvari su se usporavale pred Božić, i nikom se izgleda nije žurilo. Hodala je prema glavnoj ulici u Brikstonu, jednom i srećna što je usred užurbane gomile. U svakom izlogu bilo je božićnih ukrasa i ljudi su bili natovareni kesama. Bi je shvatila da će naredne godine imati bebu, i to ju je zaprepastilo. Sve će biti drugačije. Da li je mogla da vidi sebe kao jednu od tih majki, koje guraju kolica prepunim ulicama, i voze se, s bebama, gradskim autobusima? Svaki put kad pomisli na to, ta ideja joj je izgledala sve neobičnije. Možda bi, da ne radi sve to sama, stvari bile drugačije. A te žene koje je videla oko sebe, izgledale su umorno i zabrinuto i iznervirano, i ona nije htela da bude jedna od njih.

Bi je napravila krug, i krenula nazad ka stanu. A kad je izašla iz gomile ljudi, izvadila je telefon iz torbe i okrenula sestrin broj. Ezmi se javila tek nakon petog zvona, kad je Bi već htela da odustane.

– Halo? – Ezmi je zvučala zadihano, pomalo razdraženo.

– Bi je ovde. Jesi li prezauzeta za priču?

– Nisam, tata je ovde. Idem pozadi.

Bi je zamišljala sestru kako ide kroz knjižaru i ulazi u pomoćnu prostoriju. Naravno da imaju posla, tako blizu Božiću. Rešila je da ne zadržava Ezmi previše. Ali pomislila je da je donela odluku, i htela je da podeli s nekim pre nego što se predomisli.

– Šta se događa, Bi?

– Razmišljala sam, o tome šta ću raditi kad se beba rodi. Gde ćemo živeti.

Zaćutala je kad joj je vetar naneo kosu na lice i na trenutak nije mogla da vidi. A onda ju je dohvatila, sklonila je s lica i zatakla iza uveta, i videla je ponovo. Golo drveće, smeće, popucale ploče trotoara.

– Želim da se vratim kući – kazala je. – U Sauthempton, da živim tu.

– O – kazala je Ezmi. – Pa to je fantastično.

Bi se osmehnula. – Mogu da radim svoj posao s bilo kog mesta, i želim da budem blizu tebi i tati. Biće mi potrebna pomoć, rekla bih. Pozvaću tatu večeras, pitaću ga smem li da se doselim na neko vreme. Šta misliš da će mi reći? Misliš li da će se Marijana useliti? Sranje, tek sam se sad setila toga.

– Mislim da mu uopšte neće smeteti – kazala je Ezmi.

– Utoliko bolje. – Bi je zaćutala. Stigla je do svojih ulaznih vrata. Tražila je ključeve u torbi jednom rukom, a onda je ušla. Upravo je ušla u hodnik kad je Ezmi ponovo progovorila.

– Ne mislim da će mu smetati – kazala je – ali, da li bi razmislila da živiš sa mnom? Našla sam stan, i imam sobu viška. Spavaću sobu za tebe i malu sobu koju možemo da pretvorimo u dečju. Volela bih da ste oboje tu.

Bi nije mogla da se popne uza stepenice. Naslonila se na hladan zid u hodniku, i klizila niz njega dok nije sela na pod. Oči su joj se napunile suzama. Nije ih brisala. Samo je pustila da joj se slivaju niz lice. Polako, uporno.

– Bi? Jesi li tu?

– Jesam – rekla je. – Ovde sam. Ovde sam.

Bi se vratila poslu nakon tog razgovora, ali glava joj je bila puna planova. Ezmi joj je poslala imejlom neke fotografije novog stana, i izgledao je prijatno i čisto. Bi je mogla da zamisli da odgaja bebu tamo, sa Ezmi u blizini da joj pomogne, i tatom nekoliko minuta dalje. Mogla je da zamisli letnja popodneva u tatinom dvorištu, šetnje s kolicima po parku, odlaske na more. Nije shvatila dok joj trudnoća nije otvorila oči, ali bila je umorna od Londona. Bilo joj je drago što je to uradila, i uživala je što je provela nekoliko godina u centru zbivanja, blizu muzejima i pozorištima, u središtu svega. Ali sad je bila spremna da se vrati kući.

Kad je čula Džulijin ključ u bravi, Bi je zatvorila laptop i pokušala da proguta knedlu. Jedino što joj je ostalo da uradi bilo je da kaže Džuliji da odlazi, i to je bilo jedino čega se užasavala. Otvorila je vrata spavaće sobe baš kad je Džulija prolazila.

– Sranje, prepala si me – kazala je Džulija, prinoseći ruku grudima.

– Izvini. Dobro si prošla danas?

– Kao i uvek.

Otišle su do kuhinje, kroz dnevnu sobu, gde je Džulija spustila torbu, kaput i šal na stolicu. Izvadila je bocu piva iz frižidera, i potražila otvarač u fiokama.

– Želiš li piće? – pitala je.

Bi je odmahnula glavom. – Džulija – kazala je.

– Šta je? – Džulija je otvorila bocu i otpila veliki gutljaj piva. Naslonila se na sudoperu, naspram Bi, i pogledale su jedna drugu. Nešto se završavalo. Bi je mogla da oseti to. Pitala se da li i Džulija može.

– Iseliću se – kazala je. – Ne odmah, ali pre nego što se beba rodi. Vraćam se u Sauthempton.

Džulija je nagnula glavu u stranu, spustila pivsku bocu na pult kraj sebe. – Jesi li sigurna?

– Jesam. Razgovarala sam sa Ezmi danas. Živećemo zajedno. Ja, ona i beba. Želim da budem blizu svojoj porodici.

– Nije da samo bežiš od Adama?

Bi se nasmejala. Shvatila je, naglo, da nije razmišljala o Adamu nekoliko dana. On sigurno nije bio bitan za ovu odluku. Iseljavala se i udaljavala od njega. – Ne. To je prava stvar. Ali žao mi je što te ostavljam na cedilu. I nedostajaćeš mi. Nadam se da ćeš me posećivati.

Džulija je napravila nekoliko koraka ka sredini sobe, a Bi je uradila isto. Kad su bile blizu jedna drugoj, Džulija je ispružila ruke i privukla Bi u čvrst zagrljaj.

– Nisi ljuta? – pitala je Bi, govoreći u Džulijinu kosu.

– Šta?

Bi se odmakla, zagledala se u Džulijine oči, kako bi znala da li je prijateljica laže. – Nisi ljuta?

– Naravno da nisam ljuta, gusko jedna. Radiš pravu stvar. Gotovo sam ljubomorna. Ja čak i ne znam šta je prava stvar.

– Nećeš biti ljubomorna za nekoliko meseci kad ne budem spavala nedeljama i sva odeća mi bude smrdela na bebinu povraćku.

– U pravu si – rekla je Džulija. – Neću.


Malo kasnije te večeri, Bi je ležala na krevetu slušajući muziku, kad se začulo tiho kucanje na vrata.

– Sutra ujutru odlazim kući za Božić – rekla je Džulija, promaljajući glavu kroz vrata. – Htela sam da ti dam ovo.

Ušla je u sobu i bacila mek, kabast paket prema Bi. Bi se pružila i uhvatila ga obema rukama.

Pošto nikad nisu imale novca, a obe su volele da čitaju, Bi i Džulija su uvek jedna drugoj kupovale knjige. Za svaki rođendan i svaki Božić. Bio je ovo prvi poklon koji je dobila od Džulije a da nije mali i četvrtast.

– Šta je ovo? – pitala je.

Džulija je slegnula ramenima. – Žena u prodavnici je rekla da će ti trebati mnogo takvih. Srećan Božić, Bi.

Kad je Džulija zatvorila vrata, Bi je povukla uredno vezanu traku i pocepala svetlucav srebrni papir. Unutra je pronašla paket benkica i jedan paket tetra pelena, veselih, drečavih boja. Izvadila je jednu pelenu iz plastike i razmotala ju je. Nije znala čemu služi, i znala je da ni Džulija ne zna. Zamišljala je svoju prijateljicu, kako stoji usred prodavnice opreme za bebe, ne znajući šta da kupi. Osmehnula se.

Ispod se, naravno, nalazila knjiga. *Lovac u raži*. Iznenadila se. Imala je tu ikoničnu crvenu knjižicu na svojoj polici otkako je bila tinejdžerka. Džulija je znala da ju je pročitala. Kad su se upoznale, Bi je rekla Džuliji da su ona i Ezmi dobile imena po likovima Dž. D. Selindžera.

Zbunjena, Bi je počela da lista tanku knjigu. I onda je videla: Fibi, mlađa sestra Holdena Kolfilda. Kako joj je to ranije promaklo? Ezmi, Bi i Fibi. Ušuškala je negde to saznanje uz sve duži spisak stvari koje je saznavala o svojoj izgubljenoj sestri, i otišla da baci ukrasni papir u kantu.

# 35.

## Dvadeset peti decembar 2011 – 9.659 dana kasnije

Ezmi i Bi su stajale kraj sudopere, jedna uz drugu, ljušteći i seckajući povrće. Tom je bio na drugoj strani male kuhinje, proveravajući ćurku. Otvorio je rernu i talas vreline pokuljao je napolje, zamagljujući mu naočari. Niko nije ništa rekao neko vreme, ali bila je to prijatna tišina. Na radiju su tiho išle božićne pesme. Njena porodica je bila kompletna, mislila je Ezmi. Najkompletnija moguća.

– Kad dolazi Marijana? – upitala je Bi. – A Sajmon?

Tom se okrenuo. – Marijana dolazi za dva sata.

– Sajmon se upravo javio večeras – rekla je Ezmi. – Večeraće s mamom.

Bi je klimnula glavom i nasmejala se.

– Šta je? – pitala je Ezmi.

– Samo mislim da je smešno što ste oboje bili sami tako dugo. A sad, ja sam trudna i sama, a vi ste oboje našli nekog.

Ezmi je iskosa bacila pogled na Bi. Njena sestra je često emocije prikrivala humorom. Pitala se koliko li je Bi prestrašena što će biti sama u tome. Ali ona će biti tu, da joj pomaže svakoga dana. Biino telo se malčice promenilo. Nije se baš videlo, ali njena uobičajena koščatost se malo zaoblila. Rekla je da će se preseliti ovamo na proleće. Ezmi je razmišljala kako će tada izgledati, i morala je da zamišlja kako je njihova majka izgledala dok je nosila Bi. Ezmi je uvek mislila da je tada bila najlepša, zaobljenog stomaka, i duge kose koja joj je padala na ramena. Ali bilo je te strašne tuge u njenim očima, koju Ezmi nije nikako mogla da promeni. Biina trudnoća bila je drugačija. I biće sva od iščekivanja i uzbuđenja.

Kad je Marijana stigla, Ezmi je gledala kako je Bi srdačno grli. Bio je to prvi put da se sreću. Ezmi se postidela kad se setila kako je reagovala kad je čula za tu vezu. Ali za Bi je bilo drugačije. Znala je za njihovu ljubavnu vezu, ali sve je to počelo pre nego što je ona rođena, i kako bi mogla da bude ljuta zbog nečeg što se dogodilo tako davno? Ezmi je pošla napred i poljubila Marijanu u oba obraza. Parfem joj je bio sladak i diskretan, a odeća, kao i uvek, besprekorna.

– Hajde da jedemo – rekao je Tom, terajući sve iz kuhinje kako bi mogao da posluži večeru.

Božićna večera uvek je bila njegov obrok. Ezmi i Bi su mu pomagale, ali on je bio taj koji se trudi da sve protekne glatko. U tome je bio dobar.

– I, tata – počela je Bi, kad su svi seli s tanjirima punim hrane ispred sebe. – Kad ideš u penziju?

Tom je pogledao Ezmi, kao da traži njenu dozvolu. Osmehnula mu se i klimnula glavom. – Ponudiću lokal na prodaju u januaru, a onda ćemo videti šta će se dogoditi. Voleo bih da se penzionišem do proleća. Ezmi je ponudila da vodi knjižaru dok se ne proda.

– Ne mogu da verujem da neće biti tvoje knjižare – rekla je Bi.

Tom je slegnuo ramenima. – Vreme je.

Kratko je pogledao Marijanu, a onda ponovo progovorio.

– Kad smo kod toga, ima još nešto što želimo da vam kažemo. Marijanina kuća je stavljena na prodaju. Useliće se kod mene čim je proda.

Ezmi nije bila iznenađena. Bili su srećni, videla je to. Kad se odljutila, tata joj je ispričao o tri faze njihove veze: u školi, nakon Fibine smrti, i sad. Nešto ih je vezivalo, rekao je, što ih je stalo vraćalo jedno drugom. To nije promenilo ono što je osećao prema mami, ali stario je, i nije želeo da je ispusti po treći put.

– Čestitam – rekla je, nazdravljajući čašom crnog vina. – Nadam se da ćete oboje biti srećni ovde.

Nedugo nakon večere, Marijana se izvinila i otišla kući. Ezmi je videla kako se trudi da bude uviđavna, da im dâ malo vremena nasamo, i bila joj je zahvalna. Sve se kretalo tako brzo, nakon godina stajanja. Marijana se useljavala, ona se iseljavala, Bi se vraćala u

Sauthempton. Prodaja knjižare, beba, početak njenog terapeutskog kursa. Nije ostalo pred njima mnogo prilika u kojima će biti njih troje nasamo, i htela je da uživa u tome.

Bi im je skuvala kafu, i otišli su u dnevnu sobu i seli, Tom u svoju uobičajenu fotelju, devojke na sofu, nogu prekrštenih ispod sebe.

– Ispričaj nam priču – kazala je Bi, gledajući tatu.

Tom ju je pogledao, zabavljen. – Priču? Odavno niste tražili to od mene.

– Ispričaj nam priču kako si upoznao mamu – rekla je.

– O, tu priču.

Tom je toliko dugo ćutao, gledajući u zid, ni u šta određeno, da je Ezmi je poželela da Bi nije progovorila. Ali bilo je i nade. Nade da stvari nisu uvek bile tako tragične.

– Imao sam dvadeset dve godine – rekao je. – Bio sam mlad. Nisam to tad osećao, ali samo treba sad vas da pogledam da bih shvatio koliko sam bio mlad. A ona je bila još mlađa. Dvadeset. Na drugoj godini studija francuskog i pokušavala je da shvati ko je i šta želi da bude. Bila je tako pametna, i profesori su imali velike planove za nju. Magistratura, možda doktorat. Osećala se kao da je to davi, sve te godine koje su bile ispred nje, već zacrtane i odlučene, određene. Niko je nije pitao da li je to ono što ona želi. Zbog toga se zaljubila u mene, rekla je. Ja sam je pitao.

– Tog prvog dana, ušla je u kafe u kojem sam radio i naručila kafu. Bilo je to mirno popodne i malo smo popričali, a kad je rekla da će se vratiti na fakultet u septembru, osetio sam to njeno oklevanje. I pitao sam je šta ona želi. Kazala je da želi da pobegne. Nasmejala se kad je rekla to, i video sam kako joj se pogled promenio. Već sam video da je lepa, ali tad kad se nasmejala, kao da se neki veo podigao i sva se zasvetlela iznutra.

– I pobegli smo. Znate, zapitam se, ponekad, da li je to bila prava stvar. Bio je divan, na svoj način, taj naš zajednički život, i bilo je to stvarno sve što sam ikada želeo, ali nadao sam se da nikad nije imala osećaj da je nešto propustila. Nadao sam se da je nisam udaljio od nečeg što je mogao biti bolji život.

Ezmi je tragala u sećanju za tim srećnim danima, tim divnim životom o kojem je pričao. Sve je i dalje bilo tu. Ali Bi to nikad nije videla.

– Jesi li je pozvao da izađete tog dana? – pitala je Bi.

– Ne tog dana. Bio sam previše uplašen da će me odbiti. Ali onda se vratila sutradan, i sledećeg dana, i sedela je za šankom i pila kafu, uvek sama, i zapitao sam se da li se možda vraća da bi videla mene. Pričala mi je o knjigama koje je čitala, o filmovima koje je gledala, pričala je o svojoj porodici. Pustila me je malo u svoj život, i želeo sam da ostanem, da se upletem u to tako da bi, jednog dana, možda pominjala mene kad bi pričala nekom drugom o stvarima i ljudima iz svog života.

– Trećeg dana je došla pola sata pre kraja moje smene, i ti poslednji minuti kao da su trajali čitavu večnost. Odlučio sam da je pozovem da izađemo, ali bojao sam se da će popiti kafu pre nego što mi se ukaže prilika. Kad sam konačno završio smenu, pitao sam je mogu li da joj se pridružim na nekoliko minuta, a ona se osmehnula i video sam opet kako se sva osvetlila iznutra, i sećam se da sam pomislio kako sam možda zaljubljen.

– Na kraju smo sedeli tamo tri sata ili duže, tog popodneva. Razmenjivali smo priče i smejali se, brzo razmenjivali informacije kao što se radi kad upoznaješ nekog novog. A kad smo konačno krenuli, napolju je već bio mrak, i oboje smo bili iznenađeni. Izgledalo je kao da nije prošlo toliko vremena. Poljubio sam je u obraz, i osetio sam miris kafe i svežeg cveća, i znao sam da moram ponovo da je vidim. Da je viđam svakog dana, ako bih mogao. Pa sam je prosto pitao to, i ona je rekla da. Rekla je da bih mogao da je viđam svakog dana.

Zaćutao je i Ezmi je htela da ga pita šta se dalje desilo, ali znala je, naravno. Zaljubili su se, pobegli zajedno, dobili su nju, onda Fibi, onda Bi. A onda se njihov život raspao, i nasukao ih ovde.


Malo kasnije, Bi je otišla na sprat da odrema, a Ezmi i Tom su ostali u dnevnoj sobi zajedno, siti i zadovoljni.

– Mogu li da te pitam nešto? – rekao je Tom.

– Da.

– Zašto si htela da joj kažeš šta se dogodilo s Fibi?

Ezmi je mnogo razmišljala o tome, dok je pisala i slala pisma. Preispitivala je sebe, optuživala se iznova i iznova da li je učinila pravu stvar. Ležala je budna, pokušavajući da pronađe odgovor na to pitanje koje joj je tata upravo postavio. Ali sve što joj je trebalo bilo je da neko to izgovori, jer je otkrila, tada, da je odgovor bio tu, na njenim usnama, spreman da bude izgovoren.

– Jer će ona postati majka, i htela sam da razume zašto je ona nije imala – rekla je.

Tom je klimnuo glavom, a Ezmi se zapitala o čemu li razmišlja, ali nije ga pitala.

Bi je zamolila Ezmi da je probudi ako bude spavala duže od sat vremena, ali Ezmi ju je pustila da spava dva sata pre nego što je otišla na sprat. Sela je na ivicu sestrinog kreveta, pogledala oko sebe, pokušala da se seti kada je to bila Fibina soba. Pogledala je Bi, videla da je budna.

– Jesi li ljuta na mene? – pitala je iznenada. – Na nas? Što smo toliko dugo krili Fibi od tebe?

Bi je sela i protrljala oči. Spustila je zaštitnički ruku na stomak, i Ezmi je pokušala da zamisli bebu sklupčanu unutra. Ranije, Bi se bila nagnula ka njoj i rekla joj da je veličine mahune graška.

– Bila sam malo, na početku – rekla je Bi. – Samo sam želela da ste podelili to sa mnom. Lepe uspomene i taj gubitak. Ali mislim da sve to sad bolje razumem. Bilo je previše blizu, previše bolno.

Ezmi je klimnula glavom, drhtavo se osmehnuvši. Ako zaškilji, gotovo je mogla da zamisli da je žena koja sedi pred njom Fibi, odrasla i prelepa. Ali onda ne bi bilo Bi. Nije mogla da ih ima obe.

– Pričaj mi više o bebi – rekla je Ezmi.

Bi je podigla ramena i pustila ih da se lagano spuste.

– Jedva čekam – rekla je. – Osećam da sam spremna da se ona odmah rodi.

– Ona?

– O, ne znam. Ponekad je on, ponekad ona.

Ezmi se osmehnula, pitajući se.

– Nije to bila tvoja krvica, Ezmi – rekla je Bi i prekinula tišinu.

Ezmi je pogledala sestru, i oči joj se ispuniše suzama. – Hvala ti – rekla je.

– Znaš, iako nikad nismo razgovarale o njoj, Fibi je bila svuda u ovoj kući.

– Kako to misliš?

– U načinu na koji je tata uvek bio pažljiv prema meni, i načinu na koji si me ponekad gledala kad si mislila da ne vidim. Sada znam da ste se pitali ko ću postati, koliko ću ličiti na svoju mrtvu sestru. Vidiš, polovina ljubavi koje ste mi oboje pružali pripadala je nekom drugom.

Ezmi je otvorila usta da se pobuni, ali je shvatila da ne može, ako je iskrena.

– Nije to ničija krivica – rekla je Bi. – Šteta je već bila načinjena kad sam ja stigla.

Ezmi je klimnula glavom. Sad je to shvatila. Ćuteći toliko o Fibi, ispunili su ovu kuću njom. Vazduh je bio zagušen njom. I svih tih godina, Ezmi se gušila. Nije ni čudo što je Bi otišla sa osamnaest godina i živela daleko odatle. Sve dosad. Bi se protegnula i ustala, i njih dve su sišle u prizemlje, spremne za ostatak dana, i Ezmi je shvatila da ponavlja neke Biine reči u mislima.

*Nije to ničija krivica.* Govorila ih je u sebi tokom čitave Sajmonove posete, dok ga je gledala kako igra pantomime s njenim tatom i Bi, zadovoljna njihovim opuštenim smehom. Probudila se sutradan s tim rečima u mislima, i držala ih je u glavi i nekoliko dana kasnije, kad su ostavili Bi na železničkoj stanici i otpratili je u London. Držaće ih uza se, odlučila je, i izvlačiti ih kad joj budu potrebne, i možda će, jednog dana, moći sebe da uveri da su istinite.

# Zahvalnice

Ovaj roman je dugo pisan, i zauvek ću biti zahvalna Kejt Evans i Semu Brejsu iz *Agora buksa*, što su ga dovoljno voleli da mu podare život. Takođe sam zahvalna Džo Vilijamson, Izabel Ejkenhed i *Boldvud buksu* što su mu dali drugu priliku.

U prvoj verziji, roman je imao svega 25.000 reči, i zvao se *Bez dobrog naslova*, i bio je deo moje disertacije za master iz kreativnog pisanja. Hvala mojoj profesorki, Karen Stivens, što mi je ukazala šta nije bilo dobro (jedini deo koji je preživeo je lik Ezmi). Od ljudi s fakulteta, dugujem zahvalnost Dejvidu Svonu, koji mi je pružao neprevaziđenu podršku, i kolegama Lori Vestron i Meredit Endru, genijalnim spisateljicama i vernim čitateljkama.

Zatim sam napisala čitav roman i dala mu naslov *Praznina u obliku sestre*, i dugujem veliku zahvalnost Ajdi Vučićević, koja mi je bila agent dok sam ga pisala.

Tokom pisanja i uređivanja, mnogi prijatelji su pročitali roman i rekli mi šta misle. Džodi Metjuz, Suz Vajlding, Natali Beri, Sara Spikman, Gabi Robinson Rajt, Liz Džouns, Pola Maksera, Pavan Bular, Džona Mejder, Vanesa Barlou. Hvala. Hvala. Hvala. Svaki zahtev učinio je da malo više verujem da ću stići dovde.

U poslednje vreme sam imala sreće da mi Džilijan Makalister bude mentor. Hvala ti na svemu, Džilijan.

Ogromnu zahvalnost dugujem prijateljima piscima, starim i novim, koji su me bodrili i zasmejavali. Rejčel Smart, Rebeka Vilijams, Lija Luis, Kristina Makdonald. Hvala.

Na kraju, želim se da zahvalim svojoj porodici što me je trpela i verovala. Svekrvi i svekru, Su i Džordžu Herbertu, svojim roditeljima, Su i Filu Pirsonu, svojoj sestri, Rejčel Timins. Svom mužu, Polu Herbertu. Svojoj deci, Džozefu i Elodi. Nemam reči da izrazim zahvalnost.

# Beleška o autoru

Lora Pirson je autorka knjiga za žene, zasnovanih na njihovim problemima. Osnovala je grupu *Bukloud* na *Fejsbuku* i objavila je nekoliko tekstova u *Gardijanu* i *Telegrafu*. Napisala je nekoliko romana.

# Knjige Lore Pirson u izdanju Izdavačke kuće TEA BOOKS d.o.o. (digitalna i/ili štampana izdanja)

Poslednji spisak Mejbel Bomont
Želela sam da znaš
Delovi koji nedostaju